Sebastian Knauer

Mörderisches Mozart-Kind

Ein Musikkrimi

Ellert & Richter Verlag

„Es kommt mir alles tot vor, wo ich nicht Musik höre.“
Friedrich Wilhelm Nietzsche

„Ohne Musik wär’ alles nichts.“
Wolfgang Amadeus Mozart zugeschrieben

„Was ziehen Sie vor – Musik oder Wurstwaren?“
Erik Satie

Für die Stille,
ohne die Musik nicht wäre.

1

Abwehr.
Nein.
Taumeln.
Ein Schuss.
Das warme Blut.
Ungläubiges Staunen.
Das Vergehen.
Weißes Licht.
Ein Tunnel.
Mutter Erde.
Noch einmal atmen.
Stille.

Steven Briggs tastete sich auf dem lockeren Boden bis zur Abbruchkante vor. Unten lag der unnatürlich verdrehte Körper der jungen Frau, die wenige Stunden zuvor noch zu seinen Auserwählten gehört hatte. Es war kein schöner Anblick. An dieser Stelle der polnischen Ostsee fiel die Steilküste fast senkrecht ins Meer.

Mit ihr hätte er seinen Lebenstraum wahr gemacht, wenn sie sich nicht anders entschieden hätte.

Ihr hübsches Gesicht war eingerahmt von pechschwarzen Haaren. Die weit geöffneten Augen der Toten schauten starr in den dunkler werdenden Himmel. Unter der tief hängenden Wolkendecke trafen die nahezu horizontalen

Strahlen der Abendsonne wie das letzte Aufbäumen eines vergehenden Tages und Lebens auf die Küste. So ausgeleuchtet ähnelte die Szene einem sorgfältig vorbereiteten Fotoshooting für einen Werbefilm.

Die von Osten nahende Schlechtwetterfront würde diese Augen endgültig auslöschen.

Der Sturz auf die Steine am Ufer hatte der Frau in dem weinroten, kurzen Trenchcoat Prellungen und Wunden zugefügt. Aus dem strahlenförmig gezackten Loch mit den schwärzlichen Randspuren an der rechten Schläfe floss nur wenig Blut.

Briggs wusste nicht, dass einige der winzigen Blutspritzer durch den Gasdruck der Waffe auf seiner Haut zu finden waren. Trotz seiner Aufregung, anderes Leben auszulöschen, hatte er die Waffe horizontal angesetzt. Das Projektil der 7,65-Millimeter-Pistole hatte nach dem Durchpflügen der weichen Gehirnmasse den Schädel auf der linken Seite wieder verlassen. Mit einem High-Tech-Röntgenprogramm würden Rechtsmediziner kleine Metallsplitter der Patrone an der Eintrittsstelle identifizieren können.

Das Blut der jungen Frau mischte sich mit dem weißen Schaum des auflaufenden Wassers. Der Mörder hatte die Taschen ihres Mantels sorgfältig geleert, auch andere identifizierbare Merkmale fehlten. Dafür trug die Frau einen merkwürdig breiten Gürtel um ihre schlanken Hüften.

Die Waffe stammte aus einem Geschäft für Jagdausrüstung in Danzig. Der Mörder hatte nach einem nicht registrierten Revolver gefragt, worauf der Ladenbesitzer zunächst nicht eingegangen war. Als er zu verstehen gegeben hatte, dass er einen sehr, sehr guten Preis zu bezahlen bereit war, war der Händler nach einer Weile schließlich mit einer etwas korrodierten PPK aus dem Zweiten Weltkrieg aus dem Lagerraum zurückgekommen.

„Und die funktioniert?“

„Todsicher."

Die beiden Männer waren handelseinig geworden. Der Pole hatte seinen deutschen Kunden misstrauisch gemustert, während er ein Päckchen mit den passenden Patronen zusammenband.

Die Frau hatte die Gefahr nicht erkannt, als ihr Begleiter am Ende des Spaziergangs plötzlich in seine Jackentasche gegriffen hatte. Während sie auf die schnell fliegenden Wolken geblickt hatte, war ihr Mörder von hinten an sie herangetreten, als wollte er sie liebevoll umarmen. Sie hatte sich noch an seine Brust geschmiegt, da hatte er geschossen. Wie in einem großen Erstaunen war sie zusammengesackt.

Der Mörder warf die Pistole weit hinaus in die bereits tosende See, die Patronenhülle lag irgendwo im Sand. Der aufkommende Sturm würde schon bald mächtige Wellen gegen die Steilküste schleudern, die alles mit sich nehmen würden. Nachdem die brodelnde Gischt den Sand um die Tote weggespült hatte, würde sich die Leiche zögernd in mehreren kleinen, ruckartigen Bewegungen drehen und wie ein Baumstamm Stück für Stück in tieferes Wasser gleiten. Feiner Sand würde in die Körperöffnungen, in Nase, Mund und Ohren geschwemmt werden. Der natürliche Prozess der Verwesung hatte für die 27-jährige Frau bereits begonnen. Was von ihr noch übrig blieb, würden die Meeresbewohner nach Abflauen des Sturmes weit draußen in den Strömungen des klarer werdenden Wassers finden und in Besitz nehmen.

„Ich wünsche dir eine gute Reise", sagte der Mann an der Kante. „Du hattest die Wahl, und du hast dich für den Tod entschieden."

Er hoffte, dass die Strömung stark genug sein würde, damit das menschliche Treibgut für die Boote der polnischen Küstenwache oder die Containerschiffe, die auf der nahen Fahrrinne unterwegs waren, unsichtbar blieb. Der breite Gürtel, den die Frau um ihre Hüfte trug, war ein Sprengstoffgürtel mit Zeitzünder. Der wasserresistente Sprengstoff würde in drei Stunden explodieren. Steven Briggs war sich sicher, dass von dieser Tat keine Spuren zu ihm zurückzuverfolgen sein würden. Wie immer hatte er perfekt gearbeitet. Er liebte die Präzision, nicht nur in der Musik.

Der sandige Grund unter seinen teuren Budapestern bröckelte, und der Mann zog sich erschrocken von der Kante zurück. Er wollte seinem Opfer nicht hinterherstürzen. Der einsetzende Regen begann bereits, seine Trittspuren in dem sandigen Untergrund zu verwaschen. Wenig später würden auch die Reifenspuren seines Geländewagens nicht mehr zu erkennen sein.

Hastig strebte Briggs zu seinem Wagen zurück und öffnete die Fahrertür, die er nicht verschlossen hatte. Eine angenehme Wärme, gemischt mit dem Duft der Lederpolster und einer Spur eines herb-femininen Parfüms umfing ihn. Diesen Geruch würde er vermissen. Er öffnete das Seitenfenster ein kleines Stück und schaute hinaus auf die wilder werdende See.

Die Frau, die da unten auf die nasse Reise ging, war Mona, eine hochbegabte Musikerin, Mozart-Interpretin und Oboistin. Er konnte sie nicht besitzen, also musste er sie töten. Wie andere Musikerinnen, in die er so viel Hoffnung gesetzt hatte. Seit frühester Jugend reagierte er bei Liebesverlust mit Hass. Tödlichem Hass. Niemand sollte bekommen, was nur ihm vorbehalten war.

Auf dem Touchscreen im Armaturenbrett des Fahrzeugs wählte er eine passende Musik zu diesem Abschied aus. Das Requiem in d-Moll von Wolfgang Amadeus Mozart, die letzte ganz große Komposition des Musikers. Briggs drehte die klagenden Streicher und Oboen lauter, während er den Motor startete. Er würde sich eine andere Frau suchen müssen, mit der er seinen Traum verwirklichen konnte.

2

Im Landeskriminalamt Wien hatten sich an diesem Montagmorgen ein halbes Dutzend Ermittler versammelt. Fast alle waren mit einem Kaffee in der Hand, wobei jede Tasse anders aussah, in den schmucklosen Raum eingetreten. Der Einsatzleiter der Sonderkommission „Klangkörper" hatte den Besprechungstermin kurzfristig angesetzt. An die Frontwand waren die wichtigsten bisherigen Erkenntnisse geheftet: Fotos von Tatorten, Porträts der Opfer sowie Skizzen und Ortsbeschreibungen. Dazwischen war eine weiße Leinwand von der Decke herabgelassen worden, um über einen fest installierten Beamer neues Ermittlungsmaterial zu präsentieren. Das Eröffnungsbild zeigte nur die Wörter „Soko Klangkörper" in einer nüchternen Helvetica-Schrift.

„Grüß Gott, zusammen", begrüßte der kantige, drahtige Einsatzleiter, der als einziger keinen Kaffeebecher vor sich stehen hatte, die Kollegen. Als Frühaufsteher und Teetrinker konnte er deren Kaffeesucht nur schwer nachvollziehen. Die bunte Sammlung von Bechern ließ ihn mehr an seine Wohngemeinschaft, als er in Graz noch Jura studiert hatte, denken, als an eine straff geführte Behörde. Die Polizei sollte sich endlich mal einheitliche Getränketassen leisten, ging es ihm durch den Kopf, bei den Uniformen gab es ja auch keine beliebige Gestaltungsfreiheit.

„Ich habe Sie zusammengerufen, da sich die Lage geändert hat."

„Eine weitere Tote?“, fragte eine smarte Polizistin mit streng nach hinten zusammengebundenen blonden Haaren, die mit einem Schreibblock auf dem Schoß aufrecht in der ersten Reihe saß. Ihr Name war Larissa Bost, und sie galt als eines der vielversprechendsten Talente im Team. Ihr Vater hatte sich bei der Wiener Kriminalpolizei einen legendären Ruf als unerbittlicher, aber erfolgreicher Ermittler erworben, der in den siebziger Jahren bereit gewesen war, sich mit der damals neu auftretenden Balkanmafia anzulegen. Deren Geschäfte mit Prostitution, Drogen und Glücksspiel zu stören, hatte manchem Polizisten im Dienst das Leben gekostet.

Larissa Bost war seit dem mysteriösen Verschwinden einer Studentin vom Konservatorium stark an diesem Fall interessiert. Sie hatte dort einige Freunde, da sie selbst in einer Rockband den E-Bass spielte. Zu einer professionellen Karriere hatte es nicht gereicht, aber die Musik war für sie der ideale Ausgleich zur Welt des Bösen, der Fakten und der Beweise, mit der sie als Kripobeamtin jeden Tag akkurat umgehen musste. Manchmal tauschte sie nach Feierabend noch auf der Wache ihre Dienstuniform gegen eine knalleng anliegende schwarz glänzende Lederjacke, um zur Probe ihrer Band oder direkt in einen Club zu fahren. Für manche ihrer Kollegen galt sie als bunter Vogel mit noch dazu liberalen politischen Ansichten. Eher unüblich in Wiener Polizeikreisen.

Der Einsatzleiter mochte sie gleichwohl, da sie den verstaubten Laden immer wieder mit überraschenden Vorschlägen aufmischte.

„Genau“, sagte er. „Ich zeige euch gleich ein paar Aufnahmen, die unsere polnischen Kollegen vor der Küste bei dem Badeort Zoppot nördlich von Danzig gemacht haben. Nichts für schwache Nerven zu dieser frühen Stunde. Kann mal jemand die Jalousien runterlassen?“

Mit einer Fernbedienung startete der Einsatzleiter die Präsentation, nachdem ein Kollege den Raum mit den ewig klemmenden Rollos weitgehend verdunkelt hatte.

Das erste Bild zeigte eine Google-Landkarte der polnischen Küste, auf der mit einem Kreuz ein Punkt rund drei Seemeilen vor dem Badeort eingezeichnet war. Der Einsatzleiter erklärte, dass hier der Torso einer jungen Frau sowie der Kopf und ein Arm im Wasser treibend aufgefunden worden waren. Der restliche Körper musste durch eine Explosion oder eine andere heftige Gewalteinwirkung abgetrennt worden sein.

Ein Fischer hatte die grausige Entdeckung gemacht, da er sich über die zahlreichen Seemöwen wunderte, die immer wieder das treibende Bündel umkreisten. Als er mit seinem kleinen Metallboot mit Außenbordmotor die Stelle erreicht hatte, wäre er am liebsten sofort weitergefahren. Er hatte sich gezwungen, die Notrufnummer der Polizei anzurufen und seine Entdeckung mitzuteilen. Auf Anweisung des Beamten hatte er einen leeren Benzinkanister mithilfe eines Enterhakens am Hals der Toten befestigt. Diesen Blick würde er nie vergessen, die Augen, über die immer wieder das Ostseewasser schwappte. So eine hübsche Frau so grausam zugerichtet.

„Die nächste Folie zeigt die Meeresströmungen in dem Seegebiet“, erklärte der Einsatzleiter. „Daraus können wir ersehen, dass der Fundort natürlich nicht der Tatort sein muss“, fuhr er mit nüchterner Stimme fort. Mit dicken schwarzen und roten Strichen hatten die polnischen Kollegen die an diesem Tag vorherrschenden Strömungen und Windrichtungen eingezeichnet. Es ergab sich ein Radius von rund 150 Kilometern, innerhalb dessen die Leiche abgetrieben sein konnte. Den Tatort einzugrenzen, würde nicht leicht sein. Einzig die Tatsache, dass am Körper der Toten Reste eines weinroten Trenchcoats gefunden wurden, hatte die polnische Polizei dazu gebracht, mit den Wiener Kollegen Kontakt aufzunehmen. In einer Vermisstenmeldung von Interpol zu einer jungen Frau aus Österreich war ausdrücklich ein weinroter Trenchcoat erwähnt worden. Möglicherweise gab es da einen Zusammenhang. Allerdings waren bei der Toten sämtliche Hinweise, die hätten weiterführen können, aus dem Kleidungsstück entfernt worden. Die Spurensicherung hatte lediglich eine durchlöcherte Naht im Rückenbereich gefunden.

Das dritte Bild schockte die Polizistinnen und Polizisten, die wirklich hart gesotten waren. Der Torso ließ erahnen, mit welcher Wucht der untere Teil des Körpers abgetrennt worden sein musste. „Ist ja schlimmer als im Krieg“, sagte ein älterer Beamter. „Woher weißt du schon, was Krieg ist“, bemerkte sein Nachbar in einem weichen Wiener Dialekt. „Du warst ja nicht einmal in Afghanistan.“

„Meine Herren, bitte“, unterbrach der Einsatzleiter. „Bleiben wir bei den Fakten. Nach Auskunft der Rechtsmedizin in Polen muss eine Explosion den Körper zerrissen haben, und zwar einige Stunden nach Eintritt des Todes. Daraus ergeben sich zwei Fragen: Wer tut so etwas, und warum?“

„Gute Frage, Chef“, sagte ein junger Beamter in der dritten Reihe, der sich solche Bemerkungen aufgrund seiner überdurchschnittlichen Ergebnisse in dem Team leisten konnte. Der Chef schaute ihn kurz streng an.

„Das ist genau das, was Sie herausfinden müssen.“

„Aber wo ist der Beweis, dass diese Tote etwas mit unseren Frauenmorden am Konservatorium zu tun hat?“, hakte der junge Beamte nach.

„Genauso gute Frage. Aber wir haben heute früh die Identifizierung der Leiche bestätigt bekommen: Es handelt sich wieder um eine Musikerin aus dem Konservatorium hier in Wien.“

„So eine Sauerei“, entfuhr es der Beamtin in Reihe eins, „jetzt murkst der die armen Frauen schon im Ausland ab. Das muss ein ganz Perverser sein.“

Nachdem der Einsatzleiter die weiteren Ermittlungsbilder der polnischen Kollegen gezeigt hatte, ließ er die Rollos wieder hochziehen. Einige der grauen Wolken hatten sich in der Zwischenzeit über Wien verzogen, die herbstliche Sonne kam durch den Dunst. Die Runde besprach die weitere Vorgehensweise. Die Kaffeebecher waren mittlerweile alle geleert, braune kreisförmige Flecken zierten jetzt die Resopaltische. Die Beamten kehrten zu ihren Schreibtischen zurück und versuchten, die gerade gesehenen Bilder zu verdrängen.

3

Nina Brahm war früh auf den Beinen. Die Aufregung, an diesem Abend ein so großes Konzert zu spielen, hatte ihr eine fast schlaflose Nacht beschert. Immer wieder war sie aufgewacht und in Gedanken die komplizierten Figuren und Phrasen des Concertone für zwei Violinen und Orchester in C-Dur durchgegangen. Das Werk, das Mozart als 18-Jähriger im Jahr 1774 geschrieben hatte, verband auf einzigartige Weise das scheinbar Leichte und Beschwingte mit dem musikalisch Anspruchsvollen und Schwierigen. Ein Merkmal, das sich durch das ganze Werk des Salzburger Komponisten zog.

Die zierliche Nina Brahm war Absolventin einer Meisterklasse an der Hamburger Hochschule für Musik und Theater und bestens vorbereitet auf eine Karriere als Solistin und Mozart-Expertin. Mit dem Komponisten hatte sie sich besonders beschäftigt, mehrere Jahre lang hatte sie seine Werke einstudiert. Die notwendige Förderung erhielt sie dabei nicht nur von ihrem Professor, sondern auch von ihrem Vater, einem wohlhabenden Hamburger Wohnungsbauunternehmer. Er hatte einen Teil seines in vier Jahrzehnten erarbeiteten Reichtums inzwischen in eine Familienstiftung gesteckt, die sich um Bildungsförderung bei benachteiligten Jugendlichen kümmerte. Da Nina seine einzige Tochter war, liebte er sie abgöttisch und hatte ihr verziehen, dass sie nicht, idealerweise mit einem Ingenieur als durchsetzungsfähigen Schwiegersohn, das väterliche Erbe weiterführte, sondern sich ganz der Musik widmete. Auf jeden Fall würde er heute Abend in der Elbphilharmonie in der ersten Reihe sitzen, um seine Tochter bei ihrem wirklich ersten großen Auftritt vor dem Publikum der Hansestadt zu unterstützen. „Ninchen, das machst du schon", waren seine üblichen aufmunternden Worte, wenn Nina mit sich und ihrer Karriere haderte.

Sie hatte schon so oft daran gezweifelt, ob sie wirklich mit Musik ihre Brötchen verdienen könnte. Berufliche Unabhängigkeit war ihr ungemein wichtig, gerade da sie sich durch das elterliche Erbe eigentlich keine Sorgen machen brauchte. So hatte sie am Schwarzen Brett im Foyer der Musikhochschule eine Anzeige entdeckt, die sofort ihr Interesse geweckt hatte: „Mozart – das Genie. Ich möchte ihm näherkommen. Wenn Sie mir dabei mit Unterricht zu attraktiven Konditionen helfen wollen, rufen Sie an. Bevorzugt Meisterklasse. E-Mail: stefansand@gmail.com." Nina hatte sich die Adresse auf einen Schmierzettel geschrieben und ihn in die Tasche gesteckt, um ihn dann erst einmal zu vergessen.

Jetzt, bei den Vorbereitungen auf den großen Konzertabend, erinnerte sie sich an den Augenblick als dieser Mann in ihr Leben getreten war. Heute Abend würde auch er im Publikum sitzen, allerdings inkognito und in einer der hinteren Reihen.

Nina Brahm bereitete sich mit ihrer italienischen Kaffeemaschine einen Cappuccino zu. Er war ihr einziges Frühstück heute, da sie vor Auftritten kaum etwas zu sich nehmen konnte. Ihr Appartement besaß eine große Fensterflucht zum Hafen, der in der Morgensonne glitzerte. Barfuß balancierte sie ihr Getränk auf den gewachsten Holzbohlen aus brasilianischer Pitchpine zu dem sonnigen Platz am Fenster, während sie mit der anderen Hand die Noten des Concertone hielt. Sie würde den Vormittag damit verbringen, jeden einzelnen Einsatz des kompliziert aufgebauten Stücks durchzugehen und sich ihre mit Bleistift eingefügten Notierungen ein letztes Mal einzuprägen. Stefan hatte sie immer ermahnt, doch mal auszuspannen und die Noten beiseite zu legen, wenn sie gemeinsam unterwegs waren. Und in letzter Zeit waren sie oft gemeinsam unterwegs gewesen.

Bevor sie sich damals nach einigen Wochen auf die Anzeige gemeldet hatte, hatte sie versucht, etwas über den Unbekannten zu erfahren. Sie war beeindruckt gewesen, unter seinem Namen den Vorsitzenden einer humanitären Stiftung zu finden, die im südlichen Afrika Malariastationen und im fernöstlichen Kambodscha noch weitere Gesundheitsprojekte förderte. Sie, die ebenfalls aus einem humanitär engagierten Haushalt kam, fand das sympathisch.

Seiner Kurz-Vita im Netz zufolge hatte Stefan Sand ein elterliches Maschinenbauunternehmen in Berlin übernommen und dieses später in eine Stiftung umgewandelt. Er selbst sei als „Exportkaufmann" früh in viele Länder gereist, habe lange im Ausland gelebt und von diesen Reisen die Erkenntnis mitgebracht, sich humanitär zu engagieren. Als Kontakt war eine Adresse bei Salzburg angegeben. Seewinklstraße 2 in Fuschl am See, eine Adresse, die Nina sofort im Internet gefunden hatte. Auch in einem Netzwerk von Stiftungen hatte sie seinen Namen entdeckt, ebenso wie auf einer Seite in einem der großen Portale für den Austausch persönlicher Nachrichten. Stefan Sand hatte offenbar viele Freunde.

Zunächst hatte sie den Kontakt per E-Mail aufgenommen. Sand hatte voller Enthusiasmus darauf geantwortet, sich in die Musik Mozarts vertiefen und seine Kenntnisse erweitern zu wollen, um möglicherweise selbst einige Stücke spielen zu können. Grundkenntnisse aus einem früheren Klavierunterricht seien vorhanden.

Er hatte Nina ein Treffen in Hamburg vorgeschlagen, um sich kennenzulernen. Er hatte angedeutet, dass er bereit sei, ein weit über das Übliche hinausgehendes Honorar zu vereinbaren. „Sie müssen wissen", hatte er seine E-Mail geschlossen, „dass ich diesen Komponisten verehre wie keinen anderen. Er hat so Großartiges geschaffen, und mit Ihrer Hilfe will ich ihn noch mehr entdecken."

Das muss ja ein richtig Besessener sein, dachte sich Nina.

Ihr erstes Treffen hatte im Teeraum eines noblen 5-Sterne-Hotels an der Hamburger Binnenalster stattgefunden. Als sie die drei Stufen zu dem Kaminzimmer hinaufgegangen war, war er sofort aus seinem Ledersessel aufgestanden. Er kannte ihr Bild von den Covern einiger CDs, die Nina bereits veröffentlicht hatte.

„Nina Brahm, schön, Sie zu sehen."

„Herr Sand?"

„Genau, wir haben gemailt, ich bin Ihr neuer Schüler."

„Noch nicht, darüber wollen wir ja erst einmal sprechen."

„Wollen wir uns setzen?", hatte Sand gefragt und auf den Ledersessel neben dem kleinen Teetisch gedeutet. Darauf stand bereits ein grüner Tee in einem wertvollen Porzellanservice. „Was nehmen Sie, auch einen Tee?"

„Ja, aber lieber einen Earl Grey, ich muss wach bleiben. Heute Nachmittag haben wir ein Vorspiel in der Hochschule."

Nachdem sie die Bestellung aufgegeben hatten, hatte sich Sand in seinem Sessel nach vorne gelehnt. „Ich bin wirklich froh, dass Sie meiner Einladung gefolgt sind. Schon bei Ihrer ersten E-Mail hatte ich ein gutes Gefühl, dass wir zusammen kommen."

„Nun ja, Sie haben sich ja auch ein interessantes Thema vorgenommen. Warum eigentlich unbedingt Mozart? Warum ist er in Ihren Augen ein Genie?"

Sand hatte an die Kassettendecke aus alten braunen Edelhölzern geschaut und nachgedacht.

„Genie, ja, das fasst es am besten zusammen", hatte er sinniert. „Oder kennen Sie einen anderen Komponisten, der so vielfältige Werke geschrieben hat, der in so vielen Genres unterwegs war, der so viel Glück bei seinen Zuhörern erzeugen kann?"

Nina hatte nachgedacht. „Bach kann das."

„Sicher, aber hat er das Beschwingte, dieses Leichte?"

„Kaum. Bach ist Mathematik, Mozart ist Überraschung." Nina hatte an ein Wort von Arnold Schönberg denken müssen, dass manches nur „in Tönen sagbar" sei. Mozarts Musik war mit Erklärungen nicht beizukommen.

„Eben. Deshalb möchte ich Sie bitten, mir zu helfen, diesen Kosmos weiter zu erschließen. Zeigen Sie mir den Weg, diese Kompositionen von den wunderbaren Klavierkonzerten bis hin zur Zauberflöte noch besser zu verstehen und zu spielen."

„Oh, Sie scheinen ja schon ein ziemlicher Experte zu sein. Ob ich Ihnen da noch was beibringen kann? Mozart erschließt sich doch selbst beim Zuhören. Entweder die Musik erzeugt Glücksgefühle oder sie nervt."

Sand hatte sie irritiert angeschaut. „Hat Mozart Sie jemals genervt?"

„Oh ja, schon ganz oft, zum Beispiel, wenn ich an seinen anspruchsvollen Stimmführungen und Notensätzen verzweifelt bin. Glauben Sie nicht, dass sich das von selbst spielt. Hinter dem Leichten steckt schwere Arbeit."

Auf einem auf Hochglanz polierten Tablett hatte der Ober diskret den Tee gebracht und ein schweres silbernes Milchkännchen dazugestellt. In einem weiteren Silbergefäß hatte er weiße und hellbraune Zuckerstückchen serviert. „Haben Sie sonst noch Wünsche?", hatte er Sand gefragt. „Wie wäre es mit einem kleinen Stück Kuchen?"

Inzwischen hatte ein anderer Ober einen Rollwagen mit einem gläsernen Aufsatz herangebracht. Darunter lockten hübsch angeordnete Stücke diverser Kuchenspezialitäten.

Nina Brahm hatte die Augenbrauen gehoben. Ihr Appetit war nicht zu übersehen.

„Also ja. Geben Sie uns doch ein Stück Erdbeere, ein Stück von dem Baumkuchen und etwas von der Torte", hatte Sand gesagt und auf die feinen Kuchen gedeutet. Nina hatte erfreut genickt, er hatte ihre Lieblingssorten getroffen. Sie schätzte diese Art, schnell entschlossen das Richtige zu tun. Wahrscheinlich würde sie Sand als ihren Schüler in Sachen Mozart akzeptieren.

„Wo waren wir stehen geblieben?", hatte Sand gefragt, als der Ober die Kuchenstücke auf einer Etagere abgesetzt und noch einige Pralinen daneben gelegt hatte. „Richtig, das Leichte und die Arbeit. Ich stelle mir vor, dass Sie mir einige der wichtigen Werke Mozarts aus Ihrer Sicht vorstellen und wir uns darüber austauschen, wie sie einzuordnen sind. Bei den leichteren Stücken würde ich gern mit Ihnen musizieren, auch wenn mein Klavierspiel natürlich nicht an Ihre Fähigkeiten herankommt."

Nina Brahm hatte überlegt. „Aber bitte nicht die Kleine Nachtmusik."

Auf was würde sie sich mit diesem seltsamen Mann einlassen? Die Musik als Brücke zu etwas ganz anderem? Ging es ihm wirklich um Mozart, oder suchte er Gesellschaft, um sie schließlich zu verführen? Ganz unangenehm war ihr der Gedanke nicht. Stefan Sand schien ein Mann zu sein, der das Leben genießen konnte und der auch die neugierige Fröhlichkeit besaß, die Nina manchmal in ihren Musikerkreisen vermisste. Ihre langjährige Beziehung zu einem Kommilitonen war schon eine Weile in einer Krise, sie war offen für etwas Neues.

„Was schlagen Sie nun vor?“, hatte Nina zwei Stunden später gefragt, inzwischen etwas ungeduldig, da sie zu der Probe aufbrechen musste. Bei ihrer Unterhaltung hatten sie immer mehr Gemeinsamkeiten entdeckt. Der Zauber eines Neubeginns hatte über ihrer Teestunde gelegen. Besonders hatte sie berührt, wie Stefan Sand über seine Gesundheitsprojekte und sein humanitäres Engagement berichtet hatte, sein Einsatz für die Notleidenden dieser Welt war ernsthaft und von Empathie getragen. Das hatte eine große Nähe hergestellt, sie würde ihn wiedersehen wollen, schon bald. Wer weiß, vielleicht würde sie ihm nicht nur ihren Mozart nahebringen.

Etwas verwirrt war Nina in die frische Luft an der Binnenalster getreten, nachdem sich Sand mit einer noch ungelenken Umarmung verabschiedet hatte. Das fühlte sich gut an, hatte sie gedacht, ich möchte ihn wiedersehen. Sie hatten verabredet, sich zu mailen.

4

„Schatz, bist du es?“, rief Jenny Briggs mit ihrer hellen Stimme aus dem ersten Stock. Das Ehepaar Briggs wohnte schon lange in der geräumigen Jugendstilvilla in einer ruhigen Wohnstraße in Berlin-Grunewald. Hinter den hohen Mauern, den ewig-grünen Rhododendren und Buchsbaumbüschen verbargen sich die Häuser wohlhabender Familien und neuerdings zu Wohlstand gekommener Aufsteiger aus der Start-up-Welt, die mit viel Geld die alten Villen der Gründergeneration renovierten und mit neuem Leben füllten. Flüchtige Bitcoins wurden hier in soliden Backstein und Beton verwandelt.

Briggs hatte das Haus von seinem Vater geerbt, den er selten zu Gesicht bekommen hatte. Als Unternehmer war er meist in seiner Firma oder auf Reisen gewesen. Familienbilder zeigten ihn im Anzug und mit Krawatte auf dem Spielplatz. Da sich seine jugendliche Frau von ihm getrennt hatte, versuchte er mit Personal, die Betreuung des noch nicht einmal schulpflichtigen Kindes Steven sicherzustellen. Die wechselnden Kindermädchen konnten die Einsamkeit des kleinen Jungen jedoch nicht mildern, da half aller Wohlstand nicht.

Die prachtvolle Immobilie, deren Anblick bei Besuchern meist mit dem Ausruf „So ein schönes Haus!“ kommentiert wurde, war für ihren Besitzer Lust und Last zugleich. Unterhalt und Pflege der repräsentativen Villa und der Gartenanlage verlangten einen ständigen Geldstrom an Verwalter, Handwerker, Gärtner und Steuerbehörden. Gut, dass es da verlässlich sprudelnde Geldquellen gab. Bei Briggs waren es eine Maschinenbaufabrik als väterliches Erbe und seine eigenen Geschäfte in der Grauzone zwischen Technologiehandel und Waffenexporten.

„Ja", rief Briggs nachdem er die schwere und gesicherte Eingangstür hinter sich geschlossen hatte, „ich bin's, Liebling." Es war Freitagabend und er kehrte von einer Auslandsreise aus den Arabischen Emiraten zurück. Dass er wohl pünktlich sein werde, hatte er seiner Frau noch vom Flughafen in Abu Dhabi gesimst. Eigentlich hatte er zum gemeinsamen Abendessen zurück sein wollen. Doch aufgrund von Verzögerungen beim Anflug auf den Chaosflughafen Berlin war es jetzt bereits halb zwölf Uhr abends geworden. Jenny hatte die Schale mit dem frischen Salat vor zwei Stunden in den Kühlschrank geräumt. Wie gut, dass sie die Angewohnheit hatte, das Salatdressing in einem eigenen Töpfchen anzurichten, so war der Salat auch noch am nächsten Tag genießbar und nicht in sich zusammengefallen.

Wie so oft hatte sie keine Lust gehabt, auf ihren zurückkehrenden Mann zu warten, und sich lieber mit einem leicht lesbaren Roman in das Schlafzimmer zurückgezogen. Sie liebte Bücher über Beziehungsdramen, doch sie sollten einen versöhnlichen Schluss haben. Jenny war kein Typ für Sachbücher, wie ihre inzwischen stattliche Bibliothek im Schlafzimmer belegte.

„Ich bin schon im Bett, kommst du noch hoch?", erwiderte sie.

Das Ehepaar hatte getrennte Schlafzimmer, was nicht unbedingt für eine Entfremdung, sondern mehr für partnerschaftliche Einsicht sprach. Jenny musste sich nicht mit den nächtlichen Schnarchgeräuschen ihres Mannes abquälen, und ihm blieb die mit dem Lesen verbundene Dauerbeleuchtung erspart. Als sie noch regelmäßig Sex miteinander gehabt hatten, hatten weder Schnarchen noch Lesen eine Rolle gespielt. Das mit mehreren Schlafzimmern ausgestattete Haus erlaubte ihnen auch jetzt ein respektvolles Miteinander, gelegentliche Begierden und Bettbesuche nicht ausgeschlossen.

„Gleich, ich muss nur schnell unter die Dusche“, rief Steven Briggs, der einen langen Tag in der heißen Wüstenstadt mit lauter Klimaanlagen hinter sich hatte. Sein Kunde hatte am Vorabend darauf bestanden ihn zu einem Beduinenzelt am Rande der Wüste zu fahren, um den Vertragsabschluss zu feiern. Mit viel Tee, noch mehr holzfassgereiftem alten Whisky, arabischen Spezialitäten und Bauchtanz wurde Briggs die ganze Gastfreundlichkeit seiner arabischen Geschäftsfreunde zuteil. Als er gegen Mitternacht von seinem Gastgeber zu seinem eigenen kleinen Zelt geleitet worden war, hatte er sich als Teil einer der Tausendundeinernacht-Erzählungen gefühlt. Vor allem als sich das süße Parfüm seiner sehr jungen, kaffeebraunen Begleiterin in dem korrekten schwarzen Business-Kostüm immer dichter um seinen Kopf gelegt hatte. Die gut Englisch sprechende Hostess hatte ihm schon während der Tanzaufführung aus ihren mandelförmigen Augen zugelächelt und ihm auf Englisch zugeflüstert: „Wollen Sie mich später noch sehen?“

Natürlich hatte Briggs gewollt, er fühlte sich begehrt und vergaß gern, dass die Begleiterin Teil des Deals gewesen war. Mit ihren strahlend weißen Zähnen hatte sie an seinem Ohr geknabbert und in dem höhlenartigen Zelt zielstrebig seinen Gürtel geöffnet. Er hatte ihre samtige schwarze Haut berührt und ihr die Haare aus dem Gesicht gestrichen. Heute Nacht würde er eine zärtliche Botschafterin einer fremden Kultur erkunden. Briggs war bereit gewesen für ein Abenteuer und hatte sich gegen den inzwischen weniger korrekt gekleideten Körper seiner Begleiterin gedrückt. Eine Welle der Begierde hatte ihn erfasst.

Unter der Dusche erinnerte sich Briggs an die Leidenschaft der Frau. Briggs liebte diese Art von Globalisierung. Er rubbelte sich mit einem samtweichen Frotteehandtuch trocken. Wieder zu Hause zu sein, war auch schön.

„Kommst du noch?", rief Jenny von oben. Briggs trocknete sich ab und verließ barfuß die in grau-weißem Marmor gehaltene Dusche. Wie gern wäre er jetzt erneut zu einer verschwiegenen Oase für den nächsten Wüstentraum entflogen. Stattdessen rief er ein leicht genervtes „Gleiiiich" und zog sich den Bademantel über. Er wollte seiner Frau nicht halbnackt gegenüber stehen, da er das blumige Parfüm der Mandeläugigen immer noch um sich spürte. Frauen hatten einen siebten Sinn für verräterische Gerüche. Nachdem er die ersten Stufen der geschwungenen Holztreppe genommen hatte, fiel ihm das Geschenk für Jenny ein, das noch in seinem Koffer lag. Ein geschmackvolles Armband aus bunten Steinen und Silber, er hatte es in der Ladenzeile seines Hotels gefunden. Er kannte ihren Geschmack, und für Schmuck jeder Art war sie immer zu haben. Schnell holte er es.

„Das ist aber schön", sagte Jenny, als sie wenig später das aufwendig verpackte Geschenk aus der goldgeprägten Schachtel nahm. „Danke, mein Schatz, du kennst mich. Hattest du eine schöne Zeit?"

„Alles gut gelaufen, das sind wirklich sehr gastfreundliche Menschen." Von der Hostess erfuhr sie natürlich nichts. Zwar ahnte sie etwas, doch wie üblich wollte sie schon aus Selbstschutz gar nicht wissen, um was für Partner und Geschäfte es sich handelte. Es geht um technologische Güter für die Industrieverwertung, antwortete Briggs, wenn sie sich doch einmal erkundigte. Mehr sagte er nicht. Dass die von ihm verkauften elektronischen und andere High-Tech-

Produkte nicht nur in der Lage waren, petrochemische Anlagen, sondern auch Mittelstreckenraketen zu steuern oder Giftgaslabore auszustatten, verschwieg er lieber. Mit solchen Details wollte er Jenny nicht belasten.

„Trinken wir darauf noch einen Schluck", schlug er vor. Jenny nickte, für einen Schluck oder mehrere davon, bevorzugt Champagner oder ähnliche Flaschengärungen, war sie immer zu begeistern. Wenig später kehrte Briggs mit zwei schlanken tulpenförmigen Gläsern und einer eiskalten Flasche aus der Küche zurück. Das Ploppen des Korkens gehörte zu ihren Lieblingsgeräuschen.

„Schön, dass du wieder da bist", sagte Jenny, die sich in ihrem ausladenden Bett mit einem der zahlreichen Kissen aufgesetzt hatte. Sie hielt ihm das Glas entgegen und er stieß mit ihr an. „Auf dich, dass du so geduldig mit mir bist", sagte er liebevoll. Jenny hatte sich längst mit seinen häufigen Abwesenheiten arrangiert.

Oft reiste Briggs auch allein in das Ferienhaus bei Salzburg, oder er besuchte Musikfestivals in aller Welt. Für Jenny war die Begeisterung ihres Mannes für klassische Musik ein Rätsel. Ihr Musikgeschmack war ein ganz anderer, er ging in Richtung Pop und eingängige tanzbare Musik. Einen ganzen Abend mit Mozart zu verbringen, schien ihr wie der Besuch einer Strafgaleere, aber sie respektierte die Besessenheit ihres Mannes. In seinem Arbeitszimmer hatte er eine sündhaft teure Musikanlage installiert. Ohne seine Frau zu stören, konnte er dort Symphonien, Opern oder Kammerkonzerte in voller Lautstärke hören. Und zu nächtlicher Stunde benutzte er einen kugelförmigen Musikstuhl mit hochwertiger Audioelektronik, die ihm die Tonqualität eines Konzertsaals bot.

Briggs liebte es ganz besonders, nach arbeitsreichen Dienstreisen in die klassische Musikwelt einzutauchen, es entspannte ihn nach der Beschäftigung mit elektronischen

Schaltplänen und Prozesssteuerungen, die nicht unbedingt friedensstiftend waren.

„Und sonst?“, fragte seine Frau, nachdem sie einen zweiten Schluck der perlenden Köstlichkeit genommen hatte. „Haben dich die Araber gut behandelt?“

„Das kann man wohl sagen“, antwortete ihr Mann mit einem leichten Lächeln auf seinem kantigen Gesicht. „Die Verträge sind so gut wie unterschrieben. Und es geht um einen dreistelligen Millionenauftrag.“

„Das klingt gut.“ Jenny wusste, dass ihr luxuriöses, sorgenfreies Leben von den sprudelnden Einkünften ihres Mannes abhing. Ihren erlernten Beruf als Flugbegleiterin hatte sie aufgegeben, nachdem sie sich vor dem Altar einer hübsch geschmückten Kirche am Starnberger See das Jawort gegeben hatten. Jenny war seither die perfekte Gastgeberin für die Geschäftsfreunde ihres Mannes, sie hatte den großen Haushalt in Berlin im Griff. An seinem Ferienhaus im Salzkammergut zeigte sie wenig Interesse. Sie war niemand, die den Geruch von Kuhställen schätzte, Dieselmotoren von Traktoren am Sonntagmorgen gut fand oder gebückt, mit schmutzigen Fingernägeln, Blumenrabatte unkrautfrei halten wollte. Das Ferienhaus blieb sein Rückzugsgebiet.

Idealerweise lag es auch ganz in der Nähe des Geburtshauses von Mozart, dessen Musik für ihn so eine große Rolle spielte. Manchmal war sie ein wenig eifersüchtig auf den perückentragenden Salzburger Jüngling, dem ihr Mann mehr Zeit widmete als ihr.

Jenny konnte keine Kinder bekommen. In den ersten Jahren ihrer Ehe hatten sie noch über die Adoption eines Babys aus Sri Lanka oder Russland nachgedacht, doch immer wieder gab es Gründe, diese wichtige Entscheidung zu vertagen. Eines Tages war es zu spät gewesen, um noch die Verantwortung für ein Kind zu übernehmen. Sie hatten sich damit abgefunden, kinderlos zu bleiben. Es gab die

Momente des Bedauerns, keine Kinder zu haben, die jetzt nachts in ihren Zimmern behütet schlafen würden und die dieses Gefühl von Familie, Geborgenheit und Zukunft auslösen konnten.

Steven Briggs ließ ein anderer Gedanke nicht los. Er stellte sich vor, Vater eines Kindes zu sein, das vielleicht über besondere Fähigkeiten verfügen würde. Diese Vorstellung wurde bei ihm zu einer Obsession. Immer, wenn er junge Mütter einen Kinderwagen schieben oder sie am Spielplatz auf die buddelnden Kleinen aufpassen sah, suchte er sich ein Kind heraus, dass seine geheimen Wünsche vielleicht am besten umsetzen könnte. Es sollte ein Kind mit einer besonderen Begabung sein. Nicht mit irgendeiner: Es sollte den Genius und die Produktivität eines Mozart haben. Briggs musste sich das irgendwann eingestehen: Ja, er war besessen von dieser Idee. Dafür würde er viel tun, sehr viel.

„An was denkst du?", fragte Jenny in die Stille hinein, als sie erneut die Gläser gefüllt und damit angestoßen hatten. Ihr Mann saß auf der Bettkante und schaute sie freundlich an.

„Ach nichts, nur dass es schön ist, wieder zu Hause zu sein."

„Mein Lieber, du mogelst", sagte seine Frau, „du hast an etwas ganz anderes gedacht."

„Wie gut du mich kennst. Ich habe tatsächlich daran gedacht, dass ich noch Lust auf ein Schinkenbrot habe."

„Na siehst du, ich kenne dich. Dann mach dir doch eins. Im Kühlschrank steht auch noch Salat, du musst nur das Dressing noch dran machen."

„Okay, ich komme gleich wieder."

„Lass dir Zeit, ich lese noch."

Briggs machte sich auf den Weg zur Küche. Unterwegs musste er an sein geheimes Mozart-Kind denken und daran, dass er morgen eine junge Frau in Salzburg aufsuchen wollte. Sie war eine der Kandidatinnen für seinen Traum.

5

Maria studierte in der Geburtsstadt des Komponisten am Mozarteum. Als hochbegabte Musikerin gehörte sie der Meisterklasse für Querflöte an. Sie stammte aus einer Berliner Familie, in der das Musizieren zur Erziehung gehörte, da beide Eltern ihren Lebensunterhalt mit der Musik verdienten. Der Vater spielte als Bassist im Orchester der Berliner Philharmonie, die Mutter war als Klavierlehrerin und regelmäßige Mitspielerin eines Kammermusik-Ensembles, das sich auf die Wiener Klassik und Romantik spezialisiert hatte, tätig. Beethoven, Mozart, Schubert, Schumann – sie waren so etwas wie das tägliche Brot der Familie.

Maria war nach ihrer Ausbildung an der Hochschule in Berlin mit einem Stipendienprogramm, das ihr ein wohlwollender Professor vermittelt hatte, nach Salzburg gekommen. Sie war zwar ehrgeizig und hatte mehrere Wettbewerbe gewonnen, aber ihr fehlte es an Selbstsicherheit. Sie zweifelte immer wieder an sich und ihrem außerordentlichen Talent. Dabei hatte sie die Karriere ihrer Mutter vor Augen, die den großen Durchbruch als Pianistin nicht geschafft hatte, die weltweite Konkurrenz war zu hart gewesen. Jetzt Unterricht zu geben, war eher eine Notlösung, auch wenn sie mit ihren profunden Kenntnissen und ihrem pädagogischen Geschick die Schüler ungemein förderte. Maria war nicht der Typ, der sich selbst gut verkaufen konnte, eine Eigenschaft, die im modernen Konzertbetrieb immer wichtiger wurde. Umso mehr freute es sie, dass sie ausgewählt worden war, am renommierten Mozarteum studieren zu dürfen.

In der Eingangshalle hingen an Stellwänden und an einer Litfaßsäule diverse Plakate zu Konzertveranstaltungen. Steven Briggs war auf dem Weg zu seinem Ferienhaus am Nachmittag zum Mirabellplatz gefahren und hatte seinen Wagen in einer der Seitenstraßen geparkt. Um diese Zeit war es noch möglich, einen Platz für seinen großen Geländewagen zu finden. Er überquerte die Rainerstraße und betrat den weiträumigen Eingangsbereich der Hochschule. Um das Wochenende mit Musik zu beginnen, hatte er sich ein kleines Hochschulkonzert herausgesucht. Flötenkonzert Nr. 2 in D-Dur, KV 214, für Flöte und Orchester mit zwei Violinen, Viola, Bass, zwei Oboen und zwei Hörnern. Eigentlich hatte Mozart das Konzert für Oboe geschrieben und später aus Zeitgründen für die Flöte transkribiert, mit seinen drei Sätzen Allegro aperto, Andante ma no tropo sowie einem Alegretto dauerte es nur 23 Minuten. In Besprechungen von Aufnahmen des kleinen Meisterwerks hieß es, „tänzerischer Gestus“ sowie „brillante Läufe setzten Glanzlichter auf“.

Briggs war an diesem Nachmittag besonders gespannt auf das Glanzlicht Maria, die er aus ganz anderen Gründen kennenlernen wollte. Nachdem er die Glastüren passiert hatte, entdeckte er gleich das hübsch gestaltete Plakat für das Konzert, das um 18 Uhr im großen Studio auf dem Programm stand. Die Solistin Maria Sanders blickte ihn darauf mit ihren großen Augen über eine in beiden Händen gehaltene silberglänzende Querflöte an. Dass sie ein Mundstück aus Platin besaß, das einen mittleren vierstelligen Betrag gekostet hatte, konnte man dem Instrument nicht ansehen.

Bis zum Konzertbeginn war noch etwas Zeit. Briggs schlenderte durch das Foyer zum Eingang des Bistros. Es war noch nicht viel los um diese Zeit, und der Ober sortierte am Tresen Servietten und die Bestecke für den Abend. „Asiatische Gemüsepfanne", stand auf einer Schiefertafel in der Mitte des Raumes, wohl noch ein Überbleibsel des Mittagsangebots.

„Haben Sie schon offen?", fragte Briggs.

„Natürlich, die Küche macht allerdings erst um 19 Uhr auf."

„Bringen Sie mir bitte etwas zu trinken, einen Spritz."

Das Getränk aus alkoholarmen rotem Aperol, etwas Weißwein und Wasser war der richtige Einstieg für diesen Abend, dachte er sich. Er würde einen klaren Kopf behalten und sich durch die fruchtige Säure doch angeregt fühlen.

Briggs setzte sich ans andere Ende des langen Tresens. Der Ober fungierte gleichzeitig als Barmann und mixte das Getränk professionell, wobei er verschiedene Schubfächer unter der Kühltheke aufzog, um die entsprechenden Flaschen herauszunehmen. Dann servierte er den Spritz mit einem runden, geschlitzten Tropfenfänger um den Stil des Glases drapiert, auf dem der Name des Bistros aufgedruckt war. „Wollen Sie ein paar Nüsse dazu?"

Briggs winkte ab. Zu viele Kalorien. Er wusste, wie unkontrolliert er solche Verführungen in sich hineinschaufeln konnte. Der Ober widmete sich wieder dem Sortieren der Servietten.

„Heute Abend steht Mozart auf dem Programm?", fragte Briggs eher pro forma, um die Zeit zu überbrücken.

„Oh ja, mit der wunderbaren Maria", sagte der Ober voller Begeisterung.

„Sie kennen sie?"

„Wer kennt sie nicht, sie ist eine von den wirklich exzellenten Mozart-Interpretinnen. Sie ist manchmal bei uns, eine ganz bezaubernde junge Frau und ganz bescheiden und höflich im Vergleich zu vielen meiner Kommilitonen."

Es musste sich um einen studierenden Ober handeln, dachte Briggs, während er an seinem Spritz nippte. Tatsächlich stellte sich heraus, dass er ebenfalls Student war und sich an zwei Tagen in der Woche durch Jobben etwas dazuverdiente, um die saftige Miete für seine Wohnung berappen zu können. Das Studium war dagegen weitgehend kostenfrei. Maria Sanders kannte er aus diversen gemeinsamen Kursen, und seine Informationen schienen fundiert zu sein, er kannte sie offenbar wirklich.

„Haben Sie schon einmal mit ihr gemeinsam musiziert?", fragte Briggs.

„Schon oft, wir haben sogar schon eine gemeinsame CD aufgenommen."

„Interessant. Wo kann ich sie bekommen?"

Der Ober nannte das Label und den Titel der Einspielung, und Briggs notierte sich beides.

„Sie müsste im Handel zu erwerben sein, wenn nicht, kommen Sie nächsten Dienstag wieder, dann bringe ich Ihnen eine zum Sonderpreis mit", sagte der Student. „Was führt Sie denn hierher?"

Briggs schob den Stift wieder in die Innentasche der Jacke zurück. „Nun, das Konzert mit Maria Sanders natürlich. Sie soll ja wirklich hervorragend spielen."

„Das tut sie, Sie werden es nicht bereuen. Woher kennen Sie die Musikerin denn?"

„Ich kenne sie nicht persönlich, ich habe nur die Konzertankündigung gelesen. Das hat mich interessiert, da ich Mozart über alles schätze. Vor allem die konzertanten Flöten- und Oboenkonzerte sind für mich wirkliche Meisterwerke."

„Da sind Sie nicht der Einzige. Wenn es jemanden gibt, der Mozart im Blut hat, dann ist es Maria."

Briggs erstarrte.

„Wie meinen Sie das?“, fragte er.

„Machen Sie sich doch selbst ein Bild. Nach dem Konzert kommen die Künstler meistens noch zu uns, da wir immer einen Tisch für sie reserviert haben. Da können Sie Maria selbst fragen. Wenn Sie wollen, kann ich Sie gern vorstellen, wenn Sie mir Ihren Namen verraten.“

„Sand“, sagte Briggs, „Stefan Sand. Das wäre natürlich großartig, aber ich möchte nicht die Runde stören.“

„Ach was, bei Ihnen handelt es sich ja offensichtlich um einen wahren Mozart-Liebhaber, die sind hier immer willkommen.“

Briggs stand auf. „Zeit, dass ich zu meinem Platz gehe. Erst mal danke, wir sehen uns dann vielleicht später.“ Briggs wusste, dass das „Vielleicht“ ein „Sicher“ war.

Er gab ein äußerst großzügiges Trinkgeld.

„Würde mich freuen“, antwortete der Ober und räumte das nicht ganz leere Glas weg, das er gleich in das Spülbecken mit klarem Wasser tunkte. Wie menschliches Blut verteilte sich eine Spur des übrig gebliebenen orangeroten Aperols in dem Wasser. „Viel Spaß“, rief er dem fremden Gast hinterher.

Briggs steuerte auf das direkt im Erdgeschoss gelegene Studio zu, in dem das Konzert stattfinden würde. Vor dem Tisch mit dem Kartenverkauf hatte sich eine kleine Schlange gebildet. Maria Sanders hatte offenbar jetzt schon nicht nur unter den Mitstudenten, die sich gegenseitig sonst eher kritisch beurteilten, Fans. Auch klassikaffine Musikfreunde von außerhalb der Hochschule hatten sich eingefunden, um eine Karte zu ergattern. Das Konzert war nahezu ausverkauft. Mit dem Ticket und einem einseitig bedruckten Programmzettel in der Hand suchte Briggs seinen Platz. In der Biografie der Solistin las er ihr Geburtsdatum: 27. Januar 1989.

Das konnte kein Zufall sein. Es war der 27. Januar im Jahr 1756 gewesen, als Johannes Chrysostomus Wolfgangus Theophilus Mozart in Salzburg als Sohn des Fürsterzbischöflichen Hof- und Kammerkomponisten und Augsburger Geigers Leopold und der aus St. Gilgen stammenden Anna Maria Pertl geboren wurde. Die bescheidene Drei-Zimmer-Wohnung am damaligen Löschplatz 225 bewohnte die Familie bereits seit 1747. Die Immobilie an der heutigen Getreidegasse 9 sollte später als „Mozarts Geburtshaus“ zu einem internationalen Anziehungspunkt seiner Liebhaber werden. Über die knarrenden Holzböden des in Teilen noch erhaltenen Wohnhauses und seine Seitentreppen pilgern jedes Jahr Tausende von Salzburg-Besuchern.

Der Studienleiter der Mozarteum-Konzerte begrüßte Punkt 18 Uhr die Gäste und kündigte einen besonderen Abend an. Als die Musiker und zuletzt die Solistin Maria Sanders die Bühne von dem rechts gelegenen Eingang betraten, wusste Briggs, dass ihm nicht zu viel versprochen worden war. Das bescheidene Lächeln der Flötistin rührte ihn. Gespannt wartete er auf den ersten Ton. Briggs entspannte sich und schloss die Augen. Das war seine Musik, das war sein Stück, er konnte Maria blind folgen. Die drei Sätze des Konzerts wurden vom Publikum mit großer Konzentration verfolgt. Kaum ein Husten oder ein anderes Geräusch störte das perfekte Spiel des Ensembles, das problemlos die Leichtigkeit Mozarts in das nüchterne Studio zauberte. Maria spielte zur Verwunderung Briggs das komplette Stück auswendig. Schon das war eine Leistung angesichts der anspruchsvollen Kadenzen und der schnellen Läufe, die jeden Flötisten forderten. Maria trug ein schlichtes schwarzes Kleid, das ihre schlanke, hochgewachsene Figur betonte. In ihren schwarzen Schuhen mit hohen Absätzen bewegte sie sich sicher. Der einzige Schmuck war eine schmale goldene Halskette, die im Licht der Scheinwerfer bei jeder Kopfbewegung funkelte.

Nach dem relativ kurzen Stück war das Publikum begeistert und forderte eine Zugabe, die bereitwillig gewährt wurde. Man hatte dazu das Allegro maestoso des Flötenkonzerts Nr. 1 in G-Dur gewählt. Der Beifall der gut sechzig Besucher hallte trocken und anhaltend in dem Konzertstudio wider, während der Studienleiter die obligaten Blumensträuße an die weiblichen Mitglieder des Kammerensembles verteilte. Briggs freute sich auf die bevorstehende Begegnung mit Maria. Er wollte jetzt aber erst einmal an die frische Luft, bevor er in das Bistro zurückkehrte.

Draußen vor den großen Glastüren versammelten sich die Raucher. In Grüppchen standen Studenten und andere Konzertbesucher zusammen und zogen hastig an den Zigaretten. Es war wirklich kein Vergnügen mehr, Raucher zu sein, seitdem sie der Nichtraucherschutz aus den geselligen Räumen vertrieben hatte. Briggs hatte schon vor Jahren seinen Konsum von filterlosen Zigaretten zunächst reduziert und dann ganz eingestellt. Als gelegentlicher Lustraucher akzeptierte er in Gesellschaft schon mal einen angebotenen Zigarillo. Eigentlich blieb er aber nur aus einer Protesthaltung gegenüber der restriktiven und seiner Meinung nach bevormundenden Gesetzgebung Raucher.

Jetzt schlenderte er zwischen den Konzertbesuchern hin und her und wartete darauf, dass die Musiker das Studio verließen und sich in das Bistro begaben. Er hoffte inständig, dass Maria heute Abend keinen anderen Termin haben würde.

In diesem Augenblick kam sie aus dem Studioeingang. Lachend und offenbar erleichtert über ihren Erfolg steuerte sie mit den anderen Musikern den gegenüberliegenden Eingang des Bistros an. Sie nahm den vor der Glastür wartenden Mann nicht wahr, da sie sich in ein Gespräch mit dem

Violinisten vertieft hatte. Briggs sog den Duftschweif ein, den Maria hinter sich ließ. Er kannte dieses dezente Parfüm, ohne den Namen zu wissen, nicht süßlich, eher herb. Einen Moment später folgte er der Duftwolke und gab dem Ober mit den Augen ein Zeichen, dass er bereit war, sich zu der Runde der Musiker zu gesellen. Auch wegen des üppigen Trinkgelds verstand dieser gleich. Er ging um den Tisch herum zu Maria, die sich gerade an der Seite des Oboisten setzen wollte.

„Maria, Entschuldigung."

„Ach, du bist's, wie geht es dir denn? Bist du heute im Einsatz hier?"

„Leider, sonst hätte ich mir dein Konzert anhören können."

„Du bist süß, du hast wirklich etwas verpasst."

„Sorry, du weißt ja, dass ich nicht wegkomme, wenn ich Restaurantdienst habe. Aber du hast noch einen anderen Zuhörer gehabt, den ich dir gern vorstellen würde."

„So, wen denn?"

Briggs war inzwischen mit einem gewinnenden Lächeln hinzugetreten. Maria schaute ihn mit einem überraschten und freundlichen Gesichtsausdruck an und reichte ihm ihre schmale und durchtrainierte Hand, die so wunderbare Läufe auf den silbernen Klappen und den in diese hauchdünn eingebauten Polster ihrer Flöte hervorbrachte.

„Sand", sagte Briggs, „Stefan Sand. Es ist mir wirklich eine Freude, Sie kennenzulernen. Ihr Konzert war großartig."

Wie alle Künstler liebten natürlich auch Musiker Lob. Maria glaubte zu spüren, dass dieser Besucher es wirklich ernst meinte und nicht nur eines dieser Standardkomplimente von sich gab. Sie schaute ihn neugierig an.

„Das freut mich. Wo kommen Sie her?"

„Ach, ich bin eigentlich aus Deutschland, lebe aber schon lange in der Nähe von Salzburg. Aber für gute Musik, insbesondere einen Mozart, so wie Sie ihn interpretieren, scheue ich keinen Weg, und sei er auch noch so weit.“

Wieder ein charmant vorgetragenes Kompliment, das an Maria nicht spurlos vorbeiging. Sie fand diesen Klassikliebhaber in seinem bescheidenen Auftreten nicht uninteressant.

„Aber ich will nicht Ihre Runde stören“, sagte Briggs, obwohl er genau das wollte.

„Nein, Sie stören überhaupt nicht. Bleiben Sie doch, wollen Sie nicht etwas mit uns trinken? Wir hier sehen uns sowieso jeden Tag und reden dann auch noch ständig über Musik.“

In Briggs breitete sich eine große Zufriedenheit aus. Genau das hatte er gewollt, die Mozart-Frau sollte Interesse an ihm zeigen.

„Wenn Sie meinen, aber ich will wirklich nicht stören. Nun gut, auf ein Glas, bevor ich weiter muss.“

Maria war schon auf der Sitzbank nach innen gerutscht und bedeutete mit der flachen Hand, dass sich Briggs neben sie setzen sollte. „Kommen Sie an meine Seite und erzählen Sie mir von Ihrer Leidenschaft für Ihren musikalischen Helden.“

Briggs nahm neben Maria Platz. Er befand sich jetzt ziemlich im Zentrum der dezenten Duftwolke, die ihm den Atem nahm. Diese Frau entsprach genau dem Bild, das er sich von der perfekten Mozart-Frau ausgemalt hatte. Eine leichte, ungewollte Berührung durch ihren Unterarm schickte ein angenehmes Kribbeln über seinen Rücken.

„Was trinken wir denn?“, fragte Maria entschlossen. „Ich nehme jetzt einen Weißwein, am liebsten einen kühlen Grauburgunder.“

„Da schließe ich mich an“, sagte Briggs. „Kennen Sie die Geschichte von Mozart, wie er wieder einmal glaubte, pleite zu sein, und für einen Gasthausbesuch bei einem Förderer um ein paar Gulden betteln musste?“

Maria schaute ihn neugierig an. „Dass er immer wieder Geldsorgen hatte, weiß ich. Aber es reichte nicht einmal für einen Gasthausbesuch?“ Briggs erzählte die Anekdote aus dem Wien des Jahres 1785, als Mozart aufgrund seines üppigen Lebenswandels und der hohen Ausgaben für die Kuren seiner Frau Constanze wieder einmal knapp bei Kasse gewesen war. Als Freiberufler war er abhängig von den unregelmäßigen Zahlungen seiner Auftraggeber, die kleinere und größere Musikstücke bei ihm bestellten. Beim Umgang mit Geld hatte der Meister weniger Geschick gezeigt als beim Umgang mit Akkorden und Melodien. Erst in seinen letzten Lebensjahren hatten ihm regelmäßige Einnahmen aus Auftragskompositionen ein gewisses finanzielles Polster verschafft, was nichts an seinem aufwendigen Lebensstil geändert hatte. So hatte er sich häufig die notwendigen Mittel zur Erfüllung seiner ausschweifenden Wünsche geliehen.

„Im Grunde war er eine Art Playboy der Klassik“, sagte Briggs.

„Playboy? Wie meinen Sie das?“, fragte Maria und wendete sich Briggs zu.

„Playboy im besten Sinne, denn er beherrschte die unterschiedlichsten Instrumente. Und er lebte so aus dem Vollen, als wüsste er um seinen frühen Tod.“

Der studierende Ober stellte die Getränke auf den Tisch. Maria zog das durch die Kühle des Weins beschlagene Glas auf dem papierenen Untersetzer zu sich.

„Dann trinken wir mal auf den Abend“, sagte sie mit lauter Stimme in die Runde, die sie freundlich musterte.

„Cheers, hab ich einen Durst.“ Maria nahm einen großen Schluck des erfrischenden Grauburgunders und schaute Briggs neugierig an.

„Und wir trinken auf Maria und ihre wieder einmal gelungenen Kadenzen“, ergänzte der Violinist, der ihr gegenüber saß.

„Du hast schon gehört, wo ich gepatzt habe“, sagte Maria leise und schenkte ihm ein professionelles Lächeln. Dann sah sie erneut Briggs an, der ebenfalls das Glas erhoben hatte. „Haben Sie denn beruflich mit Musik oder Mozart zu tun?“

„Nicht direkt, da ich meine Brötchen als Unternehmer verdiene. Aber seine Musik macht mich einfach glücklich, und ich bewundere diese Gabe, solche Meisterwerke zu erschaffen.“

„Tja, da sind Sie nicht allein. Ich habe mich allerdings auch schon ans Komponieren gewagt ...“

„Wirklich“, unterbrach Briggs sie, „und was ist daraus geworden?“

„Na ja, ein paar kleine Flötenstücke im zeitgenössischen Stil, nichts Besonderes.“

„Wenn Sie das so bescheiden sagen, sind es bestimmt ganz besondere Stücke.“

„Mir gefallen sie“, sagte Maria. „Aber wissen Sie, wie lange ich dafür gebraucht habe? Monate und Jahre. Als Auftragskomponistin könnte ich meine Familie nicht ernähren.“

„Haben Sie denn schon eine Familie?“, fragte Briggs erstaunt.

„Nein, natürlich nicht. Aber man muss ja an die Zukunft denken. Sie können das vielleicht nicht nachvollziehen, aber Musiker zu sein, ist eine ziemliche Herausforderung.“

„Das glaube ich gern, die Konkurrenz ist hart und wächst ständig nach.“

„Und es sind keine schlechten Kollegen darunter. Ich staune oft, was die schon in jungen Jahren so zustande bringen.“

„Sie sind doch auch jung!“

„Nach den Gesetzen des Musikmarkts bin ich das mit 29 Jahren nicht mehr. Die Uhr tickt.“

„Und das heißt?“, fragte Briggs, der sich freute, dass das Gespräch unerwartet schnell so eine persönliche Note genommen hatte.

„Unter den heutigen Marktbedingungen muss man es eigentlich mit spätestens 25 Jahren geschafft haben, sich eine internationale Karriere aufzubauen. Da wäre es gut, sich schon einen Namen gemacht zu haben, um wahrgenommen zu werden.“

„Und Sie, haben Sie schon einen Namen?“

„Ja, ich heiße Maria Sanders“, sagte Maria lachend, „und warte auf den Anruf aus Hollywood.“

„Oh, gleich ins Filmgeschäft. Wie wäre es erst mal mit der Metropolitan Opera?“

„Auch nicht schlecht, aber ohne Beziehungen haben Sie da gar keine Chance, engagiert zu werden.“

„Ich dachte, das geht alles nach Qualität, unbestechliche Intendanten, Orchesterleiter und so weiter?“

„Sehr witzig, natürlich müssen Sie gut bis sehr gut sein, und dann müssen Sie sich verkaufen können, das lernt man ja nicht an der Hochschule.“

„Wie könnte ich Sie denn kaufen?“, fragte Briggs frech.

Maria errötete, das Gespräch nahm eine ungewöhnliche Wendung. Glücklicherweise kam gerade der Musikmanager an den Tisch, der sich von ihr verabschieden wollte. Sie umarmte ihn und küsste ihn auf beide Wangen. Briggs stellte fest, dass zwischen beiden Menschen offenbar eine besondere Nähe herrschte. „Ich sehe dich morgen in der Hochschule, dann bringe ich dir die Abrechnungen mit. Ist heute Abend super gelaufen. Will nicht länger stören, Baba“, verabschiedete er sich auf landesübliche Weise.

Früher hatte Briggs sich immer über diese Verabschiedungsformel „Baba“ in Österreich gewundert, bis er es endlich mal, ganz altmodisch, in einem Lexikon nachgeschaut hatte. Der Gruß ging auf die Biedermeierzeit zurück, in der

der Vater das absolute Familienoberhaupt gewesen war. Aus „Grüß den Papa“ war dann das kindlich anmutende „Baba“ geworden, das wohl auch schon der kleine Mozart gekannt und verwendet hatte.

Maria setzte sich wieder neben Briggs auf die Bank. „Entschuldigung, das war unser Manager, er ist ganz zufrieden mit dem Konzertabend heute Abend.“

„Das hörte ich.“

„Und Sie hatten mich gefragt, ob Sie mich kaufen könnten?“

Jetzt errötete Briggs leicht. „Da hatte ich mich missverständlich ausgedrückt.“

„Natürlich können Sie mich kaufen beziehungsweise meine Arbeit als Künstlerin. Dazu ist mein Agent da.“

„Erzählen Sie mir noch ein wenig über Ihre Zukunftspläne.“

„Gleich, ich brauche noch etwas zu trinken.“ Sie winkte dem Ober. „Bringst du mir noch einen schön kalten Grauburgunder, du weißt schon welchen?“

Briggs gefiel die Art der jungen Frau, genau zu sagen, was sie wünschte, und sich kurz entschlossen für das Einfache, aber Gute zu entscheiden. „Dann nehme ich auch noch einen.“

„Und Essen, haben Sie keinen Hunger? Bring uns bitte die Karte“, sagte sie, obgleich sie jetzt schon wusste, dass sie die Tomaten mit Mozzarella nehmen würde. Bei einigen ihrer Kleider für die Konzertauftritte hatte sie schon Nähte entdeckt, die sich spannten. Sie musste aufpassen, so gern sie sich den Verlockungen der heimischen Küche hingab: Wiener Schnitzel, Tafelspitz mit Apfelkren oder Palatschinken.

„Also, Zukunftspläne“, begann Maria unvermittelt. „Ganz einfach, ich will reich und berühmt werden, als eine gute Musikerin anerkannt sein und später mindestens vier

Kinder mit einem tollen Mann haben. Das wäre die Kurzfassung."

Beide lachten, Briggs allerdings etwas gekünstelt. Er wurde das Gefühl nicht los, dass sich hier die Fronten verschoben. Sein zukünftiges Opfer war dabei, seine Gedanken zu lesen und ihn zu überführen. Was brachte diese Frau, die er noch keine Stunde kannte, dazu, so offen zu ihm zu sein? Er musste auf der Hut sein.

„Das klingt nach einem vernünftigen Plan. Nach dem, was ich heute Abend gehört habe, hat das mit der guten Musikerin ja schon mal geklappt. Und der Rest?"

Maria nahm nochmals einen kräftigen Schluck des gut gekühlten Weines. „Wir werden sehen. Was machen Sie denn sonst so, wenn Sie nicht auf langweilige Konzerte gehen?"

6

Ein vertrautes Bling kündigte den Eingang einer E-Mail an. Nina Brahm aktivierte voll Vorfreude ihr Smartphone. „Ich liebe dich, mein Schatz", lautete der Betreff der eingegangenen Nachricht. Der Absender war Stefan Sand, ihr Stefan, hinter dem sich allerdings Steven Briggs verbarg.

Bald nach der Begegnung im Hotel Vier Jahreszeiten war aus den beiden ein Paar geworden. Vorausgegangen waren gemeinsame Unterrichtsstunden, in denen sich der Amateurpianist nicht so ganz unbegabt angestellt hatte. In einem eigens in der Stadt angemieteten Musikstudio hatte er die Geigerin an einem schwarz glänzenden Bechstein-Flügel begleitet. Sie hatte einige leichtere Stücke herausgesucht. Ihr neuer Schüler war nach kurzer Zeit ins Schwitzen gekommen, aber sie hatte kein Erbarmen gezeigt und ihn immer wieder durch die rhythmisch komplizierten Harmoniefolgen gejagt. Während sie ihn freundlich, aber bestimmt zur Präzision beim Zählen aufgefordert hatte, war Briggs mit noch ganz anderen Gedanken beschäftigt gewesen – nämlich, wie er seine Lehrerin con amore verführen könnte. Er liebte ihre temperamentvolle Art und den Hauch ihres Parfüms, der zu ihm herüberwehte. Der Funke war schnell übergesprungen.

Das erste Mal hatten sie nach einem Theaterbesuch in einem Kult-Hotel miteinander geschlafen. Das sauber und gut geführte Haus, mitten im Rotlichtbezirk gelegen und erste Adresse für Partygänger, Monteure, Fußballfans oder durchreisende Matrosen ohne Schiff und mit wenig Geld, war eine Kiez-Institution. Als ehemaliges Hotel der Horizontalen war es von Puffs und Bars aller Couleur umgeben. Die brave Nina hatte sich an diesem Abend an der Seite ihres neuen Schülers ein wenig wie eine richtige Professionelle fühlen wollen. Wenn sie schon mit einem offenbar vermögenden Mann nach so kurzer Zeit ins Bett ging, hatte sie nichts anderem folgen wollen als ihrem Verlangen. Schon beim Einchecken an der Rezeption in einem dicht bebauten Hinterhof hatte sie ein angenehmes Kribbeln verspürt. Es war die Lust, etwas ganz Verbotenes zu tun. Die Lobby hatte an eine Mischung aus Jugendherberge, Sportclub und US-Motel erinnert. An der Wand hatten zwei Automaten zu Kaffee oder Kondomen eingeladen, oder man bediente sich bei beidem.

Das Ambiente des Kiez-Hotels wich extrem ab von dem der teuren, modernen Design-Hotels der Fünf-Sterne-Klasse, die Nina oder Briggs sonst auf ihren Tournee- oder Geschäftsreisen buchten. Auch Briggs hatte sich auf dieses erotische Abenteuer zum Spartarif gefreut. In dem verschachtelten Flur glänzte der saubere Linoleumboden, die Zimmer waren nur mit einem wuchtigen codierten Türschloss zu öffnen, dessen Nummer die Hotelgäste sich merken mussten, wenn die Rezeption aus Kostengründen am späten Abend nicht mehr besetzt war. Von ihrem winzigen Zimmer mit einem handtuchbreiten Kiefernschrank, in dem die Kleiderbügel quer hängen mussten, und ebenso schmalen Betten ging der Blick hinaus auf den vergitterten Hinterhof, gegenüber ein Sportstudio für Boxer, das einer Zuhälterlegende gehörte. Das Fenster besaß ein klemmendes und blitzartig aufspringendes Federrollo aus etwas speckigem Kunststoff. Der Fernseher, kaum größer als eine Überwachungskamera, hing fest verschraubt unter der Decke, als säße man in einer italienischen Fußballbar.

Die allerwenigsten Gäste kamen jedoch zum Fußball schauen her, wie die Geräusche aus den Nachbarzimmern deutlich machten. Auch Nina hatte laut geschrien, als sie mit Briggs den ersten gemeinsamen Höhepunkt erlebte. Das schlechte Gewissen nagte an ihr, aber nur ein wenig. Erschöpft und glücklich hatten sie nach immer wieder neuen Erkundungen ihrer Körper mit Heißhunger die Reste eines mitgebrachten Döners gegessen und Wasser aus der Eineinhalb-Literflasche vom Supermarkt getrunken.

Nina genoss es ebenso, ihren gelehrigen Schüler auch in den Luxushotels großer Städte zu treffen. Briggs wusste sie zu verwöhnen. Candle-Light-Dinner mit Panoramablick, marmorgeflieste Wellnessbereiche mit flauschig weichen Bademänteln, Besuche in der Oper mit Spitzenensembles aus ganz Europa. Auch Briggs begann, sich wirklich in diese Mozart-Frau zu verlieben, die für alle Abenteuer offen war.

Seine Frau Jenny ahnte nicht, warum ihr Mann in letzter Zeit so oft Termine in Hamburg hatte. „Neue Kunden, Schifffahrtsbranche“, murmelte er dann, es klang plausibel. Sie nahm es gelassen, wahrscheinlich war da was mit einer anderen Frau am Laufen, es interessierte sie aber nur am Rande. Sie wusste, ihr Steven kam nach solchen Ausflügen immer wieder zurück und brachte ihr hübsche Sachen mit. Die paar Notlügen, die auf ihrem Smartphone eingingen, drückte sie einfach weg. Sollte er sich doch austoben, Hauptsache, die Kasse stimmte und sie konnte in Ruhe zu ihrem Literaturkreis oder in den Reitclub gehen.

Briggs sandte in dieser Zeit mehrere Hundert SMS, Whatsapp- oder E-Mail-Nachrichten von seinem Alias-Handy an Nina, die von ihm gleich wieder gelöscht wurden. Nina war in diesen Angelegenheiten weniger vorsichtig als der verheiratete Mann neben ihr. Sie war ungebunden, auch wenn sie die Beziehung zu ihrem letzten Freund halbherzig am Köcheln hielt. Der musste aber nicht wissen, in welchen schrägen Clubs sie mit ihrem Liebhaber verkehrte. Sie genoss ihr Leben.

„Hast du schon mal Mozart im Pornoclub gesehen?", hatte sie Briggs an einem Freitagabend gefragt, als sie ineinander verknäult in einem großen Bett mit duftend weißer Bettwäsche lagen. Sie hatten sich bereits am frühen Abend im Hotel getroffen. Die Zimmernummer war ihr als SMS geschickt worden. Nach ihrem geheimen Code, einem markanten Klopfen an die Hotelzimmertür im Staccato der Beethovenschen Schicksals-Symphonie, dadada daaa, hatte Briggs geöffnet. Sie waren sofort übereinander hergefallen. Dabei hatte er ihr sanft, aber bestimmt die Kleider vom Körper gelöst und alles auf den Boden fallen lassen, während Nina insgeheim versucht hatte, ihre Seidenbluse vor Falten zu bewahren. Ein Glas kalter Cremant hatte einen angenehmen Schwall durch ihre Körper geschickt.

„Pornoshow mit Mozart, was soll der Quatsch?"

„Okay, lass dich überraschen. Soll ich es dir jetzt noch mal machen, oder können wir los?" Nina liebte diese gelegentlich rüde Direktheit gegenüber ihrem Gespielen, dennoch ahnte sie, dass sie nicht die Einzige war, mit der er seine lebenshungrige Art auslebte. Manchmal gab es da diese bittere Distanz. Ihr Arrangement war klar abgesteckt: Spaß, Liebe, aber keine Beziehung. Ob er mehr von ihr erwartete?

„Lass uns losgehen, ich habe einen Riesenhunger", hatte Nina gesagt, die schon dabei gewesen war, ihre Seidenbluse glattzustreichen.

Sie hatten den Club Prinzessa gut zu Fuß erreichen und vorher noch schnell beim Chinesen an der Ecke zur Reeperbahn etwas kross Gebratenes essen können. Die Küche dort war schnell und gut und auf das Wesentliche konzentriert, frisch und schmackhaft. Der Club lag in einer Seitenstraße, etwas abseits von der touristischen Hauptachse des Kiezes. Die Türhüter waren etwas weniger wichtigtuerisch als in anderen Etablissements und ließen Besucher mit einem Mindestmaß an Niveau passieren. Gespielt wurde House, Rock, Fusion oder alles, was gerade angesagt war. Gegen ein Uhr nachts verstummte die Musik. Dann war Zeit für eine der skurrilen pornografischen Aufführungen, mit denen sich der Club bei Insidern bereits einen Namen gemacht hatte.

Einige im Publikum hatten etwas unsicher gelacht, als die nächste Show, „Mozart im Serail“, angekündigt wurde. Andere hatten nervös an ihren Drinks genippt. Nina hatte zu Briggs geschaut, der Unwissenheit signalisierend die Schultern hochgezogen hatte. Er hatte sie angelächelt. „Ja schau, bin i aber g'spannt“, hatte er in breitem Österreichisch gesagt, als das Licht wieder angegangen war.

Auf der Bühne eines mozartinen Palastes hatte sich, noch völlig korrekt gekleidet, die Magd befunden, die auf einem Schemel sitzend einer Näharbeit nachging. Ihr Freund war damit beschäftigt gewesen, ein Paar hohe Soldatenstiefel mit Bürste und Creme auf Hochglanz zu bringen. In einem Kulissenfenster war der Hausherr zu erkennen gewesen, der mit einem altertümlichen, einröhrigen Fernglas in eine gemalte Landschaft schaute. Der Knecht und die Magd hatten im Playback ein Duett nach der Musik von Mozart gesungen, während der Mann sich der vollbusigen Magd schrittweise genähert hatte.

„Durch Zärtlichkeit und Schmeicheln, Gefälligkeit und Scherzen erobert man die Herzen der guten Mädchen leicht.“

Sie hatten sich umwerbend auf der engen Bühne getanzt. Immer wieder war sie seinen Versuchen, sie zu küssen, ausgewichen, indem sie sich spielerisch von ihrem Geliebten abgewendet hatte, um im nächsten Moment wieder auf ihn zuzugehen. Schließlich hatte sie seinem Drängen nachgegeben und den Kopf ergeben zur Seite gebeugt, um seinen Kuss zu empfangen. Es folgte eine pornografisch-musikalische Hardcore-Show in drei heftigen Akten, die Sand und Nina den Atem verschlug.

„Wow, das ist ja ein ganz neuer Mozart."

„Bestimmt nicht leicht zu spielen und zu singen", hatte Nina lachend ergänzt und ihrem Begleiter den eisgekühlten Drink gereicht, von dem er einen gierigen großen Schluck genommen hatte. Nina, die Mozart-Interpretin, war wirklich eine Frau mit vielen Gesichtern, mit viel Lebenslust und ebenso viel Bereitschaft, alle Konventionen hinter sich zu lassen. Sie war wie der wirkliche Mozart, eine Grenzgängerin der Lüste, des Genusses und der passionierten Arbeit für die Musik. In Briggs war das warme Gefühl aufgestiegen, dass er sich in diese Frau unsterblich verliebt hatte. Ob sie ihm das erwünschte Geschenk machen würde?

Er steigerte sich in die Fantasie hinein, mit Nina ein Kind zu zeugen, ein besonderes Kind, ein Mozart-Kind. Und gleichzeitig hatte er Angst vor einer Absage. Neues Leben zeugen oder Leben auslöschen, es lag so nah beieinander. Briggs hatte in diesem Club auf der Reeperbahn eine stille Träne in den Augen gehabt. Nina war das in der Dunkelheit des Raumes entgangen. „Trinken wir noch einen Gin Tonic?", hatte sie ihn mit ihrer verführerischen Stimme gefragt.

Briggs hatte genickt.

7

Die Sonderkommission „Klangkörper“ stocherte auch noch nach drei Monaten im Dunkeln. Trotz ausführlicher Berichte der polnischen Kollegen gab es keinen einzigen Anhaltspunkt, um den schrecklichen Tod der jungen Frau aufklären zu können. Lediglich eine Expertise der Rechtsmedizin in Danzig, die die weibliche Leiche aus der Ostsee untersucht hatte, brachte einige magere Erkenntnisse. So war die Leiche zunächst zwanzig Stunden in der See getrieben, der Sand, der sich in den Körperöffnungen befand, entsprach in seiner Zusammensetzung dem mehrerer Küstenabschnitte im Norden des Landes. Hämatome, Verletzungen oder Spuren von Gewaltanwendungen waren aufgrund der Explosion auf dem stark zerstörten Körper nur schwer zu finden und ließen kein gesichertes Bild des Tatablaufs zu. Die Gewebeuntersuchung ergab aber, dass der Tod schon vor der Explosion herbeigeführt worden sein musste. Im noch vorhandenen Magen befanden sich Reste eines vegetarischen Essens. Ob die hübsche junge Frau mit dem leeren Blick noch Geschlechtsverkehr gehabt hatte, konnten die Pathologen nicht beantworten, da der untere Teil ihres Körpers fehlte.

In einem Dachbüro des Kommissariats im 6. Wiener Bezirk studierte die Kommissarin Larissa immer wieder diese Befunde. Für sie passte nichts so richtig zusammen. War die Frau tatsächlich Opfer eines Verbrechens geworden, oder doch eines Unfalls? Welcher Mörder würde die Tatspuren mit einem solchen Aufwand verwischen? Wieso trieb die Leiche im offenen Meer, obwohl alles auf einen Tatort am Land hinwies? Welches Motiv gab es für ihre Tötung bei dem gut-bürgerlichen Hintergrund der Frau? Keine der Fragen konnte schlüssig beantwortet werden.

Nichts ist entmutigender in Ermittlerkreisen als wochenlange Spekulationen und Mutmaßungen, die sich nicht mit Beweisen in gesicherte Tatsachen umwandeln lassen. Schon zeigten sich bei den Beamten der Soko schleichende Ermüdungserscheinungen. Es lag nahe, das Verbrechen einer der osteuropäischen Banden zuzuordnen, die auch vor gewalttätigen Sprengstoffmorden nicht zurückschreckten. Möglicherweise war die Musikstudentin selbst in kriminelle Dinge verwickelt, und es handelte sich um einen Rachemord. Dagegen sprach allerdings ihr tadelloses Vorleben, wie es sich aus der Personalakte von Interpol ergab. Anhand eines schmalen Goldrings an der linken Hand der Künstlerin war es gelungen, ihre Identität herauszufinden.

Eine exakte Beschreibung genau dieses Rings, den schon die Großmutter getragen hatte, war der Vermisstenanzeige der Familie zu entnehmen. Monas Mutter hatte sogar ein Foto des Schmuckstücks zur Verfügung stellen können, da sie nach einem versuchten Einbruch in ihre Wohnung den ganzen Familienschmuck für die Versicherung fotografiert hatte. Irgendwann würden sie das vielleicht brauchen, hatte sie gedacht. Eine bittere Vorahnung.

Mona war in einem kleinen Dorf am südlichen Ende des Ammersees als viertes Kind geboren worden und dort auch zur Schule gegangen. Ihre Eltern betrieben eine Pension direkt am Seeufer. Schon früh hatte sie im Musikunterricht geglänzt, nach dem Abitur hatte sie sich in der nahen Kreisstadt an einer Musikschule und später am Richard-Strauss-

Konservatorium in München beworben, wie es ihre Oboenlehrerin empfohlen hatte. Bei „Jugend musiziert“ hatte sie bravourös abgeschnitten. In einem strengen Aufnahmeverfahren hatte sie sich schließlich für das Konservatorium in Wien qualifizieren können und war als junges Mädchen in die große Stadt gezogen. Von da an hatte das beschauliche Leben zu Hause ganz weit entfernt gelegen, aber sie liebte ihre Familie und hatte jede Gelegenheit genutzt, ihre Schwestern zu sehen.

Nach ihrem Tod rückte die Familie noch weiter zusammen. Es gab keine einzige Erklärung, nur Fragen. Die Mutter machte sich mit ihrer älteren Tochter zusammen auf den Weg, um mit der Kommissarin über den rätselhaften Tod zu sprechen. Sie wollte die Hoffnung nicht aufgeben, dass man wenigstens den Mörder finden und der Gerechtigkeit zuführen würde.

Die Kommissarin hatte Kaffee und ein paar Kekse in dem kargen Besprechungsraum mit den Dachschrägen bereitgestellt. Von unten war der Verkehrslärm der Roßauer Lände gedämpft zu hören. „Nehmen Sie bitte Platz“, sagte sie zu den Besuchern aus Deutschland, die ihre Mäntel über einen leeren Stuhl gelegt hatten. „Sie sehen, wir haben nicht einmal eine ordentliche Garderobe. Überall muss gespart werden, selbst bei der Polizei.“ Vielleicht muss ich mich dann auch nicht wundern, dass bei den Ermittlungen nichts herauskommt, wenn überall nur gespart wird, ging es der Mutter durch den Kopf.

„Nehmen Sie den Kaffee mit Milch und Zucker?“, fragte die Kommissarin, während sie ihn einschenkte. Beide sagten gleichzeitig: „Kein Zucker, nur Milch.“ Nachdem sie den ersten Schluck von dem überraschend starken Behörden-Kaffee genommen hatte, schaute die Mutter die Kommissarin fragend an.

„Nun, Sie sind nicht zum Kaffeetrinken nach Wien gekommen. Und in der Tat habe ich einige neue Informationen für Sie.“

Die Kommissarin würde den beiden natürlich keine Details aus der Obduktionsakte zumuten. Ihre Fragen bezogen sich auf den Inhalt der auf Monas Computer sichergestellten Dateien, die sie akribisch ausgewertet hatte. „Sagt Ihnen der Name Stefan Sand etwas?

„Stefan Sand?“ Die Mutter schaute fragend ihre Tochter an. „Nein, nicht direkt, dir?“

„Sand, Stefan“, wiederholte die Tochter, „war das mal ein Pensionsgast bei uns?“

Larissa wurde hellhörig. „Das müssen Sie bitte sehr schnell überprüfen, Sie haben ja die Meldebögen. In welchem Zeitraum könnte er bei Ihnen gewesen sein?“

„Ich bin mir mit dem Namen nicht sicher“, sagte die Mutter. „Wenn er da war, dann im vergangenen Jahr im Sommer. Handelt es sich um einen hochgewachsenen Mann, vielleicht um einen Österreicher?“

„Das wissen wir alles nicht. An einen Stefan Sand gibt es jedenfalls E-Mails auf dem Rechner Ihrer verstorbenen Tochter. Der Unbekannte hat mit Ihrer Tochter sehr persönliche Briefe ausgetauscht, wir können davon ausgehen, dass sie eine Liebesbeziehung führten. Die E-Mails wurden zwar komplett gelöscht, aber wer immer sie gelöscht hat, verfügte offenbar nicht über allzu große Computerkenntnisse. Auf der Festplatte waren sie alle noch abgelegt.“

„Das sieht Mona ähnlich“, sagte die Schwester.

„Aus einigen der E-Mails“, fuhr Larissa fort, „können wir schließen, dass sich die beiden an wechselnden Orten außerhalb von Wien getroffen haben. Wissen Sie etwas darüber?“

„Mona war schon immer ein sehr selbstständiges Kind, das auch Geheimnisse besaß. Oder hast du etwas davon gewusst?“, wendete sich die Mutter an ihre Tochter.

„Sie hat einmal angedeutet, dass sie einen verheirateten Mann kennengelernt hätte, den sie charmant fände. Es sei aber nichts Ernstes. Der machte auch irgendetwas mit Musik und sei ganz verrückt nach Mozart. Da sie nichts weiter erzählt hat, habe ich auch nicht nachgefragt. Irgend so eine Musikergeschichte eben, dachte ich. Von Reisen hat sie nichts erzählt. Aber sie war ja weit weg."

„Aber Sie können doch bestimmt herausfinden, wo dieser Mensch wohnt und ihn befragen?", sagte die Mutter ungeduldig.

„Wir haben das natürlich untersucht und alle Spuren verfolgt. Wir haben überprüft, ob es einen Stefan Sand überhaupt gibt. Bei den europäischen und insbesondere deutschen oder österreichischen Behörden ist niemand bekannt, der infrage kommt. Alle Personen gleichen Namens haben wir einer Untersuchung unterzogen. Negativ, kein Profil passt."

„Dann gehen Sie davon aus, dass dieser Mann einen falschen Namen benutzt?", fragte die Schwester.

„So ist es. Wir können nicht ausschließen, dass ein Unbekannter und Tatverdächtiger sich unter diesem Namen eine digitale Identität zugelegt und mit Ihrer Tochter kommuniziert hat."

„Das macht doch nur jemand, der etwas verbergen will", sagte die Mutter.

„Aber Sie können bestimmt den Computer identifizieren, auf dem die E-Mails geschrieben wurden?", ergänzte die Schwester.

„Das haben wir. Die IP-Adresse führt auf eine Insel in der Karibik, ein Amtshilfeersuchen bei den dortigen Kollegen läuft, bislang allerdings ergebnislos. Sie können sich vorstellen, dass es nicht so einfach ist, ein Phantom im Netz zu jagen, gegen das wir nicht einmal einen wirklichen Tatverdacht haben. Im Computer Ihrer Tochter finden sich übrigens noch weitere Spuren, die mit ihrem Tod in Verbindung stehen könnten. Beispielsweise hat sie sich vier Tage vor ihrem Verschwinden über eine Suchmaschine ein Hotel im polnischen Ostseebadeort Zoppot angeschaut, und dort vor allem in der Foto-Galerie den Wellnessbereich. Ebenso die Internetseite einer Danziger Kirche mitsamt den laufenden Konzertankündigungen, weiterhin die Adresse einer Jazzbar in der Altstadt. Das kann alles von Bedeutung sein, um ihre letzten Tage und Stunden sowie die Umstände ihres Todes aufzuklären."

Die Mutter nahm schweigsam einen Schluck des kalt gewordenen Kaffees. „Ich habe großen Respekt vor Ihrer Arbeit, bitte glauben Sie uns das, und ich hoffe, dass Sie den Täter finden. Meine Tochter wird das nicht mehr lebendig machen, aber wir müssen Klarheit haben. Das sind wir ihr schuldig." Die Tochter nickte. „Sagen Sie uns, wie wir Ihre Arbeit sonst noch unterstützen können."

Die Kommissarin schaute sie freundlich an. „Es wäre sehr hilfreich für uns, wenn Sie sich zusammen mit mir einige Dokumente und auch Fotos auf dem Rechner Ihrer Tochter anschauen könnten. Vielleicht lassen sich so einige offene Fragen klären. Wenn Sie einverstanden sind, hole ich schnell den Computer und meine Notizen, dann können wir das hier zusammen durchgehen."

Mutter und Tochter nickten zustimmend.

„Wie viel Zeit haben Sie mitgebracht?", fragte die Kommissarin.

„So viel Sie wollen. Wir werden alles tun, damit dieses Verbrechen aufgeklärt wird."

8

Für Pit Koch war ein solcher Anruf keine Seltenheit. Seine Sekretärin hatte ihm eine E-Mail geschickt, dass jemand wegen eines Termins nachgefragt habe. Viele Menschen fühlten sich in einem persönlichen Gespräch wohler, über heikle Dinge zu sprechen, statt ihre noch ungenauen Gedanken aufzuschreiben.

Für Ivo Brahm ging es um seine Tochter Nina, das war für ihn absolute Chefsache. Er hatte eine sehr enge Beziehung zu seiner einzigen Tochter, in der er einige Eigenschaften von sich selbst sah. Er war stolz auf sie. Bedauerlicherweise hatte sie sich für ein Leben als Musikerin entschieden und fiel als Nachfolgerin für seine Wohnungsbaufirma daher aus. Aber wer wusste schon, wen sie später vielleicht einmal kennenlernen würde. Seine Tochter besaß sein vollständiges Vertrauen. Etwas, das in seiner Branche auch in Bezug auf die Familie selten war. „Besser, du zählst deine Finger nach, wenn du dem die Hand gegeben hast", lautete ein Spruch in der Betonbranche.

Doch jetzt war der robuste, leicht übergewichtige, lebensfrohe Brahm auf fremde Hilfe angewiesen. Seine Tochter war seit mehreren Wochen verschwunden. Sie war weder in ihrem Appartement anzutreffen, noch reagierte sie auf Telefonanrufe oder SMS-Nachrichten. Im Geschäftszimmer des Konservatoriums lag keine Mitteilung vor, dass sie möglicherweise zu einer Fortbildung oder einem Musikseminar verreist war. Ihr Agent, der sich um ihre wenigen, aber meist hochwertigen und ordentlich bezahlten Auftritte kümmerte, musste ebenfalls passen. Auch er wollte Nina seit Tagen dringend erreichen, erfolglos. Er hatte versucht, den Vater zu beruhigen. Viele seiner Künstler hätten solche Macken, sie gingen unangemeldet auf Tauchstation oder seilten sich irgendwie ab, was sie dann einen „kreativen Prozess" nannten. Während sich alle Welt um sie Sorgen machten, säßen sie ganz entspannt am Pool irgendeines exotischen Ferienressorts, im Restaurant eines Rheingauer Weinguts oder gönnten sich einen Zug durch die Kneipen fremder Städte, um eine Schaffenskrise zu überwinden.

Auch die beste Freundin von Nina, eine Hornistin, die gerade auf einer Tournee unterwegs war, konnte nicht helfen. Zuletzt hatte sie Nina auf einen Kaffee in der Hochschule getroffen, wobei sie auch über den neuen Schüler von Nina gelästert hatten, der offenbar sehr viel Geld ausgab, auch wenn sich seine musikalische Begabung in Grenzen hielt. Nina hatte durchblicken lassen, dass ihr Schüler aber sonst ganz interessant sei. Offenbar brachte er eine lange vernachlässigte Saite in ihr zum Klingen, sie hätte sich wohl richtig in ihn verliebt.

Jedenfalls meinte sie, den Flügelschlag der berühmten Schmetterlinge im Bauch zu spüren. Sie hatte erzählt, dass sie eigentlich, worüber sie selbst erschrak, inzwischen jede Stunde an diesen Mann und seine Leidenschaft dachte. Sie begehrte ihn, da er sie begehrte, ohne ihr Leben ändern zu wollen oder Ansprüche zu stellen. Sie hatte das Gefühl, etwas ganz Freies und Schönes zu erleben. Du bist vollkommen verrückt, Chérie, hatte die Freundin zu ihr gesagt, was sie nur mit einer schnippischen Kopfbewegung beantwortet hatte.

Als Ninas Vater diese Geschichte gehört hatte, war er unruhig geworden. Seine Nina war mit einem älteren Mann zusammen, das allein hätte er ganz gut aushalten können, er gönnte seiner Tochter ein neues Glück; nur die Unsicherheit, ob das alles wirklich so war, machte ihn ganz verrückt.

Und dann diese Zeitungsmeldung, die ihm schlaflose Nächte bescherte: „Rätselhafte Morde unter Musikerinnen". In einem Bericht des Berliner Tagesspiegels, auf den der Unternehmer zufällig gestoßen war, waren einige spärliche Informationen von einer Wiener Ermittlungsgruppe wiedergegeben worden. Die österreichische Polizei hatte inzwischen sogar um Amtshilfe bei mehreren europäischen Ländern angefragt. Drei Fälle von getöteten oder verschwundenen jungen Frauen, alle Musikerinnen, waren aktenkundig. „Mord in Moll" hatte eine österreichische Boulevardzeitung getitelt.

Brahm war alarmiert. Er hatte zwar überhaupt keine Anhaltspunkte, dass es eine Verbindung zwischen der Mordserie und seiner Tochter gab, doch sein Bauchgefühl, und er hatte einen großen Bauch, sagte ihm, dass hier irgendetwas nicht stimmte.

„Ich könnte Ihnen anbieten, dass der Chef Sie morgen Nachmittag zurückruft", sagte die Sekretärin von Pit Koch sehr freundlich, „heute ist er leider auch mobil nur schwer zu erreichen."

„Okay, wissen Sie was", sagte Brahm in befehlsgewohntem Ton, „wir schenken uns das Telefonieren und ich komme morgen bei Ihnen vorbei."

„Wenn Sie wünschen."

„Ich wünsche es, es soll nicht zum Schaden Ihrer Firma sein."

„Davon gehe ich aus", sagte Pit Kochs Sekretärin, genannt Stöckelschuh, selbstbewusst. „Sie können sicher sein, eine sehr gute Wahl getroffen zu haben", ergänzte sie noch.

„Sie wurden mir empfohlen.“

„Das freut uns, Qualität spricht sich eben herum.“

„Was genau machen Sie denn in diesem Detektivbüro?“, fragte Brahm etwas ermuntert durch den flotten Ton.

Am liebsten hätte die Sekretärin geantwortet: Oh, mein Chef nennt mich insgeheim Stöckelschuh, weil ich gern High Heels trage. Nein, ich schlafe nicht mit ihm, wie Sie jetzt denken. Außerdem bin ich zuständig dafür, immer die Lakritze in der Glasschale auf seinem Schreibtisch nachzufüllen, und besorge meinem Chef alles, von der Anzugreinigung bis zum Zugticket. In Wirklichkeit bin ich seine Assistentin, die mit Fantasie und der Bereitschaft zu ausbeuterischen Überstunden den Laden am Laufen hält, und dafür ehrt er mich mit einem hübschen Blumenstrauß so im Fünf-Jahres-Takt.

Stattdessen wurde sie geschäftlich: „Sie sprechen mit der Richtigen, ich führe seinen Kalender. Würde es Ihnen morgen gegen 14 Uhr bei uns passen?“

„Nicht *gegen*, sondern *Punkt* zwei Uhr“, sagte Brahm zackig und legte auf. Stöckelschuh prüfte beim Aufstehen den Sitz ihres Rocks und holte sich den Tageskalender ihres Chefs.

Pit Kochs Büro lag in der Spitze eines in der Form eines Schiffsbugs konstruierten neuen Gebäudes in der Hamburger HafenCity. In den meisten Büros wurde allerdings nicht durch die Weltmeere, sondern durch Berichte und Bilanzen gepflügt. Die Detektei lag inmitten der Büros von Wirtschaftsprüfern, Schiffsmaklern und Containerverleihern, deren Angestellte tagsüber konzentriert auf blinkende Bildschirme mit Indizes, Kurven und Charterraten starrten. Pit Koch war jedes Mal froh, dass ihn sein Beruf oft genug aus der digitalen Knechtschaft entführte und er es direkt mit Menschen, echten Menschen, zu tun hatte. Die schlichte Aufforderung von Meisterdetektiv Nick Knatterton, „Kombiniere“, fand er bei aller IT-Unterstützung immer noch zentral für sein Gewerbe.

Als er am nächsten Tag sein Büro betrat, roch es schon verführerisch nach frischem Bohnenkaffee, wie ihn nur Stöckelschuh hinbekam.

„Morgen, wie war das Theater gestern?“ Ohne wirklich eine Antwort abzuwarten, da er gerade an einen kniffligen Fall dachte, strebte er zu seinem Schreibtisch und machte in dem kreativen Chaos seiner Papiere Platz für die Tasse mit dem dampfenden Kaffee, den Stöckelschuh heranbalancierte. „Also, Theater hat sich gelohnt?“, fragte er etwas höflicher. Die Milch war in der perfekten Dosierung schon eingerührt. Seine getrennt lebende Ehefrau hatte sogar nach 18 Jahren noch gefragt, und ein klein wenig hatte er sie dafür auch geliebt: „Doch ohne Zucker, oder?“

Auf der Seite seines Tageskalenders lag ein Ausdruck. Es handelte sich um das Personenprofil von Ivo Brahm. Dick angestrichen: „Heute 14 Uhr, pünktlich.“

„Pünktlich?“ Der Detektiv schaute seine Assistentin fragend an.

„Ja, pünktlich. Herr Brahm legt unüberhörbar großen Wert darauf. Scheint ein dicker Fisch zu sein.“

Pit Koch überflog das Profil ohne eine Gemütsregung. Seine Lippen formten sich nur zu einem schwachen, abfallenden Pfeifgeräusch. „Gut, dann bin ich heute auch mal pünktlich.“

Mit dem ersten Schlag der großen Glocke von der in unmittelbarer Nähe gelegenen Hauptkirche Sankt Katharinen saß der Besucher dem Detektiv gegenüber. Brahm hatte mit dem Charme eines Immobilienhais die Assistentin per Handschlag begrüßt und sich vorgestellt. „Es ist alles vorbereitet. Wenn Sie mir Ihren Mantel geben könnten? Herr Koch erwartet Sie pünktlich“, konnte sie sich doch nicht verkneifen.

„Hervorragend", kommentierte Brahm, während er sich aus seinem teurem Kaschmirmantel mit dunkel abgesetztem Kragen in hanseatisch berufstypischem Beige schälte. Eigentlich noch zu warm für die beginnenden Herbsttage.

Brahm erzählte sachlich und nüchtern, warum er einen Detektiv aufsuchte. Erst als er seine Tochter und sein Verhältnis zu ihr auf Nachfrage von Pit Koch näher beschrieb, war seine emotionale Erregung zu spüren. Er berichtete von der beunruhigenden Zeitungsmeldung und seiner Befürchtung, dass auch seine Tochter in Gefahr sein könnte. Der Detektiv ließ ihn ohne Unterbrechung erzählen, und wie so oft in Kochs früherem Berufsleben als Journalist öffnete sich Brahm wie von selbst, während der Detektiv konzentriert zuhörte. „Kann ich mir ein paar Notizen machen?", fragte Koch. Brahm nickte.

Nachdem Brahm geschildert hatte, wie alle seine Kontaktversuche zu seiner Tochter gescheitert waren, lehnte er sich mit seinem massigen Körper auf dem eher zierlichen Designerstuhl zurück und schaute den Detektiv erwartungsvoll an.

„Ich nehme an, dass Sie noch keine Vermisstenanzeige bei der Polizei erstattet haben?", fragte Pit Koch.

„Nein, um das abzustimmen, bin ich bei Ihnen. Mein Anwalt hat mir zwar zu einer Anzeige geraten, aber was meinen Sie?"

Ohne auf die Frage einzugehen, fuhr der Detektiv geschäftsmäßig fort. „Haben Sie Zugang zu den Kontoaktivitäten Ihrer Tochter?"

„Bitte?", sagte Brahm erstaunt.

„Ja, Onlinebanking oder Kreditkartenabrechnungen. Die Spur des Geldes zu verfolgen ist oft hilfreich, um verborgene Dinge aufzuklären. Bargeldabhebungen, Überweisungen, Flugbuchungen, Mietwagen, Supermarkteinkäufe."

„Stimmt, da habe ich noch gar nicht dran gedacht. Ich hatte früher zwar eine Kontovollmacht für meine Kleine, doch irgendwann haben wir das auslaufen lassen, sie ist schließlich schon 26 Jahre und alt genug, um ihre Finanzen selbst zu verwalten."

„Wer sonst hat einen Kontozugang?", fragte Koch.

„Lassen Sie mich überlegen, wahrscheinlich immer noch ich. Da müsste ich die Bank fragen."

„Tun Sie das, ich mache hier eine kleine Liste mit den offenen Punkten."

Brahm gefiel die pragmatische Art des Detektivs, ohne dass er bisher einen Auftrag vergeben hatte oder über das Honorar gesprochen worden war.

„Ich vermute", sagte Koch, „Sie haben mit den engeren Freunden Ihrer Tochter gesprochen? Es gibt also keine Geschwister?"

„Nein, sie ist mein einziges Kind aus der Verbindung zu meiner ersten Frau. Die wenigen Freundinnen von Nina, die ich kenne, habe ich angerufen. Alles negativ."

„Waren Sie in ihrer Wohnung?"

„Natürlich! Nichts Auffälliges, es sieht so ordentlich aus wie immer bei ihr, als wäre sie auf einem Konzerttermin und würde am Abend zurückkommen."

„Ist ihr Computer in der Wohnung?"

„Habe ich nicht gesehen, aber sie hat ja so ein flaches Ding, das überall reinpasst."

„Anrufbeantworter?"

„Ich glaube nicht, dass sie den häufig benutzt."

„Das sollten wir trotzdem überprüfen. Wann können wir in ihre Wohnung gehen?", fragte der Detektiv.

„Wann immer Sie wollen", sagte Brahm, von der Schnelligkeit des Detektivs angenehm überrascht. „Wir können auch gleich rüberfahren, es ist ja nicht weit von hier."

„Wir können auch laufen."

„Lieber mit dem Wagen", sagte der Kaufmann. Pit Koch nickte. Der Kunde ist König.

„Ich bin mit Herrn Brahm unterwegs", rief er seiner Sekretärin zu, die Brahms Mantel aus dem Schrank holte, „bin in etwa einer Stunde zurück."

Stöckelschuh lächelte, also konnte sie in Ruhe einiges wegarbeiten. Außerdem war es immer ein gutes Gefühl, wenn der Chef einen neuen Mandanten an Land zog.

Auf dem Weg zur Tiefgarage erklärte Pit Koch, dass er bei der unsicheren Sachlage die Polizei zunächst nicht einschalten würde. Junge Damen machen manchmal verrückte Dinge, vor allem wenn sie andere verrückte Männer kennenlernen. „Vielleicht sind sie einfach zu einem Konzert nach Sydney geflogen oder haben sich in Paris verkrochen, sodass auch Papa vergessen wurde." Er, Pit Koch, würde dieser Zeitungsmeldung über die rätselhafte Mordserie aber selbstverständlich nachgehen.

Sie nahmen den Wagen Brahms, der die Wohnung der Verschwundenen ansteuerte. Der Detektiv überlegte fieberhaft, was der beste nächste Schritt sein könnte. Musikerinnen, sagte er sich, leben in einem eigenen Kosmos. Er musste nur den Zugang dazu finden.

„Haben Sie schon mit dem Kapellmeister von Ninas Orchester gesprochen?", fragte er, als der Wagen vor dem Neubau zum Stehen kam.

Brahm beantwortete die Frage mit einem Kopfschütteln. „Sie wohnt ganz oben, im Penthouse."

Klar, dachte der Detektiv, was sonst, bei diesem Papa.

Kurz darauf standen sie in der Wohnung. Alles war aufgeräumt, nichts deutete auf einen überhasteten Aufbruch hin.

„Darf ich?", fragte der Detektiv, als er auf dem Arbeitstisch der Musikerin den Rechner entdeckte. Er hoffte, dass Rechner und Smartphone synchronisiert waren. Koch war in den Zeiten der Digitalisierung selbst zu einem autodidaktisch geschulten Computer-Halbexperten geworden. Diese Dinge hatten allerdings viel zu viel seiner Lebenszeit in Anspruch genommen, wie er fand. Schon Reizwörter wie „Update“ oder „veraltete Version“ lösten bei ihm panikartige Reaktionen aus, auf keinen Fall diesen Empfehlungen zu folgen, zu schlecht waren seine Erfahrungen.

Brahm nickte. Koch zog eine der unter der Schreibtischplatte befindlichen Schubladen heraus. Darin lagen verknäult diverse Ladegeräte für Mobiltelefone, Computer und andere elektronische Gerätschaften. Dazwischen entdeckte er, worauf er gehofft hatte: ein flaches Gerät, aus dem ein Kabel ragte.

„Wir haben Glück“, sagte Koch, während er Brahm das Gerät entgegenhielt.

„Was ist das denn, noch ein Ladegerät?“

„Nein, das ist eine externe Festplatte zum Computer Ihrer Tochter. Normalerweise sind da die Daten gespeichert, die uns weiterhelfen könnten, sofern eine regelmäßige Sicherungskopie gemacht wurde.“

„In so einem kleinen Ding?“

„Genau, da passt mehr drauf als in so manchen Kopf“, sagte Koch, der sofort hoffte, dass sein neuer Kunde das nicht als Beleidigung verstand. „Können Sie uns die zur Auswertung überlassen?“

„Klar, aber ich bekomme sie zurück“, sagte Brahm.

Bevor sie das Appartement verließen, checkte der Detektiv noch den Anrufbeantworter, der jedoch keine Nachricht aufgezeichnet hatte. Dann überprüfte er den Kühlschrank, der sich durch eine übersichtliche Leere auszeichnete. Das Ablaufdatum der Milch war vor drei Wochen gewesen.

„Hat Ihre Tochter eine Putzfrau?“, fragte er.

„Ich glaube nicht.“

Bevor sie das Haus verließen, warf Koch noch einen Blick in den Briefkasten, der nur mit Werbung vollgestopft war.

„Müssen Sie zurück ins Büro?“, fragte Brahm.

„Leider, jetzt beginnt die Arbeit.“

„Das heißt, Sie übernehmen den Fall?“ Brahm schaute den Detektiv vom Fahrersitz aus gespannt an.

„Abgemacht.“

Brahm steckte ihm seine kräftige Bauunternehmerhand entgegen. „Abgemacht, es soll nicht Ihr Schaden sein.“ Aus der Innenseite seines Jacketts fingerte er einen weißen Papierumschlag hervor. „Kleiner Vorschuss, Sie verrechnen das dann.“

Zurück an seinem Schreibtisch blätterte Koch zehn lilafarbene 500-Euro-Scheine auf den Tisch. Solche Kunden liebte er. Seine Sekretärin musste gleich eine Akte anlegen, während er die eingestöpselte Festplatte bereits auf seinem Computer hochlud. Das Leben der jungen Frau war dabei, sich digital zu entfalten, hoffentlich bis zum letzten Detail, das ihn diesen Fall klären lassen konnte. Er hatte schon eine Idee, wer ihm weiterhelfen könnte.

Er verstaute das Bargeld an einem sicheren Platz in seinem Büro, ebenso die wertvolle Festplatte. Auch wenn er keine Rechner liebte, wusste er zu schätzen, dass sie ihm die Arbeit ungemein erleichterten. Die digitalen Tagebücher waren ein offenes Buch – wenn man sie lesen konnte. Mit Glück waren auf dem Rechner auch unter den einschlägigen Plattformen wie Instagram oder iPhoto Bilder abgespeichert. Morgen würde er sich daran setzen, die digitale Fundgrube mit seinem Freund und Computergenie Lars zu erkunden.

9

Wie viele international reisende Geschäftsleute verlor Briggs manchmal den Überblick. Er hatte kein gut geführtes Vorstandsbüro zur Verfügung, das ihn rechtzeitig daran erinnerte, dass er morgen nach Australien und nicht nach Argentinien zum Geschäftstermin musste. Irgendwas mit A halt. So war es auch kein Wunder, dass seine musikalischen Passionen ihn manchmal in die Verwirrung stürzten, welche seiner Herzensdamen ihn jetzt begleitete. Der Flötistin Maria hatte er Kuba im Anschluss an einen Waffen-Deal in den Vereinigten Staaten vorgeschlagen, und sie hatte akzeptiert.

„Bleib mal stehen, ich möchte ein Foto von dir vor dem herrlichen Schlitten machen", sagte Briggs und bugsierte die sommerlich gekleidete Maria vor die wuchtige Motorhaube des hellblauen Chevrolet. „Wunderbar, zwei Schönheiten auf einen Blick."

„Hey, ich bin aber ein ganz anderer Jahrgang."

„Der Oldtimer in unserer Beziehung bin ich."

Steven Briggs, alias Stefan Sand, winkte dem wartenden Fahrer und erklärte in fließendem Spanisch, dass er sie zum Lyceum Mozartiano in der Altstadt bringen solle.

„Mozart was? Nie gehört."

Gut vorbereitet holte Briggs den Ausdruck eines elektronischen Stadtplans aus der Brusttasche seines Khakihemds. Der Fahrer nahm ihn eher unwillig in Augenschein, Lesen schien nicht zu seinen Lieblingsbeschäftigungen zu gehören. Endlich entdeckte er die Straßenbezeichnung Calle Obrapia. Damit konnte er etwas anfangen, die kleine Straße lag direkt am Eingang zum Touristenviertel von Havanna. Er lächelte wie bei einem Hauptgewinn im Lotto und ermunterte seine auf jeden Fall zu viel zahlenden Fahrgäste mit einem lauten: „Vamos."

„Vamos", sagte Maria, „vamos", sagte Briggs. Fremdsprachen konnten so einfach sein. Nachdem der erste Gang ruckartig in dem auf der Insel nachgebauten Getriebe einrastete, nahm der blaue Chevi ähnlich wie ein vollgeladener Tanker Fahrt auf und bahnte sich geschickt seinen Weg durch die Stadt. Der Fahrtwind ließ Maria in ihrem Baumwollkleid vergessen, dass eine tropische Hitze von vierzig Grad Celsius und gefühlte 150 Prozent Luftfeuchtigkeit über der Stadt lasteten. Sie fand es wunderbar, an der Seite ihres sonderbaren Musikliebhabers und Geliebten durch die maroden Straßen der Metropole zu gleiten. Und das Ziel war keine Bar, kein Fischrestaurant, kein Salsa-Laden oder Zigarrenclub – sondern das Lyceum Mozartiano, eine Außenstelle ihres Salzburger Mozarteums, von dem sie allerdings noch nie etwas gehört hatte.

Mit einem nach Totalschaden klingenden Geräusch aus dem Getriebe kam der Chevi am Ende einer Einbahnstraße zum Stehen. Der Fahrer kassierte mit freundlichem Lächeln das Geld von Briggs, der für das Lachen seiner Liebsten im Fahrtwind auch das Doppelte bezahlt hätte.

„Es geht offenbar zu Fuß weiter", sagte Briggs und deutete auf kubanische Verkehrspoller, die die Fußgängerstraße absperrten. Es waren, sehr effizient, umgekehrt in den Boden versenkte historische Kanonenläufe aus Kriegsschiffen oder aus einer Festungsanlage. Zwischen den massiven schwarzen Ungetümen erreichten sie den Nebeneingang des ehemaligen Klosters mit einem unscheinbaren Schild: Lyceum Mozartiano.

Vor der schmalen Eingangspforte mit einem Steinrelief aus besseren Tagen stand eine korpulente Kubanerin, die lustvoll eine Zigarette rauchte. Es war die Chefsekretärin der Internationalen Stiftung Mozarteum, die auf der karibischen Insel die Ausbildung klassischer Musiker mit Stipendiatenprogrammen förderte und die begabtesten Nachwuchsmusiker zu Konzerten und Sommerkursen nach Europa einlud. Die Dame drückte ihre Zigarette in einem offenbar eigens dafür aufgestellten Blumenkübel aus und führte die Gäste stolz in das Innere des Gebäudes.

Über ein enges Treppenhaus ging es in den ersten Stock. Dort begrüßte sie ein überlebensgroßes Porträt – Mozart mit lockigen Haaren, auf Pappe aufgezogen. Der Komponist lächelte fein auf seine tropischen Verehrer hinab. Auf dem Gang zum Verwaltungsbüro hingen an der Wand Unterrichtspläne für verschiedene Instrumente und für Kompositionslehre. Maria fühlte sich gleich zu Hause. Nur, dass hier der große Deckenventilator die einzige Rettung vor der schwülen, drückenden Hitze war. Briggs erklärte, dass er sich über das Salzburger Büro der Stiftung angemeldet habe und der Direktor ihn zu einem Gespräch empfangen wollte.

Die Sekretärin griff zum Telefon und sprach in erstaunlicher Geschwindigkeit mit einer unbekannten Person. Mit einem bedauernden Gesichtsausdruck erklärte sie, dass der Direktor in einer Probe sei. Er würde sich verspäten, aber sie solle den Gästen die Einrichtung zeigen. In der Klavierklasse werde gerade unterrichtet. „Interessiert Sie das?“ Maria und Briggs schauten sich fragend an. „Claro“, sagte Briggs, „warum nicht?“

Die Sekretärin ging resolut in Richtung Flur und winkte ihren Gästen, ihr zu folgen.

Der Gang endete in einem geräumigen Unterrichtszimmer. An der Fensterfront zur Altstadt stand ein glänzender schwarzer Flügel der Marke Yamaha, dessen Deckel halb aufgeklappt war. Davor stand ein Klavierlehrer in einem blütenweißen Baumwollhemd, der gerade seine jungen Studenten bei einer schwierigen Passage aus dem Klavierkonzert Nr. 21, KV 467, korrigierte. Freundlich begrüßte er die unerwarteten Gäste, nachdem die Sekretärin sie vorgestellt hatte.

„Ich lasse Sie jetzt allein“, sagte sie zu Briggs, der noch einmal mit einem knappen „Claro“ antwortete. Noch war die klassische Musik auf der Zuckerrohrinsel eher im Aufbau, wie sie erfuhren, sie galt als gleichermaßen elitär wie exotisch. Maria fragte trotzdem nach den Konzertformaten in der Hauptstadt, sie konnte sich durchaus vorstellen, hier einmal eine Verpflichtung einzugehen.

„Oh, kommen Sie doch morgen Abend zu uns, wir haben das Eröffnungskonzert unseres Festivals in der großen Kathedrale von Havanna. Es wäre uns eine große Ehre, Sie begrüßen zu dürfen“, sagte der Musiklehrer.

„Das machen wir“, sagte Maria und schaute fragend Briggs an, der zustimmend nickte. Die Vorstellung, mit Maria ausgerechnet hier einen Mozart-Abend zu verbringen, gefiel ihm. Er kam seinem Ziel näher.

„Jetzt wollen wir Sie aber nicht länger beim Unterricht stören“, sagte Briggs, „wir sehen uns also morgen.“ Nach einer herzlichen Verabschiedung, als wären sie schon lange miteinander bekannt, verließen Maria und Briggs den Proberaum. Als sie die Tür hinter sich schlossen, hörten sie ganz piano den Anfang der beiden Violinen, die den dritten Satz des Klavierkonzerts einleiteten.

Sie verließen das Gebäude in Richtung Altstadt. Es war früher Abend, und ein vibrierendes Flimmern lag über den Gassen von Havanna, in denen die Besucher an den Bars, Kneipen, Geschäften und Verkaufsständen vorbei flanierten. In den engen Gassen hallten die allgegenwärtigen Samba-Rhythmen wider, und die Melodien überlagerten sich zu einem südamerikanischen Musik-Sandwich. In Marias Ohren kam das einer Folter nahe.

„Können wir irgendwo hingehen, wo es keine Musik gibt?", fragte sie.

Briggs schaute sie erstaunt an. „Aber hier ist überall Musik."

„Das ist ja das Schlimme", sagte Maria.

Schließlich fanden sie am Ende der belebten Straße, die auf einen Platz nahe der Hafenbecken mündete, ein ruhigeres Restaurant, das im Innenhof unter tropischen Schlingpflanzen einige Plätze anbot. Aber auch hier drang der musikalische Teppich der kubanischen Hauptstadt durch die schmiedeeisernen Gitter.

„Schon viel besser", sagte Maria. „Ich nehme etwas Kühles zum Trinken."

„Zwei Mojitos", bestellte Briggs.

Maria wedelte sich mit dem Prospekt aus dem Lyceum etwas Luft zu. „Ist das hier immer so heiß?"

„Claro, wir sind in den Tropen. Das ist Kuba."

„Nicht auszuhalten, und es ist ja schon abends."

„Zu viel Musik, zu viel Wärme, dann sind wir im falschen Land. Sorry."

„Nein, es ist wunderbar, ich brauche nur ein wenig Zeit, um mich anzupassen. Lass mich einfach ein wenig herumnörgeln."

Der Kellner stellte die Gläser mit den klirrenden Eiswürfeln vor seine Gäste.

„Prost", sagte Maria, während sie ihr Glas mit der kunstvoll drapierten Minze an den Mund führte, „wir werden eine schöne Zeit hier haben."

Steven Briggs lächelte sie an. „Du gefällst mir, wenn du dich aufregst. Dann bekommst du so ein Glitzern in den Augen, als würdest du eine schwere Stelle auf der Querflöte spielen."

„Was weißt du schon vom Flötenspiel, übe du mal lieber deinen Klavierpart, damit du nicht immer so patzt", sagte Maria halb spielerisch, halb ernst.

Briggs wusste, wie recht sie hatte. Er war ein Amateur, und das würde so bleiben.

„Dann suche dir doch einen neuen Mitspieler, wenn ich deinen hohen Ansprüchen nicht genüge."

„Dafür hast du andere Vorzüge. Zum Beispiel dass du mich in diese wunderbare Stadt entführt hast." Wieder nahm Maria einen Schluck und merkte, wie der Alkohol ihren Körper langsam entspannte.

„Lass uns doch heute Abend irgendwo Fisch essen, wo ein frischer Wind weht."

„Da kommt nur das Meer infrage, und davon haben wir hier genug."

„Für manche der Inselbewohner sogar zu viel, sie würden es liebend gerne Richtung Amerika überqueren."

„Was würdest du machen, wenn du hier geboren wärst und keine Lust hättest, von den zugeteilten Rationen Brot und Zucker dein Leben zu fristen?"

„Fisch essen gehen", sagte Maria und kürzte die sich anbahnende Diskussion über den Sozialismus ab. „Wir sind hier Gäste und Touristen, die glücklicherweise über die Währung verfügen, mit der wir uns alles leisten können."

„Das sollten wir dann auch tun. Ich bestelle uns noch einen Drink." Briggs gab dem Ober, der im Schatten großblättriger tropischer Pflanzen stand, einen Wink.

Eine Runde Mojito hier entsprach etwa dem Tagesverdienst eines örtlichen Musiklehrers an dem Lyceum. Langsam füllte sich das Gartenrestaurant mit den erschöpften Touristen, die einen Altstadtbummel hinter sich hatten. Briggs war schon voller Tatendrang dabei, einen Tisch in einem Fischrestaurant etwas außerhalb zu organisieren. Er kannte das Restaurant von einem Geschäftsfreund. Man saß auf einer Holzterrasse direkt über dem Meer, eine stetige Brise war garantiert. Der Ober kam mit der Meldung zurück, dass es ihm Dank eines guten Freundes gelungen sei, einen Tisch ganz vorne an der Terrasse zu reservieren. Das Trinkgeld fiel entsprechend üppig aus.

Etwas beschwipst stieg Maria auf die Rückbank des modernen Taxis. Sie war glücklich an der Seite von Briggs, der ihre Wünsche erfüllte und ihr ein wenig das Gefühl einer Prinzessin gab. Sie schloss die Augen und lehnte ihren Kopf an seine Schulter.

Die zwanzig Minuten wilder Fahrt hatten sich gelohnt. Die in warmem Licht beleuchtete Terrasse empfing sie einladend. Dahinter zeichnete sich der Horizont der dunklen tropischen Nacht ab. Maria und Briggs wurden in dem auch von wohlhabenden Kubanern und einigen ortskundigen Touristen gut frequentierten Lokal zu einem der wenigen freien Tische geleitet.

„Einen Drink vorweg?“, fragte der höfliche Kellner.

„Danke“, sagte Briggs, „erst mal nur ein kaltes Wasser.“

„Sparkling, con gaz“, ergänzte Maria, und Briggs musste lachen. „Dein Spanisch wird immer besser.“

Auf einer Schiefertafel, die ein junger Kellner brachte, waren die Spezialitäten des Tages in einer klaren weißen Kreideschrift aufgelistet. „Das sieht ja alles ganz lecker aus“, sagte Maria, die sich in das Menü vertiefte. Lustvoll erörterten sie, was man zusammen bestellen könnte. Briggs nannte seine Präferenzen, klappte die Karte zusammen und sagte zu Maria: „Weißt du was, du bestellst für mich.“

„Okay.“ Sie winkte nach dem Ober, der alles auf einem kleinen Zettel notierte und Richtung Küche verschwand. In einem flachen Anbau zogen weißlich-graue Schwaden über einen gewaltigen Grill, auf dem die Meeresfrüchte zubereitet wurden. Ein überdimensionierter Ventilator ließ die Glut der Holzkohle rötlich schimmern. Mit dem Wind erreichte sie ab und zu der Geruch von gegrilltem Fisch, frischen Gewürzen und würziger Holzkohle. „Der Laden gefällt mir", sagte Maria.

Briggs lächelte. „Prost. Schön, dass du dich auf dieses Abenteuer eingelassen hast."

„Was willst du eigentlich von mir?", fragte Maria und nippte an ihrem Wasser.

„Dich lieben und verehren, von dir das Geheimnis der Musik erfahren und demnächst gegrillte Langusten teilen."

„Das ist ein guter Plan, aber du bist doch ein verheirateter Mann. Hast du kein schlechtes Gewissen?"

Briggs schaute sie ernst an. „Doch, ein wenig schon, aber meine Ehe ist Vergangenheit. Wir sind nur noch Freunde und lediglich auf dem Papier verheiratet."

„Das solltest du auch bleiben, ich bin jedenfalls zu jung für dich."

„Finde ich nicht, wir sind doch ein harmonisches Paar."

„Du weißt, dass ich an meine Karriere denken muss und noch einiges vorhabe."

„Na und? Ich kann dir dabei helfen und dir den Rücken frei halten."

„Du bist ein Süßer, aber das muss ich schon selbst wuppen."

Und jetzt stellte Briggs die Frage, die ihn von Anfang an beschäftigte. „Willst du eigentlich mal Kinder haben?"

Maria schaute jetzt ebenfalls ernst. „Lass uns erst mal etwas zu trinken bestellen. Gibt's hier einen trockenen Weißwein?"

Briggs gab dem Ober ein Zeichen. Der empfahl einen aus Chile importierten Wein.

Maria schaute Briggs unvermittelt an. „Du kannst schon komische Fragen stellen. Hast du denn eigentlich Kinder?"

Briggs nickte langsam. „Ja, einen schon berufstätigen Sohn, aber wir haben leider kein so gutes Verhältnis. Er konnte nicht akzeptieren, dass ich nochmal geheiratet habe." Das war zwar frei erfunden, klang jedoch überzeugend. Sie kannte diese Geschichten der verlorenen Kinder aus anderen Familien.

„Das tut mir leid. Aber zu deiner Frage: Klar möchte ich mal Kinder haben, wenn es passt."

„Es passt eigentlich nie richtig, vor allem wenn du als Solistin deine Karriere im Auge hast."

„Dann brauche ich eben den richtigen Mann dazu, der mich entlastet."

„Da bist du bei mir ja ganz richtig."

Maria schaute Briggs verliebt an. Ja, dachte sie, vielleicht hat dieser Mann recht. So groß war der Altersunterschied jetzt auch wieder nicht, und sie konnte sich vorstellen, wie aufmerksam er mit einem Kind umgehen würde.

„Sag mal, über was reden wir hier eigentlich? Wir sind doch hier, um Spaß zu haben, und nicht um Familienplanung zu betreiben."

„Kann ja beides zusammengehen." Briggs schenkte Maria und sich noch etwas Wein nach. „Prost, auf unseren Nachwuchs."

„Du spinnst komplett", sagte Maria und stieß lachend mit Briggs an.

„Pass bloß auf, dass du mich heute Nacht nicht schwängerst, ich bin gerade sehr empfänglich."

„Das liegt an den Sternen da oben und dem wunderbaren milden Klima. Du kannst dich auf mich verlassen, es wird schon nichts passieren."

10

Durch den Spalt der schweren Vorhänge des Hotels Inglaterra im Zentrum der Hauptstadt, das sich jetzt mit dem Zusatz Grand Caribe schmückte, brannte die karibische Sonne einen scharfen Lichtstreifen in das abgedunkelte Zimmer.

Steven Briggs erwachte gegen neun Uhr aus einem tiefen traumlosen Schlaf. In einer Mischung aus Jetlag und vager Erinnerung an die Rückkehr vom Restaurant richtete er seinen Oberkörper vorsichtig auf, um Maria nicht zu stören. Er lächelte und war glücklich. Es war einer dieser Nächte gewesen, die kein Traum ersetzen konnte. Selbst unter dem leichten Bettlaken schwitzte er, da er die lärmende Aircondition ausgeschaltet hatte. Der Hotelgast hatte die Wahl zwischen brummender, schlafstörender Geräuschkulisse oder schlafstörendem Dauerschwitzen.

Leise stahl sich Briggs mit den Füßen vorweg aus dem Bett, um das Badezimmer anzusteuern. Zum Überleben brauchte er jetzt eine kalte Dusche, wobei das kubanische Kalt dem europäischen Lauwarm entsprach, aber die Verdunstungskälte beim Abtrocknen mit einem blütenweißen Frottee-Handtuch war unersetzlich.

Briggs putzte sich die Zähne und sprühte etwas Égoïste auf den Hals. Er band sich das Handtuch, das sie beim Betreten des Zimmers kunstvoll als Schwan geformt auf dem Bett vorgefunden hatten, um seine schmalen Hüften und ging zurück zu Maria, die offenbar nichts wecken konnte. Sie lag unverändert auf dem Bauch, während ihre Rückenlinie wie in einer Sanddünenlandschaft in einen Doppelhügel ihrer nackten Pobacken überging.

Briggs griff sich aus seiner Reisetasche das Mobiltelefon, gab seinen Code ein und prüfte neu eingegangene Nachrichten. Ein Geschäftspartner aus dem Irak bestätigte den Eingang eines Angebots für chemische Laborausrüstungen, die in den Produktionsstätten für chemische Kampfstoffe ebenso gebraucht wurden wie für die Analyse von Agrarchemikalien in Dattelplantagen. Der Absender der E-Mail war nach der Kennung in einem staatlichen Ministerium tätig und damit eher den militärischen Interessen verbunden. Er bestätigte den Eingang der E-Mail und verabredete sich mit seinem Gesprächspartner in Berlin für Ende des Monats. Er verschwieg seinen Aufenthalt in Kuba, das hätte in seiner Branche zu Missverständnissen führen können.

Die zweite E-Mail war von seiner Bank, die um Rücksprache bat, wie eine eingegangene Summe von 800 000 Euro zu disponieren war. Es handelte sich um die zweite Rate aus dem Deal in den Emiraten. Briggs gab die Anweisung, das Geld zunächst auf ein Unterkonto einzuzahlen, von dem regelmäßige Raten an sein Konto in Österreich flossen, von dem weder sein Steuerberater noch seine Ehefrau etwas wussten.

Die dritte E-Mail war ebenso erfreulich. Es handelte sich um eine Einladung zu einem Sonderkonzert mit Mozarts gewaltiger Messe in c-Moll, KV 427, das in Wien anlässlich eines Jahrestags der Mozartgemeinde gegeben wurde. Um Zu- oder Absage wurde gebeten, da einem kleinen Kreis von Teilnehmern des Förderkreises auch ein Besuch am vermuteten Grab des großen Komponisten auf dem Friedhof Sankt Marx unter fachkundiger Führung des Leiters der örtlichen Mozart-Gesellschaft ermöglicht werden sollte. Briggs sagte umgehend zu. Er hatte sich schon lange vorgenommen, die regelmäßigen Zusendungen und den Newsletter aus dem Mozarthaus auf sein zweites Mobilfunkgerät unter dem Namen Stefan Sand zu bestellen. Eine Unaufmerksamkeit, die fatale Folgen haben könnte.

Die nächste E-Mail war von seiner Frau, die ihm noch eine gute Reise in die USA wünschte. Sie zeigte wenig Interesse an der genauen Kenntnis seiner Reiseziele und erinnerte sich nur an Miami als Zielflughafen.

Maria gab ein leichtes Stöhnen von sich. „Diese Hitze, ich bekomme keine Luft", murmelte sie.

„Ganz schlecht für eine Flötistin", sagte Briggs. Er deaktivierte sein Handy und legte es zurück in die Seitentasche seiner Reisetasche, deren Reißverschluss er zuzog. Dann schlüpfte er zurück in das ausladende Bett mit den extra hohen Matratzen.

„Ach, du bist schon wach. Wie spät ist es denn?"

„Früh für kubanische Verhältnisse."

„Wie früh?"

„Fünf vor ganz."

„Sehr witzig."

„Kurz vor zehn Uhr."

„Oh Gott, wann sind wir denn gestern ins Bett gekommen?"

„Keine Ahnung, aber unten spielte noch Musik."

„Die spielt hier doch immer. Ich habe keine Ahnung mehr, ob ich mir noch die Zähne geputzt habe."

„Hauch mich mal an", sagte Briggs, der sich zu seiner Geliebten für einen Kuss hinüberbeugte.

„Nein, ich stinke."

„Du riechst gut, küss mich."

Maria gab sich geschlagen und schmiegte sich an den fast nackten Körper ihres Geliebten.

„Schwitzt du eigentlich gar nicht?“, fragte sie noch, während sie beide in einen neuen Strudel von Begierde und Verlangen stürzten. Havanna und seine Sehenswürdigkeiten konnten warten. Erst zu dem Konzert im Lyceum Mozartiano mussten sie wieder fein herausgeputzt sein. Der Lichtstrahl durch die zugezogenen Vorhänge wanderte während des Vormittags langsam über ihre Köpfe hinweg.

Am Abend strömte das Publikum in die Kathedrale von Havanna. Auf dem mit Schlaglöchern übersäten Vorplatz bildeten sich lange Schlangen vor den Eingängen. Steven Briggs steuerte mit festem Gesichtsausdruck und einer noch erschöpften Maria am Arm auf die erste Absperrung mit einem überforderten Ordner zu. In seinem besten Spanisch nannte er den Namen des verantwortlichen Musikdirektors, den er aus dem Besuch des Mozartiano erinnerte, und zeigte zur Unterstützung einen Einladungsbrief des Mozarteums. Das nützte alles nichts, der Ordner hatte strikte Anweisung, nur Gäste mit einer gültigen Eintrittskarte durchzulassen. Briggs wurde laut und unangenehm. Keine Reaktion. Er überlegte, ob ein Geldschein seine Wirkung entfalten konnte, als er jenseits der Absperrung die Sekretärin der Mozart-Musikschule erspähte. Glücklicherweise erkannte sie die beiden Gäste. „Schön, dass Sie heute Abend unsere Gäste sind. Sie sehen, wir sind ziemlich überrascht von dem Ansturm.“

Mit einer ausholenden Geste gab sie dem Wachmann eine freundliche Anweisung, ihre Gäste durchzulassen. „Kommen Sie, ich bringe sie zu unserem Direktor und Ihren Plätzen. Er wird sich freuen, Sie kennenzulernen.“

In der Kathedrale herrschte eine ausgelassene Stimmung bei den Kubanern, die in gestärkten weißen Hemden und bunten Abendkleidern ihre Plätze suchten. Es waren noch zwanzig Minuten bis zum Vorstellungsbeginn, auf Kubanisch also 120 Minuten. Dazwischen tummelten sich Mozart-Liebhaber in bunten Hemden und Flip-Flop-Sandalen, die das Durchschnittsalter der Mozartgemeinde gegenüber Veranstaltungen in Europa deutlich senkten. Es war eine Mixtur aus Buena Vista Social Club und kubanischem Bürgertum, die mit Spannung der Musik des großen Meisters entgegenfieberte.

In der ersten Reihe fanden Maria und Briggs ihre reservierten Plätze, der Direktor war noch unabkömmlich. Er musste hinter den Kulissen einige Organisationspannen beheben. So war vergessen worden, ausreichend Notenständer aus der sonstigen Spielstätte der ehemaligen Kirche Oratorium San Felipe Neri herbeizuschaffen. Maria und Briggs studierten gemeinsam das überreichte Programmheft. Zunächst war der Stadtorganist der thüringischen Bachstadt Mühlhausen angekündigt. Ebenso wie eine „Orqueta Sinfónica" des Lyceum Mozartiano, das zusammen mit den wichtigsten Jugendchören der Insel das 1782 in Salzburg entstandene Werk zur karibischen Uraufführung bringen würde.

Von den insgesamt 18 Messen, die Mozart zu Papier gebracht hatte, war die unvollendete c-Moll-Messe eines der vielschichtigsten Werke, da sich der Komponist in dieser Zeit mit dem kontrapunktischen Werk von Johann Sebastian Bach auseinandergesetzt hatte. Der von 1772 bis 1803 in Salzburg residierende Fürsterzbischof Colloredo hatte es bevorzugt, Messen zu halten, die mit Musik nicht länger als eine Dreiviertelstunde dauerten, vor allem wenn er sie selbst lesen musste. In erster Linie gilt die Messe aber als Geschenk für Mozarts Frau Constanze, eine talentierte Sopran-Solistin, die er 1782 geheiratet hatte. In einem Brief von Mozart heißt es dazu: „Mit einem Worte wir sind füreinander geschaffen – und Gott, der alles anordnet, und auch dieses gefügt hat, wird uns nicht verlassen."

Als allerdings das erste gemeinsame Kind Raimund Leopold während eines Salzburgaufenthalts des inzwischen nach Wien umgesiedelten Ehepaars verstarb, mussten sich die Mozarts verlassen gefühlt haben. Die Messe blieb möglicherweise auch aus diesem Grunde unvollendet.

Maria und Briggs schauten sich an. War das ihre Geschichte? War es ein Zufall, dass ausgerechnet diese Messe heute Abend auf dem Programm stand?

11

Pit Koch war im Hamburger Schanzenviertel mit Lars vom Chaos Computer Club verabredet. Ganz anders als der Name vermuten ließ, schufen die locker und basisdemokratisch organisierten Experten der Bits und Bytes mehr Ordnung als Chaos in den unüberschaubaren Datenwelten. Lars arbeitete in einer Art Bürogemeinschaft im Hinterhof eines mit Graffiti zweifelhaft verschönerten Wohngebäudes.

Die gepflasterte Hofeinfahrt führte zunächst zu einer ehemaligen Tischlerei, die ein junges Kollektiv von avantgardistischen Möbeldesignern und Holzhandwerkern übernommen hatte. Für diverse Start-ups hatten sie Aufträge für komplette Laden- und Büroeinrichtungen übernommen, die als Siebziger-Jahre-Retro-Design derzeit hoch im Kurs standen. Über eine eiserne Außentreppe, deren Treppenstufen mit verzinkten Industrierosten belegt waren, erreichte Pit Koch das Technikstudio. Seinen Freund hatte er im Zuge einer Recherche über mysteriöse Bankabbuchungen bei einem Kunden kennengelernt.

Lars hatte wenig später ein Problem mit der Staatsanwaltschaft in Sachen Betäubungsmittelgesetz gehabt, die ihm vorwarf, Bestellungen von Drogen über einen Rechner aus seinem Studio abgewickelt zu haben. Aufgrund der sogenannten IP-Identifizierungsnummer eines Laptops von Lars und Auskünfte des US-amerikanischen Betreibers glaubten die Ermittlungsbehörden, den jungen Mann anklagen zu können. Pit Koch war es gelungen, mit seinen Recherchen nachzuweisen, dass Lars Opfer einer raffiniert eingefädelten doppelten elektronischen Identitätsvergabe durch die holländischen Verkäufer der Drogen geworden war. Der Detektiv war dazu eigens nach Rotterdam gefahren, um im Untergrund der Cyberkriminalität des Drogenhandels zu recherchieren. Schließlich hatte einer der Beteiligten in Amsterdam ausgepackt, nachdem der Detektiv gedroht hatte, ihn ins Gefängnis wandern zu lassen. Seit dieser Begegnung mit den technikaffinen Digitalbanditen, die im Wettlauf um Schutzprogramme immer schon einen Schritt voraus waren, hatte Pit Koch eine Erkenntnis gewonnen: Es gibt keinen Schutz im Netz. Alles, was dort einmal eingegeben ist, kann wieder aktiviert werden. Das Internet kannte auch nicht den Verhaltenskodex eines ehrbaren Kaufmanns, es war eher als ein Dauerangriff auf den Geldbeutel der Nutzer einzustufen.

„Hi, Pit", sagte Lars, als der Detektiv die Glastür öffnete, „komm rein. Da hinten gibt es Kaffee, muss nur eben schnell den Vorgang hier abschließen."

Lars wandte sich wieder seinem Rechner auf einer trapezförmig geschnitten Arbeitsplatte zu, auf der weder Papierstapel noch Kugelschreiber zu finden waren. Dahinter verschwanden die Kabel in einem Knäuel, das zu einer übereinandergestapelten Batterie blinkender Server führte.

Der Detektiv warf seine Jacke über einen Stuhl, stellte seine lederne Aktentasche auf den Boden und nickte einer weiteren Mitarbeiterin zu, die ebenfalls tief in ihrem Rechner verschwunden zu sein schien. Mit einer Handbewegung deutete Pit Koch auf die Kaffeemaschine, die er nur an ihrem Schreibtisch vorbei erreichen konnte. Sie nickte abwesend zurück.

Der Besucher entschied sich für einen Espresso macchiato, für den er die entsprechende Kunststoffkapsel mit dem etwas schwärzer gebrannten Kaffee einlegte und den Startknopf drückte. Die schwarz-braune Brühe füllte wenig später die bereitgestellte Tasse mit einem zischenden Geräusch. Und auch die Milch kam erfreulicherweise als Schaum hinterher. Er ließ gleich noch einen Cappuccino für Lars herstellen. Von den früheren Besprechungen erinnerte er sich an dessen Vorliebe für den mit Milch aufgeschäumten Kaffee.

Die beiden Tassen auf Untertellern balancierend, ging der Detektiv in kleinen Trippelschritten zu Lars zurück. Hier gab es auch eine kleine, schlicht möblierte Sitzecke, in der er den Kaffee auf einem Seitentisch abstellte. Dann holte er seine Jacke und die Tasche und beförderte den Rechner und die Festplatte aus Ninas Appartement auf den Sitzplatz neben ihm.

„Bin gleich fertig und komme subito", rief Lars fröhlich. Er hatte elektronisch gerade die Bestätigung seines Steuerberaters erhalten, dass eine Prüfung des Finanzamtes ohne Beanstandungen durchgegangen war. Noch vor wenigen Jahren wäre die Beschäftigung eines Steuerberaters für die Mitglieder des Chaos Computer Clubs undenkbar gewesen, doch inzwischen machten sie mit Aufträgen aus der Industrie und von Behörden ordentliche Umsätze, die auch die Begehrlichkeiten der Finanzbehörde weckten.

Lars erhob sich. Wie immer, seit der Detektiv ihn kannte, trug er einen an den Ellenbogen verschlissenen grauen Sweater mit dem Logo der Stanford Universität auf der Brust. Aus der Kapuze baumelten links und rechts die weißen Schnüre eines Zugbands. Allein an diesem Kleidungsstück war Lars leicht als Mitglied des CCC zu identifizieren, fast so zuverlässig wie über die IP-Kennung seines MacBook Pro.

„Schön, dich zu sehen", sagte er und umarmte Pit, der aufgestanden war.

„Lass dich drücken, du bist ja wie immer gut in action. Drogengeschäfte?“

Lars lachte. „Nee, Finanzamt, wir werden älter und spießiger. Jetzt muss ich schon die Anlage V, Einkünfte aus Vermietung und Verpachtung, für die Steuererklärung ausfüllen. Wir haben diese Etage doch neulich gekauft. Gefällt es dir?“

„Famos. Vor allem die Kaffeemaschine. Ich habe dir einen Cappuccino mitgemacht.“

„Perfekt, wie in alten Tagen. Keinen Zucker?“

„Klar, purer Stoff.“

„So wie damals“, sagte Lars.

Die beiden Männer nahmen einen Schluck, bei dem Detektiv war damit die kleine Tasse geleert.

„Wunderbar“, sagte Lars, um dann sachlich fortzufahren: „Und wie kann ich dir helfen?“

Pit Koch nahm den Rechner und die Festplatte von Nina und reichte sie Lars. „Das ist der Rechner einer verschwundenen Musikerin namens Nina Brahm, sie ist möglicherweise getötet worden.“

Lars stieß ein gehauchtes „Puuh“ aus, während er den Deckel des Rechners auf den Knien öffnete.

„Mein Auftraggeber fordert natürlich strikte Diskretion, er hat mir den Rechner auf dieser Basis anvertraut. Vielleicht ist seine Tochter auch nur mit einem verrückten Dirigenten durchgebrannt. Ich nehme an, dass es für dich nicht so schwer ist, das Gerät zum Sprechen zu bringen?“

Lars hatte den Rechner schon hochgefahren und blickte auf die Maske zur Eingabe des Passworts.

„Passwort haben wir?“

„Eben nicht. Habe das Naheliegende durchprobiert, ohne Erfolg.“

„Moment, lass uns mal rübergehen an meinen Arbeitsplatz.“

„Komm, ich nehme deinen Kaffee." Er folgte Lars, der schon dabei war, Ninas Rechner an ein Kabel anzuschließen. Jetzt war der Rechner mit den weltweiten Blutbahnen des Netzes verbunden und wurde zum Leben erweckt. Es dauerte keine drei Minuten, bis Lars über ein spezielles Programm zur Passwort-Generierung den Rechner starten konnte. Auf dem Bildschirm bauten sich die Icons der verschiedenen Dateien und Dokumente auf. Nina musste auch eine Vorliebe für das kreative Chaos haben, da fast zwei Drittel des Bildschirms zur Ablage verschiedener abgespeicherter Dokumente und Fotos dienten.

„So, die Tür ist offen", sagte Lars. Den Detektiv erinnerte das an einen journalistischen Kollegen, der bei kniffligen Recherchen immer von der Stecknadel im Heuhaufen sprach, die es zu finden galt.

Der erste Überblick über die Funktion „Einstellungen" und die angesteuerten, gespeicherten Routeradressen unter WLAN war schon ganz vielversprechend. Eine digitale, GPS-gestützte Weltkarte dokumentierte auf die Sekunde genau, wo das elektronische Gerät in den letzten Monaten in Betrieb genommen worden war. Nina war im vergangenen Jahr ganz schön unterwegs gewesen, viele Flughäfen und Hotels waren dabei. Sie ahnte wohl nicht, dass ihr Smartphone und damit ihr Rechner wie ein Reisetagebuch genaue Aufzeichnungen gemacht hatte. Selbst das Suchwortverzeichnis in der Chronik der Suchmaschine reichte Monate zurück und ergab einen guten Eindruck über die abgefragten Orte und den Wissensbedarf: Fischrestaurant in Cuxhaven, Fahrradverleih auf Sylt, Fährverbindung nach Norwegen, Oper Oslo, Notenantiquariat London, Spielplan Philharmonie Nürnberg, billige Medikamente, Ryanair etc. Die letzten Sucheinträge waren etwas alarmierend: Schizophrenie, klinisch, Symptome, Behandlung. Ein Ordner trug die Bezeichnung „Mozart". Hier hatte Nina alles abgelegt, was eine dienstliche Verpflichtung betraf. Immer wieder tauchte ein Name auf, der den Detektiv neugierig machte: „Unterricht Sand“, „Lunch Sand“ und irgendwann „Hotel Stefan“. Er würde einen gezielten Suchmechanismus für diesen Rechner starten, der ihm die Verknüpfungen zwischen Sand und Nina dokumentieren würde.

„Aber du willst doch eigentlich wissen, wo sich deine Musikerin aufhält und ob sie noch lebt?“, fragte Lars und startete gleichzeitig die eingestöpselte Festplatte.

„Genau.“

„Und warum gehst du nicht erst mal über ihr Smartphone, wenn sie eins hat?“

„Hat sie.“

„Okay, dann gib mir mal die Nummer.“

Der Detektiv blätterte in seinem in dieser Umgebung wie ein altes Pergament aus der II. Dynastie der ägyptischen Könige stammenden Notizbuch. „Moment, da habe ich sie. 0172 5117999. Habe ich natürlich anzurufen versucht: Teilnehmer derzeit nicht erreichbar, blabla.“

Während der Detektiv die Nummer vorlas, war sie von Lars bereits in eine aufgerufene Seite eingegeben worden. Wenig später baute sich wieder eine GPS-gestützte Weltkarte auf, die sich dann auf Nordamerika verengte und schließlich einen roten Marker über Chicago setzte. Nach zwei bis drei weiteren Klicks hatte Lars herausgefunden, dass das betreffende Mobilfunkgerät derzeit nicht aktiv und ausgeschaltet war. Das letzte Signal war von der Telefonfirma vor etwa zwei Wochen in Chicago dokumentiert worden, und zwar um 23.15´32´, danach blieb die Ortung ergebnislos.

„Okay“, sagte Lars, „Sackgasse. Entweder liegt nur das Handy auf dem Grund des Michigansees, oder die Besitzerin gleich dazu.“

„Du machst mir richtig Mut“, sagte Pit Koch.

„Also müssen wir an den Rechner ran. Lass uns aber erst mal einen Schlachtplan machen."

Zu Kochs Verwunderung zog Lars aus einer Schublade unter der Arbeitsplatte einen Papierblock und einen Bleistift. Er begann zu notieren:

1) *Identität des Rechners. Ist es tatsächlich das Gerät von N.?*
2) *E-Mail-Verkehr und Auflistung der häufigen Kontakte*
3) *Soziale Medien: Facebook, Skype, Whatsapp, Instagram etc.*
4) *Auswertung nach Kontakten in Verknüpfung zu E-Mails*
5) *Bildersuche nach 3) in iPhoto*

„Noch was?"

„Stefan Sand, das ist ein Name, der häufig auftaucht."

„Okay, das war's?"

„Ich denke ja."

„Was meinst du, welchen Zeitraum sollen wir nehmen?"

„Das letzte halbe Jahr vor dem Chicago-Termin."

„Okay, ich kann dir nichts versprechen, aber ich werde im Papierkorb des Rechners und in angeblich gelöschten Dateien ebenfalls nach Auffälligkeiten oder verräterischem Schriftverkehr suchen."

„Wenn sie überhaupt Opfer eines Kriminalfalls ist", sagte Koch, „das wissen wir ja alles nicht."

Er erzählte Lars dann noch in Stichworten den Hintergrund von Ninas Musikkarriere und die Mutmaßungen der Ermittler bei den anderen Todesfällen der Künstlerinnen.

„Da steckt doch bestimmt so ein krankes Hirn dahinter, die Welt ist auch vor nichts sicher", sagte Lars.

„Deswegen gibt es ja auch Gott sei Dank euch, um Licht in diese Schattenwelt zu bringen."

„Folgender Vorschlag", sagte Lars geschmeichelt. „Du lässt mir den Rechner und die Festplatte hier, und ich schaue mir alles an." Es gefiel ihm, in diesem Fall tätig zu werden, schließlich ging es hier um das Leben einer jungen Frau und mal nicht um angebliche Staatsgeheimnisse, Bitcoin-Betrügereien oder Panama-Papers. Er wollte gerne helfen.

„Ist sie das?", fragte er, als er auf dem Desktop das Foto einer jungen Frau mit Violine entdeckte und auf Bildschirmgröße zog. Die beiden Männer schauten in die offenen, blauen Augen eines makellosen Gesichts, das die Einladungsplakate von Konzerten schmückte. Mit den durchtrainierten Händen einer Violinistin hielt sie ihr Instrument am matt glänzenden Griffbrett wie eine besondere Kostbarkeit neben sich.

„Genau, das ist sie, Nina Brahm. Zu jung und zu schön für den Tod", sagte der Detektiv. Er war sich nicht sicher, ob er recht behalten würde.

Er verabschiedete sich von Lars und packte seine Ledertasche zusammen, einschließlich der Schutzhülle für Ninas Rechner. Mit einem freundlichen Winken verabschiedete er sich auch von Lars' Kollegin und versuchte, auf der eisernen Treppe nicht auszurutschen.

Es hatte angefangen zu nieseln. Ganz was Neues in dieser Stadt, dachte Pit Koch. Er war voller Erwartung, was sein Freund Lars alles herausfinden würde. Die Zeit lief.

12

In Chicago herrschte graues Wetter. Vom Michigansee drückten heftige Winde Wolke um Wolke über die Stadt. Die Passanten tänzelten unter Schirmen um die Pfützen auf dem Trottoir.

„Komm, lass uns ein Taxi nehmen", sagte Steven Briggs, der mit Nina unter dem Vordach des Hotels wartete. Bei diesem Wetter waren selbst in Chicago Taxis knapp.

„Gute Idee, hast du die Karten?"

„Hab ich." Vor dem Hotel in der Innenstadt, gleich neben dem imposanten und doch abweisenden Trump-Tower, hielt ein geräumiges Taxi, das einige Besucher des nahe gelegenen Blues-Clubs absetzte. Der schwarze Fahrer signalisierte, dass er frei sei, und Nina rutschte auf der Rückbank in die Mitte des Wagens. Briggs stieg ebenfalls ein, schloss die schwere Rücktür des Buick mit einem satten Geräusch und sagte: „Chicago Orchestra Hall, North Shore." Der Fahrer wusste Bescheid.

Briggs ließ auf seinen langen Autofahrten häufig einen Klassiksender laufen. Er hatte auch schon die bekannte Sinfonia concertante von Mozart gehört, für die er Karten besorgt hatte. Er machte Nina damit eine besondere Freude, denn der aus China stammende Solist an der Violine gehörte zu einem ihrer Favoriten und der Dirigent zur Weltspitze. Sie freute sich auf den Abend und war froh, sich von Stefan überredet haben zu lassen, ihn zu begleiten.

Nach einer Unterrichtsstunde in Hamburg hatte er Nina ganz unvermittelt gefragt, ob sie die Sinfonia concertante eigentlich schon einmal als Konzert gespielt hätte. Nina hatte den Kopf geschüttelt, während sie ihr wertvolles Instrument mit dem weichen Tuch von Schweißspuren reinigte. „Nein, im Studium musste ich einmal den zweiten Satz spielen. Ganz schön happig, aber ein wunderschönes Moll in dunklen Farben, das dich zum Weinen bringen kann. Warum fragst du?"

Briggs hatte in seine Notentasche gegriffen und ein Blatt Papier herausgeholt. „Das hier ist die Online-Buchung für zwei Tickets für das KV 364."

„Sinfonia concertante? In Hamburg?"

„Nein, in der Chicago Orchestra Hall. Reihe 10, Platz 22 und 23. Welchen Platz möchtest du haben?"

„Du spinnst."

„Wir fliegen am Dienstag, das Konzert ist nächste Woche Donnerstag."

„Du kannst doch nicht einfach so über meine Zeit verfügen! Ich passe. Du kannst alleine fliegen."

„Hast du etwas anderes vor?"

„Nein, aber du sollst mich nicht überrumpeln."

„Doch, das mache ich gern, und wenn du ehrlich bist, hast du auch Lust auf einen kleinen Ausflug. Kennst du Chicago?"

„Nur von einem Zwischenstopp."

„Die Innenstadt ist wesentlich schöner als der Flughafen. Komm, sag, dass du dich freust. Wenn du erst wüsstest, wer der Dirigent und die Solisten sind."

„Interessiert mich nicht."

„Dann muss ich ja nichts sagen."

„Jetzt sag schon."

Sofort war das Eis gebrochen, und jetzt saß sie tatsächlich in dem riesigen Taxi auf der Fahrt zu dieser wunderbaren Konzerthalle mit dem großartigen Orchester. Und dann noch dieses Stück. Sie liebte es, da es in einem Dialog zwischen Violine und Bratsche die Tradition des barocken Concerto Grosso aufnahm. Es war unmittelbar nach der Reise des Komponisten zwischen 1777 und 1779 in die damaligen Musikhochburgen Mannheim und Paris entstanden. Die gute Ausstattung und ordentlichen Gagen hatten damals herausragende Solisten aus ganz Europa in diese Städte gelockt. Der Komponist hatte die Sinfonia auf die beiden verwandten Streichinstrumente zugeschnitten, die sich nur durch die Größe und Klangfarbe unterschieden. Komponiert hatte der 23-jährige Mozart das Werk schließlich im Sommer 1779 nach seiner Rückkehr aus Salzburg, nachdem zwei vorherige Anläufe (KV 315 f und KV 320 e) für ein Stück zwischen Solokonzert und Concerto Grosso von ihm abgebrochen oder nicht vollendet wurden. Für die Kritiker war die Sinfonia concertante „von majestätischem Gehalt", kurz ein Meisterwerk.

So wurde es auch in dem Programmheft in Chicago gesehen. Briggs hatte es an der Kasse erworben und würde es später Nina überlassen. Im zweiten Satz des Andante kamen ihm fast die Tränen. Er ergriff ihre Hand und legte sie auf sein Knie. In diesem Moment verband sie die Musik stärker als je zuvor. Nina wusste nicht, wie sie aus diesem Mann schlau werden sollte. Er war ein knallharter Geschäftsmann und dann wieder weich wie eine Salzburger Mirabelle im Spätsommer. Was trieb ihn an? Stefan umgab etwas Unheimliches, spürte Nina. Sie musste aufpassen, sich durch die Verliebtheit und die Abenteuer, die sie gerade erlebte, nicht blind machen zu lassen. Es würde die letzte Reise mit ihm sein, beschloss sie. Morgen würde sie es ihm sagen.

Sie zog ihre Hand zurück, als das Presto des dritten Satzes einsetzte. Briggs schaute sie fragend von der Seite an. Nina weinte.

13

„Du willst wirklich zurückfliegen?", fragte Steven Briggs erneut, als sie am kommenden Tag im Frühstücksraum ihres Hotels Platz genommen hatten. Auf dem Weg zu dem eingedeckten Tisch hatte er schon mal zwei Gläser Orangensaft organisiert, nachdem er bereits im Stehen einen großen Schluck genommen hatte. Der frisch gepresste Saft belebte seine Lebensgeister.

Er wusste nicht, was mit Nina los war. Nach dem Konzert hatten sie eines der Fischrestaurants auf der Navy-Pier von Chicago besucht, der Sturm hatte sich etwas gelegt. Die nachlaufenden Wellen des aufgewühlten Sees schlugen gegen die hölzernen Konstruktionen. Das Tosen des Windes und der Wellen passte zu der inneren Verfassung von Nina, die nur einen kleinen Meeresfrüchtesalat bestellte. Das Konzert klang in ihr nach, aber noch mehr ihr Entschluss, auf Distanz zu Stefan zu gehen. Sie grübelte, wann sie es ihm sagen sollte.

Einerseits wollte sie nicht den von ihm so liebevoll arrangierten Besuch in dieser wunderbaren Stadt verderben. Andererseits war sie kein Typ, der sich gut verstellen konnte. Sie haderte mit sich selbst, ob sie die richtige Entscheidung traf, wusste aber, dass sie sich auf ihre Gefühle verlassen konnte. In der Nacht wendete sie sich buchstäblich von ihrem Liebhaber ab und kehrte ihm den Rücken zu mit der Ausrede, dass sie den Jetlag stark spüre und jetzt schlafen müsse. Dabei grübelte sie in unendlichen Gedankenschleifen über ihr Verhältnis zu Stefan Sand nach. Sie würde ihm gleich nach der Rückkehr die Wahrheit sagen und das Unterrichtsverhältnis auflösen. In der Dunkelheit des Zimmers war ihr das wie die Lösung erschienen.

Jetzt, in der kräftigen Sonne des Frühherbstes mit blauem Himmel hinter der Fensterfront, war sich Nina nicht mehr so sicher. Sie erlebte so schöne Tage mit ihm, warum sollte sie mit ihm brechen? Sie war seine Geliebte, nicht seine Ehefrau, und konnte jederzeit gehen, das hatte sie von Anfang an klargestellt.

„Irgendwann wird sich deine Begeisterung für Mozart auch erschöpfen, mich brauchst du dann nicht mehr."

„Vielleicht doch", sagte Briggs, während er sein mit Nüssen versehenes Müsli in den mageren Joghurt rührte.

„Inwiefern?"

„Du bereicherst mich mit deinen Kenntnissen und deiner Hingabe an die Musik. Du bist so talentiert, vielleicht kann ich dir einen Vorschlag machen, den du akzeptieren könntest."

„Wovon redest du?"

„Du weißt, dass ich Mozart verehre. Er ist mit Mitte dreißig zu früh gestorben und hätte noch so vieles erschaffen können. Ich möchte, dass er neu geboren wird und all das zu Ende bringt, was unvollendet blieb."

„Spinnst du? Wie willst du einen neuen Mozart erschaffen? Etwa aus dem genetischen Zauberkasten und der DNA seines umstrittenen Schädels aus Salzburg?"

„Warum nicht, die moderne Gentechnologie macht das möglich, mit Bakterien oder Hunden ist das schon gelungen. Irgendwann ist auch menschliches Erbgut dran, wenn die Gesetze es zulassen. Das DNA-Material von Mozart weiß ich zu beschaffen, es gibt da einen hilfreichen Forscher in Salzburg, der an der Ausgrabung der dortigen Familiengräber beteiligt war."

„Und dann? Dann willst du, dass ich dieses Kind austrage, großziehe und an der Geige unterrichte?“

Briggs schwieg. Nina war schnell im Begreifen.

„Weißt du was, ich hole mir jetzt erst mal ein garantiert naturreines Omelett, da ich mir diesen Quatsch ohne Stärkung nicht anhören kann. Dann erzählst du mir von deinen Plänen, dir einen Mozart zu kreieren. Absurd.“

Nina stand sichtlich verärgert auf und warf fast den Stuhl um, so erregt war sie. Briggs schaute erleichtert auf sein Müsli. Jetzt war es raus. Nina konnte zustimmen – oder es würde alles einen anderen Weg nehmen.

Sie kam mit einer doppelten Portion Omelett zurück, auf dem noch dazu eine fette Ladung Frühstücksschinken in gewellten Streifen drapiert war.

„Du hast ja einen guten Appetit. Noch einen Kaffee?“

„Gern. Das alles kannst du dir abschminken. So verlockend es klingt, dem neuen Mozart zum Leben zu verhelfen. Nicht mit mir. Ich will eine glückliche und erfolgreiche Musikerin sein und nicht die Mutter eines dann möglicherweise völlig untalentierten oder verrückten Komponisten, weil bei dem Gen-Roulette irgendetwas schiefgegangen ist. Vergiss es.“ Nina balancierte ein großes Stück Omelett auf der Gabel.

„Ich bin dir aber für deine Offenheit dankbar. Ich hatte mich von Anfang an gewundert, worauf du eigentlich hinauswillst“, sagte sie kauend.

„Du bist eine wunderbare Frau und eine großartige Musikerin.“

„Mozart klonen“, sagte Nina, „auf solche Ideen kommen ja nicht einmal die ganz abgedrehten Fans. Das ist echt krank, und irgendwie tust du mir leid.“

„Täusche dich nicht. Zunächst war es ein Schaf namens Dolly in Schottland, das zwar nur sechs Jahre überlebte, aber das Prinzip des Klonens bestätigte. Das ausgetauschte Erbgut wird in eine Eizelle eingesetzt und dann bis zur natürlichen Geburt ausgetragen."

„Dazu musst du dir eine andere suchen, Mr. Klon. Ich stehe jedenfalls nicht zur Verfügung. Schau dich doch mal in Osteuropa nach einer Kandidatin um, die machen so was gegen gutes Geld. Beine breit, Sonde rein und fertig ist das Mozart-Kind."

„Du bist vulgär. Du solltest einmal darüber schlafen und dir vorstellen, was das bedeuten könnte. Du würdest einem Kind das Leben schenken, nach dessen spätere Schöpfungen die Musikgeschichte umgeschrieben werden müsste."

„Schon das ist falsch, denn heute wird Zeitgenössisches komponiert und nicht die Musik des ausgehenden 18. Jahrhunderts. Zufällig kenne ich mich auf diesem Gebiet etwas aus. Ich kann dir die Lektüre entsprechender Bücher empfehlen wie ‚Blueprint', die Geschichte eines weiblichen Klons einer Pianistin. Oder den Versuch geflohener Nazis in dem Film ‚The Boys of Brazil', eine ganze Batterie Nachkommen ihres geliebten Führers zu klonen. Jedenfalls brauchst du mich nicht dazu."

„Vielleicht doch, meine himmlische Geige."

„Im Himmel hängen gar keine Geigen. Und ein neuer Mozart würde zudem das Köchelverzeichnis völlig durcheinanderbringen."

„Das wäre ja das Schöne", sagte Briggs zustimmend. Das Verzeichnis aller Mozartwerke, angelegt von dem Wiener Mozart-Liebhaber, Juristen und Naturforscher Ludwig von Köchel im Jahr 1862, versuchte, alle „verloren gegangenen, angefangenen, übertragenen, zweifelhaften und auch untergeschobenen Compositionen" chronologisch aufzulisten. Mehrere Musikwissenschaftler und auch der angebliche Vetter von Albert Einstein, Alfred Einstein, arbeiteten in den folgenden Jahrzehnten immer wieder an Neuauflagen, die zu Ergänzungen der ursprünglich erfassten 626 Werke führten. Die neuen Nummerierungen wurden aber von den Konzertveranstaltern meist ignoriert. Die Kleine Nachtmusik ist eben das KV 525 und nichts anderes. Das Werkverzeichnis umfasst als KV 1 ein 1764 entstandenes Menuett in G-Dur, das jedoch nicht als frühestes Werk gelten kann. Denn schon 1761 habe der gut Fünfjährige nach Angaben seines Vaters („Wolfgangs Compositiones") ein Andante und Allegro komponiert. Als KV 626 ist am Ende des Lebens von Mozart sein unvollendetes Requiem in d-Moll gelistet. Um für das Auftragswerk eines Adligen nicht die Anzahlung zurückgeben zu müssen, veranlasste seine Frau Constanze, dass befreundete Komponisten, darunter wohl auch ihr Liebhaber, das Werk schließlich fertigstellten. Ob Mozart tatsächlich auf dem Todesbett noch an dem Requiem gearbeitet hatte, wie ein Gemälde aus dem 19. Jahrhundert zu vermitteln versucht, ist dagegen nicht verbürgt. Das Werk des musikalischen Workaholics wurde jedenfalls mit einer gefälschten Unterschrift Mozarts dem Auftraggeber im Jahr 1792 übergeben.

Zum ersten Mal an diesem Morgen musste Nina lachen. Das drohende Chaos eines neuen Köchelverzeichnisses würde die Mozart-Welt durchschütteln, wenn seine Werke tatsächlich durch ein geklontes Genie ergänzt wurden.

„Ich weiß ja, als großer Mozart-Fan machst du nur Spaß und willst mich testen. So, jetzt nehme ich noch einen von diesen durchsichtigen amerikanischen Coffees, und dann stürzen wir uns ins Sightseeing. Ich habe schon das Museum of Contemporary Art herausgesucht, das dich vielleicht auf andere Gedanken bringt. Da ist nix geklont, da hängt kein neuer Beltracchi oder van Meegeren, da ist alles echt."

14

Die Kommissarin Larissa Bost saß bereits zwei Stunden mit Monas Mutter und der Schwester in dem Besprechungsraum zusammen. Die Polizeibeamtin zeigte ihnen einige Fotos des Fundorts der Leiche, aber keine Abbildungen von Mona. Bei der Beerdigung in der Heimatgemeinde der Familie sollte es auch keine Öffnung des Transportsargs geben.

Auf Monas Rechner fanden sich viele Fotos der offenbar lebensfrohen, jungen Musikerin im Kreis ihrer Mitstudenten. Als Oboistin stand sie zwar nur bei Soloauftritten im Vordergrund, dennoch strahlte sie die Ruhe und Gelassenheit einer kompetenten und talentierten Musikerin aus. Sie hatte auch ein studentisches Bläserquintett geleitet, das regelmäßig bei den öffentlichen Konzerten des Konservatoriums in Wien auftrat. Die privaten Bilder zeigten Mona zusammen mit ihrer Schwester, dem Familienhund Seppl oder mit Freunden bei Skiausflügen und in der Wachau. Nichts war ungewöhnlich. Bis die Kommissarin beim Durchscrollen der Fotos auf ein Dokument aus dem Englischen Garten in München stieß. Darauf waren eine lachende Mona und ein Fremder auf Fahrrädern nebeneinander vor dem markanten Chinesischen Turm zu sehen, ein Selfie. Ein älterer Mann hatte seinen Arm um Monas Schultern gelegt. Es folgten einige Bilder offenbar aus dem nahen Biergarten mit abfotografierten Tellern, auf denen ein krustiger Haxen mit Knödel und ein schwach rosafarbener Obazda mit Zwiebelringen zu sehen waren. Die Teller wurden von einer Hand gehalten.

„Kennen Sie diesen Mann?“, fragte die Kommissarin.

„Nein. Mona schaut so glücklich aus.“

„Ich habe in einer E-Mail von einem gewissen Stefan Sand an Ihre Tochter den Hinweis gefunden, dass man sich doch im Englischen Garten beim Fahrradverleih treffen könne.“

„Können Sie das Bild bitte einmal vergrößern?“, bat die Schwester die Kommissarin.

Dann nickte sie.

„Ich habe den schon mal gesehen. War das nicht ein Gast bei uns im vergangenen Jahr? Alleinreisende Gäste sind in der Hochsaison ja nicht so häufig. Ich hatte im Service geholfen und erinnere mich an einen Herrn, der unbedingt frisch gepressten Orangensaft haben wollte. Er hat damit ziemlich rumgenervt, obwohl wir einen ganz ordentlichen Saft zum Frühstück haben.“

„Der ist doch so gut wie frisch gepresst“, stimmte die Mutter zu.

„Genau, und er hatte mich noch gefragt, ob ich auch Musik studieren würde.“

„Wieso ‚auch‘?“, fragte die Kommissarin.

„Keine Ahnung“, sagte die Schwester. „Können Sie auch das Haxn-Bild groß machen?“

Die Kommissarin holte das Foto vergrößert auf den Bildschirm. Die drei Frauen schauten es noch einmal aufmerksam an.

„Ist Ihnen das aufgefallen?“, fragte Larissa schließlich in die Stille hinein. „Der Ring.“

„Welcher Ring?“, fragte die Mutter.

Auf beiden Fotos sah man jeweils eine Hand. Am Ringfinger war ein Goldring mit einem gravierten Halbedelstein zu sehen. Einmal sah man den Ring nur von innen in der Handfläche, etwas verdeckt durch die anderen Finger. Es war ein sogenannter goldener Siegelring, dessen eingelassener Onyx-Stein ein spiegelverkehrtes Familienwappen eines adligen Geschlechts trug.

„Und was beweist das?“, fragte Monas Mutter etwas irritiert.

„Bislang noch gar nichts“, sagte die Kommissarin, „aber wenn dieser Mann zu Gast in Ihrem Hotel war, dann gibt es möglicherweise eine Querverbindung zu Mona und diesem Stefan Sand. Ein Merkmal wie der Ring kann bei der Identifizierung der Person entscheidend helfen.“

„Wenn er im Frühstücksraum war, dann hat er auch bei uns übernachtet“, sagte die Mutter. „Alle Anmeldeformulare sind in einem Ordner ordentlich abgelegt. Wir müssen das als Hoteliers ja wegen der elendigen Bürokratie ellenlang aufbewahren“, ergänzte die Hotelbesitzerin.

„Kann manchmal ganz nützlich sein“, merkte die Kommissarin an.

Die Mutter schaute noch einmal auf das freundliche Gesicht des Mannes. Könnte das der Mörder ihrer Tochter sein?

15

Zurück zu Hause ging Monas Mutter als Erstes in den Keller. Die vielen Ordner waren mit einem schwarzen Filzstift ordentlich beschriftet: „Anmeldung, Gäste".

Sie zog einen Ordner heraus und verließ den Keller, um sich in dem jetzt am späten Abend leeren Gastraum an einen der freien Tische zu setzen. Um diese Jahreszeit war nicht viel los am Ammersee.

Inzwischen hatte sich ihre Tochter dazugesellt.

„Wann hast du den Gast gesehen?"

„Das muss in den Ferien gewesen sein, vielleicht im August?"

Die Mutter blätterte sich durch die Anmeldungen.

„Aha, August, wir kommen der Sache näher. Familie Sanders wie jedes Jahr, die netten Russen, die Wanderer, die Langschläfer, die Hubers mit dem großen Hund …"

„Stopp, Mama, du hast etwas überblättert."

Unter dem Datum des 15. Augusts klebten zwei Anmeldebögen leicht zusammen, den zweiten hätten sie fast übersehen. Angeheftet war eine etwas blasse Fotokopie des Ausweisdokuments des Gastes, Steven Briggs, Berlin. Deutscher Personalausweis, ebenfalls ausgestellt in Berlin. Das Bild war nicht zu erkennen. Der Gast hatte das Einzelzimmer Nummer 317 bar bezahlt. Der Anmeldebogen war mit einem unleserlichen Unterschriftenkürzel versehen, auch wohlwollend war daraus kein vernünftiger Namen abzuleiten.

„Kann er das sein?“, fragte die Mutter aufgeregt.

„Schwer zu sagen. Aber das Alter kommt hin, Jahrgang 1966, also Anfang fünfzig.“

„Ich rufe gleich mal die Kommissarin an.“ In Wien hatte sie deren Visitenkarte mit der Privatnummer erhalten.

Monas Schwester schob ihr Smartphone wortlos über den Tisch. Die Mutter wollte aber lieber übers Festnetz telefonieren und ging mit den Dokumenten an die Rezeption. Sie erreichte nur die Mailbox.

Auf der Vorderseite der Visitenkarte fand die Mutter eine Faxnummer. Zusammen mit einem handschriftlichen Anschreiben auf einem Briefbogen des Hotels schickte sie die beiden Dokumente nach Wien. Die Originale würde sie erst einmal nicht aus der Hand geben. Vielleicht hatten sie den Schlüssel zur Aufklärung des Todes ihrer geliebten Mona gefunden? Sie schloss das Material im Safe des Hotels ein.

16

Lars lieferte pünktlich. Zwei Tage nach dem Gespräch brachte ein Kurier einen Datenstick per Eillieferung in das Büro am Hafenrand. Pit Koch reagierte sofort.

„Komm doch in mein Büro, kriegst auch einen gut geschäumten Cappuccino", schrieb ihm der Detektiv in einer Textnachricht und fügte das Bild der Kaffeemaschine aus seinem Büro bei. An diese ließ seine Sekretärin ihn aber nicht ran, es war ihr Heiligtum. Stöckelschuh aber kannte den Besucher mit dem etwas eigenartigen Kleidungsgeschmack und mit seiner Vorliebe für das geschäumte Getränk bereits.

Um elf Uhr stand Lars in seinem ausgebeulten Sweatshirt mit Kapuze vor der gläsernen Tür der Detektei. Die Sekretärin drückte den Knopf, und die Tür sprang mit einem schnarrenden Geräusch auf. „Morgen, Herr Lars", sagte sie freundlich, „lange nicht gesehen. Der Pullover hat ja gut durchgehalten." Das konnte sie sich nicht verkneifen.

Ihr gepflegtes Äußeres, heute ein weinrotes Kostüm mit einer Halskette aus echten Perlen, stand sehr im Gegensatz zu dem sportlichen Auftritt des Vertreters des Chaos Computer Clubs. Aber sie mochte Lars, er war freundlich und dachte schnell.

„Und bei Ihnen, alle Systeme roger?"

„Toi, toi, toi, die IT arbeitet hier ohne Zicken. Danke noch mal für den guten Tipp damals."

Lars hatte nach der Erledigung der Drogensache einen befreundeten Techniker gebeten, in Kochs Büro alle Geräte zu warten.

„Na, dann kommen Sie mal mit, Herr Koch steht Ihnen zur Verfügung. Abzulegen gibt's ja wohl nichts." Sie schaute an seinem grauen Kapuzenteil herunter.

„Zu trinken wie immer?"

„Yeap, Cappuccio", sagte er italienisch salopp.

„Cappuccio, verstehe", sagte die Sekretärin.

„Schön, dass du gekommen bist", begrüßte der Detektiv seinen Freund, „das ging ja fix."

Er ließ mit einer Fernbedienung die Jalousien an der nach Süden gelegenen Fensterfront etwas herunter. Draußen bugsierte gerade ein riesiges Containerschiff, vollgeladen mit bunten Containerkisten und winzigen Menschen auf der vorderen Brücke, elbabwärts der See entgegen. Zwei Schlepper geleiteten den Koloss geschickt durch das enge Hafenbecken hinter der wellenförmig aufragenden Elbphilharmonie, die in der Herbstsonne funkelte. Der Konzertsaal war nach allen von den Versicherungsunternehmen angeforderten Risikoberechnungen nicht in Gefahr, von einem aus dem Ruder gelaufenen Ozeanriesen einmal platt gemacht zu werden – jedenfalls in der Theorie.

„Ich habe alles gelesen, was du mir geschickt hast, so richtig am Wickel haben wir diesen Stefan Sand aber noch nicht. Wenn es überhaupt unser Mann ist."

„Ich vermute, das ist ein Alias, den er sich als zweite Identität zugelegt hat", sage Lars selbstsicher.

„Wie kommst du darauf?"

In diesem Moment ging die Tür auf, und die Sekretärin balancierte auf einem Tablett die beiden Getränke Richtung Schreibtisch. „Sorry, dass ich störe, aber der Schaum auf dem Cappuccio soll ja nicht in sich zusammenfallen."

Koch, der seinen obligaten kleinen Schwarzen mit einem Schuss Milch bekam, wiederholte fragend: „Cappuccio?"

Stöckelschuh hatte wieder einmal zwei perfekte Kaffeegenüsse gezaubert.

„Danke, Sie sind ein Schatz", sagte Koch. Lars staunte über diese Anrede, aber das war wohl nur so dahingesagt.

Nachdem Stöckelschuh mit einem diskreten Lächeln die Tür wieder geschlossen hatte, fuhr der Detektiv fort.

„Zweite Identität?"

„Ja, schau dir mal das Protokoll der Recherche nach dem Provider, also sozusagen den Heimathafen des E-Mail-Kontos von Sand, an. Karibik, Virgin Islands. Dort lasse ich doch nur dann eine auf ‚.com'-endende E-Mailadresse anlegen, wenn ich den Zugriff auf die Verbindungsdaten erschweren will. In dem Fall war es nicht raffiniert genug. Denn der Anmelder des E-Mail-Kontos hat zunächst über das Bezahlsystem PayPal und dann von einer Bank bei Salzburg die monatlichen Kosten abbuchen lassen. Diese Transaktionen haben natürlich einige Spuren hinterlassen. Sie führten zu einem Stefan Sand, der in Fuschl am See sowohl mit einer Wohnadresse als auch mit einer Stiftung für humanitäre Aufgaben bei den Behörden gemeldet ist. Komisch ist nur, dass es zu dieser Adresse noch einen weiteren Kontobevollmächtigten bei einer österreichischen Bank gibt, wie den Unterlagen zu entnehmen ist."

„Ihr spaziert einfach so elektronisch in den Banken herum, noch dazu im Ausland, und schaut euch vertrauliche Kundenunterlagen an?"

„Sag's nicht weiter, aber viele dieser Institutionen wissen gar nicht, wie viele Besucher sie täglich außerhalb der Schalterhalle haben."

„Und hat der andere Kontonutzer auch einen Namen?"

„Dort ist er als Steven Briggs eingetragen, deutscher Staatsbürger, Kaufmann."

Der Detektiv gab einen abfallenden Pfiff von sich. „Hammer."

Lars holte aus seinem Rucksack Ninas Rechner und die matt grau glänzende Festplatte hervor.

„So weit, so gut", sagte Koch, „aber was hat das jetzt mit dem Verschwinden der Musikerin zu tun?"

„Tja, als Kontakt-Telefonnummer hat dieser Sand/Briggs bei der Bank eine deutsche Mobilfunknummer hinterlegt. Die ist noch geschaltet, ich habe sie ausprobiert, sie ist aber derzeit deaktiviert."

„Und?"

„Es war ein Haufen Arbeit, aber wir haben es geschafft, auf seine Festplatte mit den gespeicherten SMS- und WhatsApp-Nachrichten zuzugreifen."

„Echt? Ihr seid ja Mega."

„Es kommt noch besser. Dreimal darfst du raten, mit wem er im letzten halben Jahr fast 500 Mitteilungen ausgetauscht hat."

„Mit der Telefonnummer aus meinem kleinen Notizbuch: Nina."

„Bingo."

„Habt ihr auch die Inhalte dieses Austauschs?"

„Leider nicht, noch nicht, da das Gerät derzeit deaktiviert ist. Wahrscheinlich befindet er sich im Ausland, möglicherweise genauso wie das Handy von Nina."

„Und möglicherweise, logisch, beide im gleichen Ausland."

„Und wie kommen wir jetzt weiter?"

„Du bist der Detektiv, und jetzt kommt die Knochenarbeit. Ich habe dir mal die identifizierbaren Routeradressen nur in Hamburg rausgesucht, die auf Sands Handy durch die Einlogvorgänge zu finden waren: Restaurants, Clubs, Bars, Hotel, eine Drogerie, der Apple Store am Jungfernstieg, ein Café und die Niederlassung von Bechstein. Ich glaube, es lohnt sich, dort mit einem Foto unserer beiden Verschwundenen mal vorbeizufahren. Da wird sich schon jemand erinnern und dir vielleicht hilfreiche Auskünfte geben können."

„Bechstein, was macht eine Violinistin im Klavierladen?", murmelte Pit Koch und schaute aus dem Fenster.

„Hast du gerade ‚Foto' gesagt? Gibt es eines?"

„Wenn der Typ eine zweite Identität aufgebaut hat, wird er ja seinen WhatsApp-Account nicht mit einem echten Foto hinterlegt haben. Aber wir haben wohl ein Foto von ihm, das etwas versteckt in Ninas Rechner zu finden war. In einem Ordner ‚Unterricht' waren diverse Notenblätter und Aufstellungen für das Lehrprogramm zu finden. Darunter auch ein Klavierstück mit der Bezeichnung Stefan. Gleich dahinter war eine Bilddatei unter ‚S' eingeordnet, die einen Mann von hinten an einem glänzenden Flügel zeigt. Und wie der Zufall es will, spiegelt sich sein Gesicht in dem aufgeklappten, glatten Tastendeckel so gut, dass man seine Gesichtszüge erkennen kann. Auf dem Notenbrett steht genau jenes leichte Klavierstück mit der Bezeichnung ‚Stefan'."

„Ich glaube, ihr solltet meinen Laden übernehmen. Das ist erstklassige Arbeit", sagte der Detektiv. „Wäre schön, von dem Foto eine gute Kopie zu bekommen."

„Habe ich dir doch geschickt, suche mal unter ‚Stefan'."

„Entschuldigung, mein Fehler." Mit wenigen Klicks hatte er das Dokument von Lars Stick gezogen und an seine Sekretärin gesendet. „Brauche dringend sehr guten Ausdruck, DIN A4", schrieb er in den Betreff der E-Mail.

„Wenn wir das Klavierbild bestimmen können, haben wir auch die Möglichkeit, die anderen Bilddateien auf biometrische Ähnlichkeiten zu durchsuchen", erläuterte Lars.

Der Detektiv wollte sich da lieber auf eine händische Durchsicht des Fotomaterials auf dem Rechner verlassen, auch wenn es ihn mindestens einen ganzen Abend kosten würde. Er zog den Rechner von Nina zu sich heran.

„Es ist übrigens der Rechner von Nina Brahm. Das haben wir nebenbei auch geklärt. Interessant ist, dass sie überhaupt keine Musikstücke gespeichert hat, gibt es dafür eine Erklärung?"

„Keine Ahnung, aber das werdet ihr auch noch rauskriegen."

„Die Wiederherstellung des Systems war übrigens nicht ergiebig, da das letzte Backup ein Jahr zurückliegt."

Pit Koch war in Gedanken schon bei dem Termin, den er bei Bechstein machen wollte. Wenn das gemeinsame Interesse von Nina und diesem Sand etwas mit Musik zu tun hatte, konnte er es möglicherweise dort in Erfahrung bringen.

„Lars, das ist wirklich Spitzenarbeit, damit kommen wir weiter", sagte der Detektiv. „Wie kann ich dir danken?"

„Oh, der Cappuccino war ein guter Anfang. Du weißt doch, wie sehr ich Banken misstraue, nicht ordentlich mit meinen Daten und Moneten umzugehen. 500 Euro cash, ohne Quittung als Freundschaftspreis?"

Pit Koch zog die Schublade seines Designertischs auf und fischte zwei der von Ninas Vater als Anzahlung geleisteten blasslila Scheine aus dem Umschlag. „Unsere Freundschaft ist doch mehr Wert." Wortlos schob er die tausend Euro über den Tisch.

„Sicher?", fragte Lars, bevor er die Hand ausstreckte.

„Sicher! Dafür werde ich dich in den nächsten Wochen noch mal brauchen."

„Jederzeit, jede Stunde. Ich lasse den Rechner und die Festplatte hier."

Der Detektiv schloss zufrieden die Schublade und stand auf. Er öffnete für Lars die Tür und verabschiedete sich mit einer unter Männern üblichen knappen Umarmung mit Klopfen auf die Schulter.

Stöckelschuh erinnerte sich, dass Lars den Fahrstuhl selbst finden würde. In der Tür drehte er sich nochmals zu ihr um und hob den Daumen seiner rechten Faust.

„Und der Cappuccio“, Pause, „erste Sahne.“

Sie lächelte ganz fein mit einer leichten Röte über ihren gesunden Wangen.

17

Nach der Rückkehr aus Kuba bekam Maria Panik. Ihre Regel war ausgeblieben, für sie äußerst ungewöhnlich. Da sie keinerlei Verhütungsmittel nahm, war ihr das Risiko der freimütigen Nächte auf der karibischen Insel bewusst gewesen, aber irgendwie war es bisher immer gut gegangen. War es diesmal anders? Mach dich mal nicht verrückt, sagte sie zu sich. Sie würde mit ihrer besten Freundin darüber sprechen.

Mit Stefan wollte sie nicht darüber reden, es war schließlich ihre Angelegenheit. Sie würde sich nächste Woche einen Schwangerschaftstest besorgen, auch wenn sie nicht wirklich an deren Zuverlässigkeit glaubte.

Stefan wollte sie so lange nicht wiedersehen. Er hatte ihr zudem gesagt, auf einer wichtigen Dienstreise in die Emirate fliegen zu müssen und erst übernächste Woche wieder nach Deutschland zurückzukehren. Das war ihr ganz recht. Einer Aussprache sah sie mit gemischten Gefühlen entgegen.

Doch dann rief er schon am nächsten Tag an. Der Termin im Nahen Osten habe sich verschoben, und er bat Maria um ein Treffen. Er sei gerade in seiner Wohnung in Fuschl am See und wolle sie übermorgen zum Abendessen einladen, wenn es ihr recht sei. Er würde sie um 19 Uhr nach den Proben am Mozarteum in Salzburg abholen und dann könnten sie gemeinsam nach Fuschl am See fahren.

„Möchtest du dann was essen?“, fragte er sie noch am Telefon.

„Was Kleines, gern.“ Angesichts ihrer möglichen Schwangerschaft musste sie selbst über die Formulierung lachen.

„Was lachst du?“, fragte Briggs.

„Ach nichts“, schwindelte sie, „ich musste gerade an den aufmerksamen Ober in unserem Restaurant mit den gegrillten Langusten denken, der immer wieder nachfragte.“

„Ach der. Also, wenn du willst, bereite ich etwas vor, vielleicht ein paar Bandnudeln mit Pesto.“

„Kein Aufwand, bitte. Ich stehe dann am Donnerstag um sieben vor dem Gebäude, wenn ich alles schaffe. Lass dein Handy lieber an.“

Steven Briggs drückte das rote Feld auf seinem Handy, um die Verbindung zu trennen. Er war sich nicht mehr sicher, ob er nicht auch die Verbindung zu Maria trennen sollte. Nach dem Konzertbesuch in Kuba waren sie gemeinsam noch etwas durchs Land gefahren und hatten sich ein paar Touristenziele angeschaut. Maria zeigte sich daran wenig interessiert und schlug vor, doch noch zum Tauchen auf eines der vorgelagerten neu erschlossenen Inselressorts zu fahren. Außerdem wollte sie noch einen Salsa-Kurs machen, die in Havanna besonders für ausländische Besucherinnen angeboten wurden. Briggs fühlte sich von seiner Geliebten nicht mehr richtig beachtet. War sie wirklich einem Leben für die Musik zugewandt, oder doch mehr einem schönen, leichten Leben?

Zu diesem Zeitpunkt ahnte er noch nichts von dieser dumme Sache mit dem Handy und der Dokumentenmappe in seiner Reisetasche. Gemeinsam mit dem kubanischen Vermieter aus der Familienpension war er zu einer Rodeo-Show gefahren. Maria plagte eine üble Migräne, sie wollte sich lieber in dem luftigen Zimmer im ersten Stock erholen. Als sie gerade eingedöst war, weckte sie ein unbekannter Klingelton aus der Reisetasche ihres Geliebten. Maria wusste, dass er sein Handy dabei hatte, auch wenn es mit dem Netz auf der Insel immer etwas schwierig war. Von einem zweiten Handy wusste sie nichts. Sie konnte nicht widerstehen, die Reisetasche zu öffnen und nach dem Gerät zu suchen. Es steckte gut verborgen in einer mit einem Reißverschluss gesicherten kleinen Nebentasche. Das supermoderne Mobilfunkgerät blinkte, und auf dem Bildschirm war zu lesen: „Anruf Jenny".

Wer war Jenny? Warum hatte er überhaupt ein zweites Handy dabei?

Kurz entschlossen wischte Maria über den Bildschirm und nahm das Gespräch an.

„Apparat von Stefan Sand."

„Hallo, Schatz, bist du es?"

„Wen wollen Sie sprechen?", fragte Maria.

„Meinen Mann, Steven Briggs, er ist doch in den USA?"

„Das ist die Nummer von Stefan Sand."

„Sorry, dann muss ich mich verwählt haben." Es wurde abrupt aufgelegt.

Maria starrte das Telefon an. Steven Briggs, wer war das denn? Was spielte ihr Stefan vor? Er hatte ihr zwar von Anbeginn gesagt, dass er verheiratet sei, aber von einem anderen Namen war keine Rede gewesen. Mit wem war sie wirklich zusammen? Plötzlich bekam sie Angst, in etwas hineingeraten zu sein, das ihr gefährlich werden konnte. Sie legte das Handy sorgsam zurück. Ganz unten in der Tasche lag ein schwarzes, ledernes Dokumentenetui, das er immer bei den Passkontrollen herauszog. Maria zog es unter einem Stapel von technischen Beschreibungen elektronischer Bauteile hervor. Tatsächlich steckten zwei deutsche Reisepässe auf die Namen Sand und Briggs in durchsichtigen Schutzhüllen in dem Etui. Die biometrischen Passbilder waren identisch, das Geburtsdatum aber unterschiedlich. Maria starrte auf den Fund und blätterte sich dann durch die Visastempel im hinteren Teil der Pässe. Steven Briggs war häufig in Korea, China, Brasilien, Dubai oder Südafrika unterwegs, wie die Ein- und Ausreisestempel belegten. Stefan Sand hingegen reiste hauptsächlich in die USA, nach Kuba oder Polen. Eine in der Dokumentenmappe befindliche Bordkarte für ihren Flug in die Karibik mit der Lufthansa war auf Sand ausgestellt. Maria konnte sich keinen Reim darauf machen. Wer war Steven Briggs?

Ihre Migräne pochte im vorderen Stirnbereich nun stärker als zuvor. Sie legte sich auf's Bett und starrte an die Decke. Dort rotierte mit landesüblicher Geschwindigkeit ein Ventilator, der die heiße Luft gleichmäßig verteilte. In ihrem Kopf drehte sich ein Karussell widersprüchlicher Gedanken. War Sand vielleicht ein Krimineller, der ihr sein Interesse an der Musik nur vorspielte? Was hatte er vor? Trotz der Hitze begann Maria zu frösteln.

In diesem Augenblick klingelte das Handy erneut. Maria überlegte, nochmals dran zu gehen. Sie richtete sich halb auf, um dann doch wieder auf das Laken zurückzusinken. Sie war unfähig zu einem Entschluss.

Das Handy klingelte unaufhörlich weiter, offenbar war die Sprachbox deaktiviert.

„Verdammt." Maria stand wütend auf und öffnete die Reisetasche. Als sie das Gerät schließlich in der Hand hielt, konnte sie gerade noch „Anruf Jenny" erkennen. Dann war die Verbindung unterbrochen. Das Handy war mit einem Passwort gesichert, zu gerne hätte Maria darin herumgestöbert. Maria griff jetzt gezielt in die Tasche und holte einen Stapel Dokumente in einer robusten Mappe aus dunkelblauem Karton mit einer Gummibandsicherung vom Boden der Reisetasche hervor. „Mal sehen, was wir noch haben", sagte sie angriffslustig, „verarschen kann ich mich auch selbst."

Die Unterlagen waren für einen Laien wie Maria schwer zu verstehen, da es sich um irgendwelche Sensoren für Flugtechnik handelte, alles in einem technischen Kauderwelsch verfasst. Aus der beiliegenden Protokollnotiz ging aber hervor, dass sich dieser Steven Briggs in Miami mit Vertretern des US-amerikanischen Rüstungskonzerns Northrop getroffen hatte. Es ging um eine Beratertätigkeit in einem asiatischen Land, „Korea II", bei der ein „Briggs Consultant, Germany" eine Rolle spielen sollte. Das vertrauliche Treffen musste nach dem Datum der Notiz nur einen Tag vor ihrem gemeinsamen Treffen in Florida und dem Weiterflug nach Kuba stattgefunden haben. Im Anhang fand Maria einen weiteren Hinweis darauf, dass ihr so kulturbegeisterter Freund, der letzte Woche noch ergriffen in der Kathedrale von Havanna dem Mozartschen Requiem gelauscht hatte, noch eine ganz andere Seite besaß. In den beiliegenden Kopien eines E-Mail-Wechsels mit seinen Geschäftspartnern von Northrop berichtete Briggs auch von einem Gespräch in der nordkoreanischen Botschaft in Berlin. Das Rüstungsprojekt, wieder tauchte der Name „Korea II" auf, hatte offenbar etwas mit der massiven Aufrüstung in dem kommunistischen Land zu tun. Ihm war dort sogar ein Besuch im Präsidentenpalast in Aussicht gestellt worden.

Die Brisanz dieser Informationen war Maria sofort klar. Aber warum zum Teufel schleppte Briggs/Sand so etwas in einer Reisetasche auf einer Urlaubsreise in Kuba herum, einem denkbar unsicheren Ort?

In diesem Moment hörte Maria ein Auto in der Einfahrt des Hauses. Kam Stefan schon von dem Rodeo zurück? Zwei Autotüren fielen mit einem satten Geräusch ins Schloss. Sie hörte die kräftige Stimme ihres Geliebten, der auf dem Weg zu ihrem Zimmer war. Maria packte in fieberhafter Eile den auf dem Bett verteilten Stapel der Unterlagen zusammen und versuchte, ihn in die Mappe zu stopfen und dass Gummiband an der richtigen Stelle zu spannen. Gerade als sie das Paket in die Tasche schieben wollte, sah sie, dass ein Blatt unter das Bett gerutscht war.

Egal, zu spät, sie verteilte den übrigen Inhalt wieder so, wie sie ihn vorgefunden hatte, und zerrte in Hektik an dem Reißverschluss, was dieser mit einer störrischen Blockade quittierte. Schon hörte sie ihn sich auf den Verandabohlen dem Zimmer nähern. Gerade noch rechtzeitig fischte Maria das verlorene Blatt unter dem Bett hervor und stopfte es in ihre ausladenden Shorts. Sie holte Luft, wie es professionelle Querflötistinnen können, um ihr aufgeregtes Atmen in Sekunden zu kontrollieren, als er durch die Tür trat: „Schatz, ich bin es!"

„Ach, du bist es, ich war gerade wach geworden und hatte einen fürchterlichen Traum. Jetzt muss ich erst mal ganz schnell auf die Toilette." Sie schlängelte sich an ihrem verdutzten Freund vorbei, um zu der Toilette im Erdgeschoss zu gelangen.

„Erzähl mir den Traum", hörte sie ihn noch rufen.

Das zerknüllte Dokumentenblatt in ihren Shorts kitzelte sie an den Oberschenkeln, als sie die schmale Treppe hinunterstieg. In der Toilette faltete sie das Blatt vorsichtig auseinander. Es war ausgerechnet das letzte Unterschriftenblatt mit der Nummerierung 5 eines Letters of Understanding, auf dem der Bevollmächtige der Rüstungsfirma und dieser Steven Briggs gegengezeichnet hatten. Das Blatt würde er bestimmt als Erstes vermissen. Das Dokument war so zerknüllt, er würde sofort Verdacht schöpfen, falls sie es bei anderer Gelegenheit wieder in die Mappe einordnete. Sie beschloss, das Blatt ordentlich klein zu falten und in ihrer Hosentasche zu verstecken. Dann betätigte sie pro forma die Wasserspülung. Sie ging zurück zu ihrem Zimmer und trat ebenfalls ohne anzuklopfen ein. Briggs lag auf dem Bett und blätterte in einem Reiseführer.

„Wie war das Rodeo?“, fragte Maria.

„Hat Spaß gemacht, aber es gab einen tödlichen Unfall.“

„Was?“

„Ja, ein junger Mann wurde auf seinem Pferd abgedrängt und verlor die Kontrolle über das Tier. Er stürzte, und das Pferd erwischte ihn am Kopf mit der Hufe. Er war leider selbst schuld. Die Veranstaltung wurde abgebrochen.“

„Das ist ja schrecklich.“

„So ist das Leben, mal oben, mal unten“, sagte er kühl. „Du wolltest mir doch deinen Traum erzählen.“

In diesem Moment spürte Maria, dass ihr Gefühl sie nicht trog.

Sie fühlte sich ausgenutzt und betrogen.

In Salzburg hatte sie jetzt über die Einladung in das Privathaus von Stefan zu entscheiden. Sie würde sich mit ihm in Fuschl am See bei Bandnudeln und Pesto aussprechen, aber nur, um Auf Wiedersehen zu sagen.

18

Die Klavierbaufirma Bechstein hatte im Chilehaus, einem berühmten schiffsähnlichen Backsteinbau in Hamburgs Kontorhausviertel, ihre örtliche Niederlassung. In dem ebenerdigen großen Raum waren alle Modelle der Traditionsfirma aus Berlin ausgestellt, von den kompakten Klavieren für die Kleinwohnung bis hin zu über zwei Meter langen Konzertflügeln. Jedes Instrument hatte seinen eigenen Klang. Gleich im Eingangsbereich informierte ein hübsch gearbeitetes Schild in einem ebenfalls glänzend schwarz polierten Ständer: „Sie dürfen alle Instrumente spielen – nur nicht ‚Für Elise' und den ‚Flohwalzer'." Das waren die von der Laufkundschaft und deren Kindern meistgespielten Stücke beim Besuch im Laden – offenbar bis kurz vor einem Nervenzusammenbruch der musikalisch gut geschulten Verkäufer.

Der zuvor telefonisch informierte Geschäftsführer erkannte Pit Koch auf Anhieb. Bei einem Stiftungsprojekt hatten sie schon einmal miteinander zu tun gehabt, auch wenn die Ausleihe eines großen Flügels für ein Konzert damals an den Kosten gescheitert war.

„Schön, Sie wieder mal zu sehen. Was macht die Musik?", begann er das Gespräch.

„Leider viel zu wenig", sagte der Detektiv, „komme kaum zum Üben."

Der Geschäftsführer erinnerte sich, dass der Detektiv etwas Klavier spielte und auch wegen der Reparatur eines betagten Flügels angefragt hatte. Aber bei der unbekannten Marke hatte sich das nicht gelohnt. Vielleicht konnte er Pit Koch heute überzeugen, doch ein Markeninstrument zu erwägen. „So ein Instrument ist zu gut für mein schlechtes Spiel“, hatte der Detektiv schon damals gesagt. Daran hatte sich nichts geändert.

„Womit kann ich heute dienen?“, fragte der Geschäftsführer, der mit Koch an der Klaviergalerie vorbei zur kleinen Bar im Verkaufsraum schlenderte. Der Kaffeeautomat war immer in Betrieb.

„Erst mal einen Espresso?“

„Gern.“

Pit Koch öffnete die mitgebrachte Mappe und zog ein gestochen scharfes Bild des Unbekannten am Klavier hervor.

„Damit können Sie mir dienen. Wer ist dieser Mann?“ Er reichte dem Geschäftsführer das Bild.

„Das ist Herr Sand, hier bei uns aufgenommen, tolles Foto, schade, dass die Violinistin nicht darauf ist, wahrscheinlich hat sie es selbst gemacht“, kam es wie aus der Pistole geschossen.

„Ich weiß, dass Sie ein sehr diskretes Haus führen, aber wäre es möglich, mir etwas über diesen besonderen Kunden zu erzählen?“

Der Geschäftsführer dachte lange nach, während er weiter das Bild betrachtete. „Sie haben recht, wir sind ein diskretes Haus. Wer ein Instrument im Gegenwert eines Premiumwagens kauft, hat auch ein Recht auf Diskretion. Weshalb wollen Sie das wissen?“

Pit Koch kippte den Espresso in sich hinein. „Vorzüglich.“ Er bevorzugte es, bei solchen Gesprächen mit offenen Karten zu spielen.

„Nina Brahm, die Violinistin, ist über ihren Vater sozusagen meine Mandantin. Sie ist seit mehreren Wochen spurlos verschwunden. Es gibt derzeit eine rätselhafte Serie von verschwundenen Musikerinnen und leider sogar mehrere Morde. Ihr Vater macht sich Sorgen und hat uns deshalb beauftragt, allen Spuren nachzugehen. Stefan Sand, der Mann im Spiegelbild, ist so eine Spur. Er tritt auch unter dem Namen Steven Briggs auf, und wir würden gern Kontakt zu ihm aufnehmen. Vielleicht können Sie uns dabei behilflich sein."

Der Geschäftsführer nickte. In diesem Augenblick betrat ein Paar die Geschäftsräume, offenbar auf der Suche nach einer Beratung. Der Geschäftsführer winkte seinem Mitarbeiter in dem durch eine gläserne Wand abgetrennten Büro und deutete auf die neuen Besucher.

„Wir sind oben im Studio", sagte er laut. „Lassen Sie uns hoch gehen, da können wir besser reden."

Über eine Treppe gelangten sie in den darüberliegenden kleinen Konzertsaal mit einer kompletten Bestuhlung für rund siebzig Gäste. An den Wänden hingen Schwarz-Weiß-Fotografien aus der Firmengeschichte und die Testimonials weltbekannter Pianisten, die dem Haus verbunden waren. An der Stirnseite stand aufgeklappt das Spitzenmodell von Bechstein, spielbereit, allerdings mit geschlossenem Deckel.

„Ich zeige Ihnen als Erstes, wo das Foto gemacht worden ist." Der Geschäftsführer klappte den Deckel des Instruments nach oben und ging in die Hocke. Der Detektiv folgte ihm, und die beiden Männer sahen sich wie in einem Spiegel auf der Oberfläche der Innenseite des Deckels. „Das liegt natürlich auch an der vorteilhaften Beleuchtung", sagte der Klaviermann, „aber Sie kommen ja nicht wegen der Beleuchtungstechnik."

„Richtig."

„Soweit es möglich ist, erzähle ich Ihnen eine Geschichte, ohne Namen allerdings. Wir vermieten dieses Studio auch an unsere Kunden. Eines Tages meldete sich ein Herr S., der ein ruhiges Studio zur stundenweisen Anmietung mit einem guten Instrument für privaten Unterricht suchte. Späterer Erwerb des Instruments war nicht ausgeschlossen."

„Das klang gut für Sie."

„Allerdings. Noch besser klang die Geigerin, die er bei der ersten Unterrichtsstunde mitbrachte. Wir googelten ihren Namen, sagen wir mal Tina, und wussten auch gleich, dass es sich um ein sehr talentiertes Mitglied der Musikhochschule handelte. Was die beiden Musiker sonst noch verband, interessierte mich nicht."

„Warum auch."

„Eben. Der Unterricht fand jedenfalls unregelmäßig, meistens in den späten Nachmittagsstunden oder sogar nach Geschäftsschluss statt, wenn hier nichts mehr los war. Meine Mitarbeiter wussten Bescheid und arrangierten das so diskret wie möglich."

„Wie bezahlte denn dieser völlig unbekannte Kunde, bar?", wollte der Detektiv wissen.

„Es kam nie zu einer Bezahlung."

„So?"

„Er hat tatsächlich unser Premiuminstrument für sein Privathaus geordert. Damit waren alle Kosten aus den Probestunden für uns mehr als abgedeckt."

„Großzügig. Wohin wurde das Instrument denn geliefert?"

„Ich weiß nicht, ob sich im Computer Genaueres finden lässt, es war jedenfalls eine Adresse bei Salzburg."

Die beiden Männer schwiegen einen Moment. Der Detektiv setzte sich auf den lederbespannten Hocker, der vor dem Konzertflügel stand.

„Sie können ruhig darauf spielen", sagte der Geschäftsführer freundlich.

„Ich verschone Sie und Ihren Mitarbeiter lieber", sagte der Detektiv. „Aber mich würde interessieren, was die beiden Studiogäste denn so gespielt haben?"

„Eine gute Frage. Es war fast ausschließlich Literatur von Wolfgang Amadeus Mozart. In einem der Gespräche mit Herrn S. konnte ich heraushören, dass er sich sehr gute Kenntnisse über die damals von Mozart benutzten Instrumente angeeignet hatte, obwohl Mozart ja zunächst eigentlich von seinem Vater an der Kindergeige unterrichtet wurde."

„Einen Bechstein hat er nie besessen?", fragte der Detektiv trocken.

„Er hätte ihn zum Sonderpreis von uns bekommen, hätte es uns nicht erst rund hundert Jahre nach seiner Geburt gegeben. Aber interessanterweise fand seine Witwe Constanze 1795 keinen Käufer für das schöne Hammerklavier, das Mozart auf vielen Konzerten einsetzte. Es ging zunächst 1810 an Carl Thomas Mozart, im Jahr 1856 dann als Geschenk an eine Vorläuferorganisation der Salzburger Stiftung Mozarteum. Das wäre damals eine gute Kapitalanlage gewesen."

„Ist ja auch besser so", sagte der Detektiv, „und das alles wusste auch Sand."

„Ja, er schien wirklich ein Besessener zu sein. Ich bin sicher, unser Instrument ist bei ihm in guten Händen."

Die beiden Männer gingen langsam die Treppe hinunter. „Haben Sie mehrere solcher sehr speziellen Kunden?", fragte der Detektiv.

Der Geschäftsführer dachte nach. „Nein, eher nicht. Aber sein großes Vorbild Mozart war ja auch so ein Unberechenbarer, impulsiv und in jeder Hinsicht alle Grenzen überschreitend. Kein Komponist hat so viel Genres und Spielformen in seinem Gesamtwerk ausprobiert. Und Mozart schaffte das in 36 Jahren Lebenszeit."

„Wollten wir nicht noch nach der Lieferadresse schauen?", fragte der Detektiv nüchtern, als sie das Erdgeschoss erreichten.

„Richtig."

„Und wenn es auch noch das genaue Datum zu den Unterrichtsstunden der unbekannten Kunden gäbe, wäre das ebenfalls eine große Hilfe."

Das brachte ihm einen etwas unwirschen Blick von der Seite ein.

Nach einer halben Stunde hatte Pit Koch alles, was er brauchte. Der Geschäftsführer hatte immer wieder gezögert, ob er zu viel verriet. Aber irgendwie vertraute er diesem Detektiv.

„Ich halte Sie auf dem Laufenden. Lassen Sie mich doch wissen, falls sich Herr Sand nochmals meldet. Am besten wäre es, wenn er Nina lebend mitbringen würde."

„Ich kann mich auf Ihre Diskretion verlassen?"

„Hundertprozentig, eigentlich war ich nie hier", sagte Pit Koch und verließ den Laden.

Draußen war es schon dunkel. Sein flaschengrüner Jaguar stand gleich gegenüber und blinkte ihm zu, als er das Fahrzeug mit dem Wagenschlüssel entriegelte. Er fuhr an der Speicherstadt entlang in Richtung Ottensen. Der Detektiv gab Gas.

19

Am nächsten Tag war Pit Koch früh in seinem Büro. Nicht einmal seine Sekretärin war schon da. Der Detektiv wollte den neuen Informationen aus dem Klavierstudio unverzüglich nachgehen, bevor er anschließend nach Wien fliegen würde.

Eine Kurzrecherche im Internet erbrachte über Steven Briggs erste Informationen. Als Unternehmer einer auf elektronische Bauteile spezialisierten Export-Import-Firma war er in den einschlägigen Firmenauskunfteien gelistet. Weder die Einlage der GmbH & CO. KG von 20 000 Euro noch der angegebene Jahresumsatz von 250 000 Euro ließen auf irgendetwas Außergewöhnliches schließen. Als Firmensitz wurde eine Adresse in Berlin-Grunewald angegeben, und aus Erfahrung wusste er, dass er sich das vor Ort anschauen musste. Zuvor wollte er aber sicher sein, dass der Hausherr auch da war. Lars wollte ihn informieren, sobald das Handy von Sand wieder aktiviert war und er es orten konnte.

Deutlich ertragreicher waren die Auskünfte, die ihm ein ehemaliger Kollege in der Dokumentation eines Nachrichtenmagazins über einen Kontakt zum Bundesamt für Wirtschaft und Ausfuhrkontrolle noch gestern besorgt hatte. Koch überflog die E-Mail. Demnach war Briggs ein ganz dicker Fisch in der grauen Zone zwischen legalen und illegalen Exporten in die sogenannten Schurkenstaaten.

Kochs Flieger in die österreichische Hauptstadt startete um elf Uhr. Er war dort mit dem Sprecher der Sonderkommission „Klangkörper“ verabredet. In seinem breiten Wienerisch hatte er ihm nach einem längeren Telefonat und diversen Ausreden, warum ein Termin nutzlos sei, schließlich ein Gespräch zugesagt: „Versprechen kann ich Ihnen goarnix, kommen's halt her, dann seh' ma.“

Pit Koch stand in der Eingangsloge des Landeskriminalamts. „Zum Pressesprecher, Herrn Magister Mayr“, sagte er dem Diensthabenden, „ich bin angemeldet.“

Koch legte seinen Personalausweis auf die Schiebeklappe. Der Diensthabende schaute missmutig und gab kund, dass er Herrn Mayr anrufen würde.

Umständlich suchte er daraufhin die Durchwahl des Kollegen in einer elektronischen Datei eines Rechners, der aus dem Computermuseum Wiens zu stammen schien, dann griff er zum Telefon und wählte mit Bedacht die zuvor auf ein Blatt Papier geschriebene Durchwahl. „Hier die Pforte Eins. Besuch für Sie“, sagte er respektvoll. „Jawoll.“

„Sie sollten bitt' schön warten, Sie werden abgeholt.“ Ohne weiteren Kommentar legte er einen Besucherausweis mit einem Ansteckclip in den Schlitz und schob ihn auf die Seite des Besuchers. Wenn die Ermittlungsarbeiten auch nach diesem Stil laufen, dann gute Nacht, dachte der Detektiv aus Hamburg.

Umso erfreulicher war die Begegnung mit dem drahtigen Sprecher der Behörde. Der nahm den Detektiv in Empfang und führte ihn zunächst in sein Büro. Von dem großartigen Blick über den nahen Donaukanal war Pit Koch sofort eingenommen. Eine milde Herbstsonne ließ das noch vorhandene Grün der parkähnlichen Anlage und die prachtvollen Fassaden kaiserlicher Palais in der Nachbarschaft glitzern. Nur der quadratische Klotz eines später erbauten Verwaltungstrakts, der ihm schon vor dem Eingang aufgefallen war, ragte wie ein Fremdkörper in das höfische Ensemble.

Nach einem kurzen Smalltalk kam der Sprecher gleich zu Sache. „Es scheint, so haben mir die Kollegen mitgeteilt, bei den Musiker-Morden keine neuen Erkenntnisse zu geben. Die Ermittlungen laufen in alle Richtungen. Aber nach Absprache mit der Abteilung will ich Sie mit der stellvertretenden Leiterin Larissa Bost zusammenbringen. Sie kennt sich am besten aus."

Koch hatte in dem vorbereitenden Gespräch schon angedeutet, dass er einige möglicherweise neue Informationen habe, die für die Wiener nützlich sein könnten.

„Frau Bost ist natürlich besonders an einem Austausch von Informationen interessiert, wie Sie es angedeutet haben. Ich vermute mal, dass Sie in Deutschland einige Quellen haben, die durchaus hilfreich sein könnten."

„So ist es", sagte Koch.

„Dann wollen wir mal", sagte der Sprecher, „ich bringe Sie hinauf zu der Kollegin."

Schweigend gingen sie den Gang entlang bis zum Treppenhaus. Es roch nach Putzmitteln und Behörde. Die Sonderkommission saß einen Stock höher, wie Sprecher Mayr erklärte. Er klopfte an die Tür mit der Nummer 501 und trat, ohne eine Antwort abzuwarten, ein.

„Darf ich bekannt machen", sagte er mit seiner Wiener Sprachmelodie, die auch in dieser Umgebung funktionierte, „der Herr Koch aus Hamburg und die Kollegin Larissa Bost aus der Leitung des Ermittlerdienstes." Er blickte dabei jeweils von Person zu Person.

Die beiden begrüßten sich mit einem Handschlag. „Sehr erfreut", sagte der Detektiv. „Ebenfalls", sagte Larissa Bost. Sie schaute den Besucher einen Moment lang zu forsch an, nachdem sie sich von ihrem mit zahlreichen Umlaufmappen bestückten Schreibtisch erhoben hatte.

„Ich lasse euch dann mal allein, kommen Sie nach dem Gespräch gern noch einmal bei mir vorbei", verabschiedete sich Herr Mayr.

„Ja, nehmen Sie doch Platz", sagte die Kommissarin. „Kaffee?"

„Gerne, klein und mit Milch."

„Einen Braunen also?"

Larissa Bost ging mit wippendem Pferdeschwanz in das Sekretariat hinüber und bat die Kollegin, die Getränke in der Kantine zu besorgen. Das gab Koch Gelegenheit, sich in dem nüchtern eingerichteten Büro umzuschauen. Außer einem großformatigen Diagramm auf einem Flipchart mit Pfeilen zu den Aufenthaltsorten und Tatorten der bislang getöteten Musikerinnen, deutete nichts auf die Position von Larissa Bost hin. An der Wand hingen ein großes Porträt des androgynen David Bowie und ein Plakat zu einem Hardrock-Konzert in den Donauauen. In den Regalen stapelten sich Fachbücher und Berichte von Polizeikongressen sowie juristische Literatur. Auf ihrem Schreibtisch stand neben der gerahmten Kinderzeichnung mit der krakeligen Beschriftung „für Mama" ein neuer Rechner mit großem Bildschirm.

Die Kommissarin kam zurück und schloss die Tür. „So, ich höre, Sie haben Neues für uns. Dann schießen Sie mal los", sagte sie, während sie erwartungsvoll Platz nahm.

Der Detektiv erzählte, wie er zu diesem Fall gekommen war. Er legte ebenfalls offen, dass ein IT-Experte den Rechner einer der verschwundenen Frauen zum Sprechen gebracht hatte.

„Dann haben wir ja etwas gemeinsam", sagte Larissa. „Und was hat Ihnen ihr Rechner gesagt?"

„Zuerst würde ich gerne über die Bedingungen unseres Informationsaustauschs sprechen."

„Das wissen Sie doch, alles vertraulich, von uns haben Sie nichts."

Pit Koch zögerte, dann entschloss er sich, ohne Geplänkel loszulegen.

„Okay, dann fange ich einfach mal an. Im Fall der verschwundenen Hamburgerin gibt es zwei Identitäten des mutmaßlichen Täters, einmal mit dem Namen Steven Briggs und einmal mit dem Namen Stefan Sand."

Die Kommissarin holte tief Luft und konnte ihre Überraschung nicht verbergen. „Da sind Sie aber schon weit. Wir haben aufgrund der Aussagen von Angehörigen des polnischen Opfers seit dieser Woche ebenfalls einen Steven Briggs alias Stefan Sand auf der Liste. Es ist aber nur ein Verdacht bisher. Gesichert ist nur, dass er offenbar eine enge Beziehung zu der Oboistin aufgebaut hatte. Inzwischen wissen wir aus dem Kraftfahrt-Bundesamt, dass ein Wagen, der auf einen Steven Briggs zugelassen ist, in der Nähe eines Tatorts unterwegs war. Es handelt sich dabei um eine Musikerin, die in einem Wald im deutsch-tschechischen Grenzgebiet erstochen wurde. Er war auf der deutschen Seite zufällig in eine Radarkontrolle geraten, das Foto des Fahrers zeigt zweifellos Sand.

Und im Zusammenhang mit der Toten in Polen gibt es inzwischen Zeugenaussagen des Hotelpersonals in Zoppot, das Sand mit der Oboistin in dem Haus gesehen haben will, obwohl Mona sich dort alleine zur Übernachtung angemeldet hatte."

„Die Auswertung der Einlogvorgänge im Router auf Sands Handy zeigt uns ebenfalls einen Aufenthalt in einem Danziger Jazzclub an", ergänzte Pit Koch, „und ebenso das besagte Hotel in Zoppot."

„Wo haben Sie denn das her?"

„Das wissen Sie doch, alles vertraulich", ahmte der Detektiv lächelnd den Tonfall der Kommissarin nach.

„Herr Detektiv, ich kann Sie gleich mal zu einer dienstlichen Zeugeneinvernahme laden. Oder Unterdrückung von Beweismitteln, wie wäre es damit?"

„Das wäre nicht klug. Sie wollen doch auch die Beweise für unsere Recherchen."

„Machen Sie weiter."

Pit Koch erzählte von seinem Besuch im Bechstein-Klavierstudio. „Sand hat offenbar ein neues Opfer ausgesucht, außerdem ist er besonders Mozart verbunden."

„Unserem Mozart, unserm Wolferl."

„Genau."

Die Kommissarin suchte in ihrem Rechner nach der Aussage von Monas Schwester. Mona hatte ihr erzählt, dass ihre neue Bekanntschaft „ganz verrückt nach Mozart" sei.

Das Puzzle des seltsamen Mozart-Liebhabers fügte sich nun in diesem Wiener Polizeigebäude zusammen, ausgerechnet in jener Stadt, in der Mozart als freischaffender Komponist seine produktivste, aber auch eine künstlerisch herausfordernde Zeit verbracht hatte. Schon als Sechsjähriger war er als „Wunderkind", so sein Ruf, von Kaiserin Maria-Theresa zu einer Audienz in den Spiegelsaal des Schlosses Schönbrunn in Wien geladen worden. Dort brillierte Mozart am Hammerklavier mit einem Werk des Hofkomponisten Georg Christoph Wagensiel, eigenen Improvisationen und Kunststückchen mit einem Finger oder verdeckter Tastatur. Die anwesenden Erzherzöge und Erzherzoginnen sowie die Regentin waren von dem charmanten Buben begeistert. Fürstlich wurde Vater Leopold mit hundert Gulden und diversen Galakleidern aus teuren Materialien für weitere Konzerte entlohnt. Der Erfolg des „Wunderkinds" war nach diesem Auftritt bei der Kaiserin nicht mehr aufzuhalten. Zuvor war Mozart mit seiner fünf Jahre älteren Schwester Maria Anna Walburga Ignatia, genannt Nannerl, in Linz gemeinsam bei einem Klavierkonzert aufgetreten.

In Wien hatte Wolfgang Amadeus Mozart nach dem Zerwürfnis mit den Salzburger Autoritäten 1781 eine neue

Heimat gefunden und, wichtiger noch, seine Frau Constanze, die Schwester jener Aloisia Weber aus Mannheim, die er drei Jahre zuvor umworben hatte. Der Vater des Wunderkinds, der mit seinen Konzertreisen zu den europäischen Adelshäusern eifrig die Familienkasse aufbesserte, war jedoch gegen eine Verbindung seines Wunderknaben mit der angeblich zu wenig wohlhabenden Familie aus Mannheim. Trotzdem gab Mozart im Alter von 25 Jahren im folgenden Jahr im Wiener Stephansdom Constanze das Ja-Wort. Die begabte Sopranistin sollte ihm in den folgenden Jahren sechs Kinder gebären, von denen allerdings vier kurz nach der Geburt verstarben. Seinen Vater sollte er nur noch wenige Male sehen, einmal 1783 in Salzburg und einmal 1785 in Wien.

Die Mozarts zogen bald in repräsentative Wohnungen in den besten Häusern der Donaumetropole, in denen jeweils viel Personal beschäftigt wurde. Der Komponist war seit Anbeginn von einer inneren Unruhe geprägt, die zu ständigen Ortswechseln führte. Alleine mit dem Honorar seiner neuen Oper „Die Entführung aus dem Serail", eine Auftragsarbeit des Hofes, die er im großen Saal des Burgtheaters aufführen konnte, verdiente er jetzt mehr als in einem Jahr in Salzburg. Geld war dazu da, es auszugeben, war die Haltung des Mittzwanzigers. Mozart ließ es krachen.

Nach einer Berechnung seines Nachlasses überstieg der Wert der aus kostbaren Stoffen aufwendig gefertigten Kleidung des 163 Zentimeter großen Superstars den Wert seiner sämtlichen Musikinstrumente. Durch Karten- und Billardspiel unter Einsatz beträchtlicher Summen steigerten sich die Ausgaben Mozarts. Als k. u. k. Kammermusicus, also königlich und kaiserlicher Kammermusiker, mit einem Jahresgehalt von 800 Gulden konnte er sich das jetzt leisten. In seinen besten Wiener Jahren erwirtschaftete er durch Auftragskompositionen bis zu 10 000 Gulden (umgerechnet etwa 125 000 Euro), für damalige Verhältnisse ein „fürstliches" Gehalt. Seiner Magd zahlte Mozart beispielsweise einen Gulden pro Monat, während er für einen Auftritt als Pianist bis zu tausend Gulden berechnete.

Doch in Wien durchlitt er auch die Krisen der großen Genies. Nach seiner Oper „Die Hochzeit des Figaro", in denen er auch systemkritische Töne aus seiner Mitgliedschaft bei den Freimaurern seit 1784 anklingen ließ, versagte ihm das Wiener Publikum seine Gunst. Auch sein kollegialer Freund Josef Haydn war der Loge beigetreten. Mit diesen Kompositionen überforderte Mozart wohl seine Zuhörer. Er zog sich zurück, und seine wirtschaftliche Lage verschlechterte sich zunehmend, da er seine persönlichen Ausgaben nicht der neuen Lage anpassen wollte. Nur in Prag fand er noch ein begeistertes Publikum für seine Werke. Mit neuen Konzertreisen versuchte er, die wirtschaftliche Talfahrt aufzuhalten. Auch die spätere Oper „Così fan tutte", ein Auftragswerk für das Kaiserliche Hoftheater in Wien, fand nur wenig Zustimmung, ebenso wie Auftritte in Frankfurt, Mannheim, Dresden und Leipzig. Mozart kehrte mit seiner Familie nach Wien zurück.

Erst die Uraufführung seines Spätwerks „Die Zauberflöte" in seinem Todesjahr 1791 brachte ihm wieder den ersehnten Erfolg. Er selbst hatte zwar noch an der Uraufführung und weiteren Aufführungen seiner „Zauberflöte" teilnehmen können, Mitte November wurde er jedoch bettlägerig und litt nach Auskunft der Ärzte an einem „hitzigen Frieselfieber".

In den kommenden 250 Jahren sollten medizinische Fachleute weitere gut siebzig verschiedene Todesursachen diagnostizieren. Von seiner Frau Constanze, der Zeugin am Totenbett, ist nur der Satz aus den Veröffentlichungen ihres späteren zweiten Mannes überliefert: „Mozart starb gelassen, wenn auch sehr ungern."

„Mozart", wiederholte die Kommissarin fragend, „das kann kein Zufall sein."

Pit Koch schaute sie ebenfalls fragend an.

„Das erste Todesopfer war eine junge Sopranistin, die sich hier an der Staatsoper durch Rollen in Mozart-Opern einen Namen gemacht hatte. Ihr Körper wurde am Ufer der Donau in einem Schilfgebiet gefunden. Nach dem Ergebnis der Obduktion ist sie erdrosselt worden, der Täter hatte wohl ein Stahlseil benutzt. Den Forensikern war es sogar gelungen, die Art der Tatwaffe einzugrenzen. Nach den winzigen Metallsplittern, die gefunden wurden, zu urteilen, handelt es sich unzweifelhaft um ein sehr dünnes Stahlseil, wie es Fahrradläden als sogenannten Bautenzug für Bremse oder Gangschaltung verkaufen. Der Tod soll aber bereits vor der Ablage des Leichnams am Fundort eingetreten sein. Trotz umfangreicher Befragungen ihres Umfelds an der Oper als auch in der Familie gab es keinen verwertbaren Hinweis zum Täter. Vielleicht hatte sie die Beziehung zu einem oder einer Dritten geheim gehalten, da sie selbst verheiratet war. Sie war ein Opfer, das kein Handy besaß. Allerdings wurde unter dem Fingernagel ihres rechten Mittelfingers ein Stückchen abgerissene Haut gefunden, möglicherweise Haut vom Täter. Der DNA-Abgleich in den Datenbanken brachte allerdings noch kein Ergebnis."

„Kein Wunder, damals hatten sie ja noch keinen konkreten Tatverdächtigen, was Voraussetzung ist für die Ermittlungsbehörden, um eine europäische DNA-Anfrage einzuleiten. Deren Ergebnisse lassen sich dann gezielt mit den gefundenen Spuren vergleichen", mutmaßte Koch.

„Genau, da sind wir jetzt weiter. Sie hat sich wohl noch gewehrt, als sie erdrosselt wurde", ergänzte Bost.

Das zweite Opfer war ebenfalls eine Wienerin, die an der Hochschule Klavier unterrichtete. Sie war Anfang dreißig, unverheiratet und wurde in einem Waldstück im deutsch-tschechischen Grenzgebiet mit mehreren Stichen in den Hals aufgefunden. Zuvor war sie mit einem unbekannten Mann in einem Ausflugslokal gesehen worden. Die Aussagen der Zeugen waren sehr ungenau. Ermittlungen in ihrem Freundeskreis hatten keinerlei Hinweise auf diesen unbekannten Begleiter ergeben. In ihrer Tasche fanden sich Ausweispapiere, Kreditkarten und Bargeld, sodass von keinem Raubmord auszugehen war.

„Halten wir also mal die Fakten fest", sagte Larissa, die mit klassischer Musik jeder Art so ihre Schwierigkeiten hatte. Besonders schrecklich fand sie hohe Stimmen in Opern oder unendlich lange Orgelkonzerte, die sie in ihrer Jugend mit den Eltern manchmal hatte anhören müssen.

„Also, unser Mann ist Mozart zugeneigt, und drei der Opfer sowie eine derzeitige Bekanntschaft teilen diese Leidenschaft."

„So sieht es aus", sagte Pit Koch.

„Unser Mann sucht die Nähe von hochbegabten Musikerinnen, die er zunächst umwirbt und dann fallen lässt. Aber warum?"

„Um das zu erfahren, bin ich hier. Haben Sie vor, diesen Verdächtigen demnächst zu vernehmen?"

„Jetzt muss ich aus ermittlungstaktischen Gründen wirklich schweigen."

„Schon verstanden. Vielleicht kann ich Ihnen mit einigen Informationen zu seinen Geschäften dienen."

„Import-Export elektronischer Bauteile", sagte Larissa.

„Wir haben seine Person und seine Firma beim deutschen Bundesamt für Wirtschaft und Ausfuhrkontrolle überprüft. Das ist nicht ohne. Briggs Consult ist bei den befreundeten Nachrichtendiensten keine Unbekannte. Die Firma wird bei mehreren Lieferungen in Spannungsgebiete als Partner diverser Militärkonzerne genannt. Es sind auch ganz heikle Länder dabei, von denen klar ist, dass sie militärische Güter wie Transportlastwagen oder Kleinwaffen zur Unterdrückung der eigenen Bevölkerung einsetzen. In einem arabischen Land hat Briggs nach diesen Unterlagen ein umfangreiches Raketenprogramm unterstützt, und ebenso den Aufbau einer Anlage zur Verarbeitung von chemischen Kampfstoffen", ergänzte Koch.

„Das ist uns nicht neu", sagte die Kommissarin. „Von seinem Besuch in Polen haben wir die Aussage des dortigen Nachrichtendienstes, dass er sich mit dem Vertreter eines tschechischen Sprengstoffherstellers getroffen habe. Ausgerechnet in dem gleichen Hotel, in dem er mit Mona abgestiegen war und wo bei der Rezeption sein Name nicht zu finden ist. Er soll mit dem Mann um die Mittagszeit im Restaurant gesessen und auch einen Rucksack mit Material in Empfang genommen haben."

„Weiß man etwas über den Inhalt?"

„Wir vermuten Sprengstoff."

„Sprengstoff?", fragte Koch.

Die Kommissarin referierte die Details der Ermittlungsakte mit dem Zustand der Leiche der Oboistin, die in der Ostsee gefunden worden war. „Unsere Experten sagen, dass der verwendete Sprengstoff die gleiche Zusammensetzung hatte wie die Produkte aus Tschechien."

„Interessant", sagte Koch.

„Übrigens können wir auch mit der Automarke dienen, mit der unser mutmaßlicher Mörder und sein Opfer in dem Badeort ankamen, ein Range Rover. Wahrscheinliche Farbe nach Zeugenaussagen: anthrazit. Das Kennzeichen liegt leider nicht vor, da diese Information nur auf einen Hotelmitarbeiter im Empfang zurückgeht, der den beiden Gästen half, als sie das Gepäck für die Abreise verluden. Er erinnert sich jedenfalls an ein deutsches Kennzeichen, möglicherweise B wie Berlin, das mit den Erkenntnissen aus einer früheren Geschwindigkeitskontrolle übereinstimmen würde."

„Der Rucksack hat wohl einiges gewogen?“

„Den hatte unser Mann bestimmt schon nach dem Gespräch im Restaurant sicher in dem Geländewagen verstaut. So was gehört ja auch nicht in ein Hotelzimmer.“

„Wäre doch schade um so ein hübsches Hotel an der Küste“, sagte der Detektiv.

Larissa verzog keine Miene. Irgendwie irritierte und amüsierte sie der trockene Humor des deutschen Besuchers. Sie mochte Menschen mit Humor, in ihrem Job begegnete sie denen nicht so oft.

„Ah, Sie haben da schon mal übernachtet?“

„Zufällig ja, der Blick über die Gartenanlage auf die Ostsee ist sehr schön. Daneben gibt es noch einen langen Pier auf's Meer hinaus, wenn ich mich richtig erinnere.“

„Sie erinnern sich richtig, ich war im Zuge der Ermittlungen mit freundlicher Unterstützung unserer polnischen Kollegen auch dort.“

„Schade, da haben wir uns verpasst.“

Larissa schwieg und lächelte Koch an, während sie ihren Pferdeschwanz mit einer Handbewegung leicht nervös ordnete. „Wir hatten übrigens ebenfalls eine Zeugin, die sich auf eine Veröffentlichung in der Danziger Zeitung hin gemeldet hat. Sie will Mona in dem Club gesehen haben, heftig turtelnd mit dem unbekannten Fremden.“

Koch griff wortlos in seine Aktentasche und zog das Foto von Sand aus dem Klavierstudio hervor. „Ist das der unbekannte Fremde?“

Larissa musste wieder staunen. Nicht mal ihre besten Leute hatten bisher ein verwertbares Foto des Mozart-Phantoms aufgetrieben. Und ein geprüftes Foto von Steven Briggs war noch nicht in Wien eingegangen. Bislang hatte die Soko nur eine brauchbare Abbildung des Siegelrings an der Hand des Verdächtigen. Das darauf befindliche Wappen hatten die Wiener inzwischen erfolgreich identifiziert.

Er gehörte zu der Wiener Adelsfamilie der van Swieten, die in Mozarts Leben ebenfalls eine Rolle spielten. Der damalige Präfekt der kaiserlichen Bibliothek und Musikkenner Gottfried van Swieten hatte den jungen Mozart mit den Werken der Barockkomponisten Johann Sebastian Bach sowie Georg Friedrich Händel intensiv bekannt gemacht und ihm Notenmanuskripte aus seiner Zeit in Berlin für Konzerte in der heutigen Nationalbibliothek zur Verfügung gestellt. Das blieb nicht ohne Einfluss auf das weitere Werk des Komponisten.

Der Detektiv hatte jetzt das Gesicht neben das Foto des Siegelrings gelegt.

„Wow, Sie sind schnell. Ich glaube, ich lade Sie heute zum Essen ein, wenn Sie uns eine Kopie überlassen könnten."

„Ich bin nicht käuflich", sagte Pit Koch.

„Wiener Schnitzel bei ‚Oswald & Kalb'?"

„Hm."

„Mit halbwarmem Gurken-Kartoffelsalat, Zitrone und Feldsalat."

„Noch besser."

„Grüner Veltliner Smaragd, unbegrenzt."

„Zweigelt?"

„Auch gut."

Koch schaute die Kommissarin an, er gab sich geschlagen. „Okay, machen Sie eine Kopie. Wir gehen zusammen essen, aber ich bezahle."

„Das wäre Beamtenbestechung, und deshalb kann ich das nicht zulassen."

„Ist aber nach Dienstschluss und völlig vertraulich", erwiderte der Detektiv schnippisch. „Und was macht der oder die Kleine heute Abend?", fragte Koch mit besorgtem Tonfall und deutete auf den Bilderrahmen auf Larissas Schreibtisch.

„Die Kleine ist bei Papa. Wo sind Sie denn untergebracht?“

„Ganz nah beim Mozarthaus hier in der Innenstadt.“

„Wie passend, da können Sie heute Nacht seinen Geist befragen, wenn er die Domgasse hoch poltert.“

„Das scheint ja nicht so Ihre Musik zu sein, wenn ich mir die Plakate hier anschaue.“

„Genau, ich mag es lieber etwas mehr Richtung Pop, Rock, auch gerne Techno, da kann ich mich am besten entspannen.“ Als hätte sie zu viel verraten, wurde sie wieder sachlich. „Sie wissen, wo das Restaurant ist? Bäckerstraße, nicht zu verfehlen, gleich hier nebenan. Also, es wäre mir eine Freude, Ihnen ein wenig von meiner Heimatstadt zu zeigen. Wir treffen uns am besten direkt vor Ort.“

„Gegen acht Uhr?“

„Perfekt.“

Der Detektiv wollte sich gerade verabschieden, als Larissa Bost noch etwas einfiel. „Ich wollte Sie doch noch unserem Soko-Chef vorstellen. Kommen Sie mit?“

Der Detektiv nahm seine Jacke vom Stuhl und griff seine Aktentasche. Larissa hielt für ihn die Tür offen, als er auf den Flur trat. Sie trug ein dezentes Parfüm, das er wahrnahm, als er nahe an ihr vorbeiging.

„Zweite Tür links“, sagte sie freundlich. Sie öffnete die Tür, ohne zu klopfen, und begrüßte die Mitarbeiterin im Vorzimmer. „Ist der Chef da?“

Ein stummes Nicken war die Antwort. Der Chef der Soko „Klangkörper“ stand gerade von seinem Schreibtisch auf und löschte das Licht. Auf seinem Schreibtisch stand eine leere Designertasse für seinen Tee. „Hallo, Larissa, ich muss leider los, Dienstbesprechung mit der Spitze.“

„Wollte dir nur kurz den Herrn Koch aus Hamburg vorstellen, wir hatten ja darüber gesprochen. Er leitet eine Detektei, unser Gespräch heute war sehr aufschlussreich. Wir haben einige wichtige Informationen ausgetauscht."

„So so", sagte der Soko-Leiter, „ich hoffe nicht zu viel."

Er begrüßte den Detektiv und überreichte ihm gleich seine Visitenkarte. „Freut mich, Sie kennenzulernen, muss mich leider nur gleich entschuldigen, bin zeitlich etwas knapp dran. Aber bei Kommissarin Bost sind Sie in besten Händen. Wir bleiben in Kontakt."

Zu dritt verließen sie den Raum. Der Chef nahm den Fahrstuhl, während Larissa Bost Koch über die Treppe ein Stockwerk tiefer zum Sprecher brachte. Bevor sie dessen Zimmer betraten, sagte sie: „Ich gehe dann schon mal los. Wir sehen uns ja später. Sie überreichte Koch ihre Visitenkarte. „Falls etwas dazwischen kommt, ist auf der Rückseite meine Mobilnummer notiert."

Pit Koch war sich sicher, dass nichts dazwischenkommen würde.

Hoffentlich endet der Abend in einem Techno-Club, dachte er noch, immer nur dieser Mozart ist ja auch fad.

20

Der Detektiv hatte genug Zeit, das Hotelzimmer zu beziehen und sich frisch zu machen. Dann las er seine E-Mails. Seine Lebensgefährtin Natascha teilte ihm mit, dass es ihr gut ging bei ihrem Kongress in Kiew. Lars bat um Rückruf, da Sands Handy offenbar wieder in einem europäischen Telefonnetz unterwegs war, und die Autowerkstatt teilte mit, dass die Inspektion seines Jaguars abgeschlossen sei, der Wagen könne abgeholt werden.

Für einen Drink setzte er sich in den überdachten Innenhof des barocken Hotels, er fand einen ruhigen Platz etwas abseits von der mit amerikanischen Touristen gut besetzten Bar. Der aufmerksame junge Ober kam sofort mit der Menükarte.

„Wünscht der Herr etwas zu essen?“, fragte er.

„Danke, nur einen Zweigelt.“

„Sehr wohl, einen Burgenländer?“

„Warum nicht, wenn Sie den empfehlen können.“

Wenig später brachte der Ober eine kleine Glaskaraffe mit dem Wein, eine Kreuzung aus den Rebsorten Saint Laurent und Blaufränkisch, und schenkte ein. „Haben Sie noch Wünsche?“

„Im Moment nicht.“ Pit Koch machte sich weitere Notizen über das mit der Kommissarin geführte Gespräch. Sein kleiner Notizblock war bereits zur Hälfte mit Informationen zu der verschwundenen Musikerin Nina und der

Mordserie gefüllt. Koch probierte den temperierten Wein. Er schmeckte. Er schloss seine Aufzeichnungen ab und nahm noch einen Schluck. Jetzt noch Lars anrufen. Der meldete sich sofort.

„Hi, wo bist du, in Hamburg?“

„Nein, in Wien.“

„Sauber, bestimmt gibt es Schnitzel.“

„Erraten. Und was ist mit dem Handy von Sand?“

„Heute Nacht muss es wieder aktiviert worden sein. Jedenfalls gab es dazu eine automatische Mitteilung auf unserem Rechner. Wir haben gleich versucht reinzukommen. Aber der Bursche muss für die in dem Gerät abgelegten Dateien eine etwas raffiniertere Schutz-Software im Einsatz haben.“

„Was heißt das?“

„Das heißt, dass wir noch daran arbeiten. Ich wollte dich nur erst mal informieren, dass da was kommt. Könnte ja wichtig sein.“

„Es ist verdammt wichtig“, sagte der Detektiv. „Ich bin gerade im Gespräch mit den hiesigen Sicherheitsbehörden. Falls du auf einen Mann mit anthrazitfarbenem Range Rover oder einem blau-grauen Siegelring in Gold mit einem Adelswappen aus Österreich stößt, dann bitte gleich eine Mitteilung an mich.“

„Okay, Boss“, sagte Lars im Slang einer amerikanischen Detektivserie. „Ich mach dann Schluss, wenn es sonst nichts gibt, muss noch in die Muckibude.“

„Was, bitte?“

„Kraftsport, sitze ja den ganzen Tag an diesen Computern, das ist auch nicht gesund.“

„Übertreib’s nicht mit den Muckis“, verabschiedete sich Koch. Erst die Arbeit, dann das Vergnügen, dachte er und freute sich auf den Abend mit der Kommissarin. Der Pferdeschwanz hatte seine Wirkung getan.

Sie betrat das Restaurant einige Minuten nach Pit Koch. Der Detektiv hatte problemlos einen Tisch für zwei Personen bekommen. Glücklicherweise steuerte Larissa gleich zielgenau auf ihn zu, denn in ihren zivilen Klamotten war sie kaum wiederzuerkennen. Die blonden Haare trug sie noch etwas strenger nach hinten gekämmt, der Pferdeschwanz war in ein Meisterwerk der hochgesteckten Haarkunst verwandelt worden. Nur eine breite Strähne fiel an der linken Schläfe locker hinunter, was perfekt zu ihrem geschminkten Gesicht passte. Der Lippenstift wies eine dezente ins Dunkelrot gehende Färbung auf, die mit der Lederjacke, besetzt mit silberfarbenen Nieten, harmonierte. In ihrem Lederrock bewegte sich Larissa elegant auf Stiefeletten, die aus einem schwarzen samtenen Material gefertigt schienen. Um den Hals und über ihrem Dekolleté trug sie ein weinrotes Baumwolltuch, dezent mit Parfüm besprüht.

Sie begrüßte ihren deutschen Kollegen mit einer spontanen Umarmung, die ihn in eine Duftwolke aus Leder und Parfüm eintauchen ließ. „Schön, dass es geklappt hat“, sagte sie und legte schon das Halstuch über die Stuhllehne, „soll ich hier sitzen?“

„Gern, wenn Sie mögen. Ich habe schon mal eine große Flasche Wasser für uns bestellt.“

„Da werden wir ja später schwer betrunken sein“, sagte Larissa, „für mich jedenfalls einen Zweigelt dazu.“

„Gute Wahl, trink ich selbst zu Hause“, flötete der Detektiv wie ein geübter Verkäufer in einer Mode-Boutique.

Die Kellnerin, die sich gelassen wie eine Restaurantbesitzerin bewegte, brachte die Speisekarten und nahm die Getränkebestellung auf. Wenig später standen zwei gut gefüllte Gläser Rotwein vor den beiden. Pit Koch und Larissa Bost schauten sich an. „Dann auf eine gute deutsch-österreichische Zusammenarbeit“, sagte Larissa.

„Sorry, österreichisch-deutsche Zusammenarbeit, die Dame zuerst." Beide lachten und nahmen einen Schluck des sofort in die Blutbahnen schießenden Rotweins.

„Frau Kollegin, eigentlich können wir uns doch auch duzen."

„Habe ich auch schon die ganze Zeit gedacht, aber heute duzen sich doch alle, da ist das Sie ja schon fast eine Auszeichnung."

„Okay, wenn Sie das so sehen, dann bleiben wir beim Sie. Aber bitte ein hanseatisches ‚Sie'."

„Wie geht das denn?", fragte Larissa.

„Vorname und Sie. Zum Beispiel: Larissa, haben Sie sich schon entschieden, was Sie zu bestellen wünschen?"

„Ach geh, lass den Schmarrn, Herr Pit, wir landen sowieso zusammen im Bett, da kann ich dich auch gleich duzen."

Koch musste schlucken, diese Frau war wirklich zu Recht an die Spitze einer Sonderkommission in Sachen Serienmord befördert worden. Eine Position, in der sie eine gewisse Robustheit und Risikobereitschaft zeigen musste.

„Frau Larissa, da täuschen Sie sich aber. Ich habe eine feste Freundin in Hamburg und möchte nichts verbergen müssen. Aber Sie müssen wissen, dass Sie mich ganz verrückt machen mit Ihrer unverschämten Direktheit."

„Ich habe zwar keine Ahnung von Klassik, aber war der Mozart nicht auch so einer? Hat er nicht Briefe über das Pupsen an seine Schwester geschrieben?"

„Prost, jetzt lassen wir mal den armen Wolferl, wir trinken auf uns. Schön, dass wir uns begegnet sind, Larissa mit Du."

„Find ich auch, Pit mit Du."

„Bleibst du beim Schnitzel?"

„Auf jeden Fall, und Sie, äh, und du?"

„Ich schaue noch ein wenig in die Karte, dann kannst du ja inzwischen ein bisschen üben mit dem Du."

Larissa bestellte schließlich „Geschmortes Schulterscherzel mit Wurzelgemüse und Cremepolenta". Auf Vorspeisen verzichteten sie wohlwissend, dass die Portionen in diesem Restaurant einer traditionellen österreichischen Küche entsprachen. Das Schnitzel vom Kalb wurde angeblich noch per Hand geklopft, und die Semmelbrösel kamen aus Wiens ältester Bäckerei Grimm, die bereits zwanzig Jahre vor Mozarts Geburt gegründet worden war.

„Ich muss dir gestehen, dass mich deine Arbeit in unserer Sache ziemlich beeindruckt hat. Hast du keine Lust, zur Wiener Kripo zu wechseln?"

„Wird zu schlecht bezahlt", sagte der Detektiv bewusst arrogant, „obwohl es da sehr attraktive Kolleginnen geben soll."

Larissa richtete ihren Oberkörper etwas auf und schwenkte ihr Kinn knapp nach rechts und links. „Findest du?"

„Nein, im Ernst, wir haben Glück gehabt, und ich hatte die richtigen Leute auf den Fall angesetzt. Unser Computer-Freak ist wirklich ein Ass. Wir haben ihm eine Menge zu verdanken."

„So einen hätten wir auch gern."

„Ich habe gerade vorhin mit ihm gesprochen. Möglicherweise gibt es in nächster Zeit noch mehr Fotos von Sand, vielleicht sogar eines mit einem der Opfer."

„Wenn es denn seine Opfer sind, noch wissen wir es nicht. Die meisten Menschen machen ja ganz unbedarft Fotos mit ihrem Handy von allem Möglichen, das hilft uns, wenn es Abläufe zu rekonstruieren oder Alibis zu überprüfen gilt."

„Unser Mann ist aber nicht unbedarft. Unterschätze ihn nicht."

„Keineswegs, drei Tote sprechen eine deutliche Sprache."

„Und für eine Anklage reichen die bisherigen Indizien ja wohl nicht."

„So ist es", sagte Larissa und winkte der Kellnerin. „Wir nehmen doch noch einen Wein?", fragte sie Pit und bestellte, ohne seine Antwort abzuwarten. „Bringen Sie doch am besten gleich eine Flasche."

„So, jetzt lass uns mal über etwas anderes reden, nicht nur über unsere Arbeit".

„Das Wichtigste zwischen uns ist ja geklärt aus deiner und meiner Sicht. Du bist eine untreue Alleinerziehende, und ich bin ein treuer Lebensgefährte."

„Geht doch schon ganz gut mit dem Du", sagte Larissa aufmunternd. „Der Herr Detektiv hat aber schlecht kombiniert, ich bin nicht alleinerziehend, sondern nur getrennt lebend. Mein Mann ist wunderbar, sonst wäre er auch nicht mein Mann, er ist nur nicht auszuhalten."

„Das kenne ich von meiner ersten Frau", sagte Pit und hob das frisch gefüllte Glas.

„Auf die Frauen", sagte er.

„Auf die Männer", sagte Larissa.

Larissa wunderte sich selbst, wie offen sie über ihren sonst sorgsam geschützten Privatbereich sprach. Dieser Detektiv hatte einfach die Gabe, etwas in ihr zu öffnen, da er von sich genauso ungeschützt erzählte. Erstaunlich für zwei Menschen, die sich nicht einmal sechs Stunden kannten. Larissa berichtete von ihrem Weg an die Spitze der Sonderkommission. Sie erzählte von ihrem Vater, das große Vorbild bei der Kripo, und seinen Einfluss auf ihre Berufswahl. Auch die Tochter verband mit ihrem Beruf nicht nur eine geheizte Amtsstube und eine gesicherte Pension, sondern die Mission mitzuhelfen, eine etwas gerechtere Gesellschaft zu schaffen. Gegenüber den Spitzbuben und Verbrechern, die so viel Leid erzeugten, sollte das Gesetz strikt angewandt werden – ohne Pardon.

Die Kommissarin Bost hatte eine umfangreiche Schießausbildung absolviert. Bei Einsätzen trug sie immer eine halbautomatische Pistole des heimischen Herstellers Glock bei sich. Ein einziges Mal hatte sie die Waffe auf einen angreifenden Einbrecher abfeuern müssen, dabei hatte sie ihm die Kniescheibe zertrümmert.

„Du bist ja richtig gefährlich", kommentierte der Detektiv.

„Und du, trägst du eine Waffe?"

„Nein, ich versuche, meinen Kopf einzusetzen, um gar nicht erst in Situationen zu kommen, in denen ich eine Knarre brauche."

„Vielen Dank, du willst also sagen, dass wir unterbelichtet sind."

„Du bist Polizistin, ich bin Detektiv, das macht den Unterschied. Schießen macht mir keinen Spaß, zu laut und zu blutig."

„Als wenn man sich das immer aussuchen könnte", sagte Larissa.

In diesem Moment näherte sich die Bedienung mit zwei vollen Tellern dem Tisch.

Mit einem neugierigen Blick auf den Teller des jeweils anderen ließen die beiden Hungrigen sich ihr Essen servieren. „Das sieht ja gut aus", sagte Larissa voller Freude.

„Und, fällt dir etwas auf?", fragte Pit.

„Was soll mir auffallen?"

„Die Teller sind klassisch rund, kein Schnickschnack mit rechteckigen, rautenförmigen oder sonst wie verhunztem Geschirr."

„Stimmt. Guten Appetit."

Nach einem Dessert und einem hausgebrannten Obstler verschwand der Detektiv kurz und steuerte die modern gestaltete Toilette an. Danach ging er zu der Bedienung im

Vorraum, um die Rechnung zu bezahlen. „Das hat die Dame schon erledigt", bekam er zu hören.

Er ging an den Tisch zurück. „Danke für die Einladung, ich bin zwar schnell, aber offenbar nicht schnell genug", sagte er, „ich übernehme dann die weiteren Getränke. Danke, du kannst das ja hoffentlich absetzen."

„Sicher, ist ja auch ein total dienstliches Gespräch."

Larissa lächelte.

Die Getränke, die in dieser Wiener Nacht noch folgten, waren nicht ganz günstig. Larissa hatte den Besucher tatsächlich zunächst in einen der Clubs in der Nachbarschaft des Schwedenplatzes geschleppt. Sie waren nach dem opulenten Essen zu Fuß gegangen, obwohl es schon eine der kühleren Nächte war. Larissa lästerte auf dem Weg über einige touristische Plätze rund um den Stephansdom, und erklärte, warum sie der Stadt trotzdem in einer Art Hassliebe verbunden war.

Nachdem sie den schlecht gelaunten Türsteher am Eingang erfolgreich passiert hatten, steuerten sie die Garderobe und dann den Bartresen an. Offenbar kannte das Personal Larissa, sie wurde freundlich begrüßt. An eine Unterhaltung war angesichts des ununterbrochen rollenden Angriffs der Bässe und Beats der Lautsprecheranlage kaum zu denken.

„Gin Tonic", schrie Larissa in das Ohr von Pit Koch. Mit einem Handzeichen signalisierte er, verstanden zu haben. Der Barkeeper nahm die Bestellung von zwei Gin Tonic mit der Rückfrage nach der Gin-Sorte entgegen. Dazu hielt er eine blaue Bombay Sapphire Flasche und eine gelb-weiße Gordon's hoch. Koch entschied sich per Handzeichen für die Erstere. Die Drinks kamen perfekt gekühlt, mit einer Scheibe Zitrone und klirrenden Eiswürfeln.

Nach dem ersten Schluck nahm Larissa ihrem Begleiter das Glas aus der Hand und stellte es zusammen mit ihrem Drink auf eine hintere Fläche des Tresens. Sie gab dem Barkeeper ein Zeichen, dass sie zur Tanzfläche gehen würden. Dann nahm sie Pits Arm und bugsierte ihn mit festem Griff wie bei einer erfolgreichen Festnahme in den Pulk der zuckenden Tänzer, ohne dass er sich wehren konnte oder wollte. Im Gegenlicht der rotierenden Scheinwerfer verschmolz Larissa für ihn mit den wogenden Techno-Tänzern, während sie ihn anlächelte. Sie sah in ihrem schwarzen Top fantastisch aus.

Der Detektiv war sich nicht mehr sicher, ob ihre Vorhersage für den Verlauf des Abends nicht doch eintreffen würde. Er begann ebenfalls den Rhythmus der stampfenden Schläge aufzunehmen und schloss glücklich die Augen.

21

Nina trat die Rückreise aus Chicago allein an. Ihr Begleiter musste aus beruflichen Gründen eine Maschine später nehmen und in Washington noch einen Zwischenstopp einlegen. Sie spielte die enttäuschte Reisebegleiterin, insgeheim aber war es ihr sehr recht, dass sie sich erst mal verabschieden konnte.

Sie selbst musste am Montag bei Proben in Mailand sein. Sie würde gleich von Frankfurt aus einen Weiterflug nehmen. Ihre wertvolle Geige würde ihre Freundin nach Mailand transportieren. Nina hatte sich jetzt schon mehrere Wochen nicht bei ihrer Familie gemeldet, wie sie sich schuldbewusst eingestehen musste. Nur ihre beste Freundin wusste von dem musikalischen Ausflug mit ihrem „Schüler“, der sich ihr als Stefan Sand vorgestellt hatte, in die amerikanische Metropole. In der Hochschule hatte sie sich für eine auswärtige Probe abgemeldet, so fragte niemand danach, was sie tatsächlich machte.

Am späten Nachmittag waren sie gemeinsam zum O'Hara International Airport gefahren. Als Inlandsflug startete Briggs' Flieger an einem anderen Terminal, sie verabschiedeten sich am Taxistand. Briggs wuchtete hilfsbereit ihren nicht ganz kleinen Rollkoffer aus dem Wagen und umarmte sie ungelenk, da er ihren Widerstand und ihre Steifheit spürte. „Wir sehen uns bald in Hamburg zur nächsten Unterrichtsstunde“, sagte er freundlich.

„Mal sehen“, erwiderte Nina frostig.

„Was ist denn los mit dir? Bist du sauer, weil du jetzt alleine fliegst?“

„Nein. Ich wünsche dir ein erfolgreiches Gespräch in Washington. Ich kann dich dann übernächste Woche mal anrufen.“

„Irgendwas ist doch mit dir“, sagte Briggs. „Sag schon.“

„Alles okay, danke für den schönen Ausflug und das Konzert.“ Damit drehte sich Nina um und begann, mit großen Schritten ihren Rollkoffer in die Abflughalle zu ziehen. Briggs eilte ihr noch einige Schritte nach. Der Taxifahrer fing an zu hupen, da er auf einer Entladezone stand und zwei Cops sich ihm näherten. Der eine hatte schon sein Eingabegerät für Strafzettel gezückt.

„Bleib doch mal stehen.“

Nina stapfte weiter, ohne sich umzudrehen. Briggs stieg in das Taxi ein, dessen Fahrer mit den Polizisten gestikulierte. Was hatte Nina nur, überlegte er. Hatte er etwas Falsches gesagt?

Nina meldete sich am nächsten Tag von Mailand aus telefonisch bei ihrem Vater.

„Ninchen, wo bist du denn?“ Seine Stimme schwankte zwischen Verärgerung und Sorge. „Wir suchen dich seit Wochen und machen uns Sorgen.“

„Ich hatte dir doch gesagt, dass ich diese Tournee in Südeuropa habe.“

„Mir hast du das gesagt? Da träumst du, davon weiß ich nichts. Oder bin ich jetzt schon völlig verkalkt?“

Nina sagte nichts.

„Das hätte ich doch mitbekommen, wo bist du denn genau?“

„In Mailand, wir haben hier ein großes Konzert. Stell dir vor, in der Scala.“

„Aber da kannst du doch mal anrufen oder Bescheid geben, du kannst doch nicht einfach so verschwinden."

„Sorry, Papa, aber ich hatte wirklich viel um die Ohren."

„Jedenfalls bin ich froh, deine Stimme zu hören. Ist bei dir alles in Ordnung?"

„Alles gut, ich komme ja morgen endlich wieder nach Hamburg. Lass uns doch morgen Abend Essen gehen, hast du Zeit?"

„Machen wir. Ach, zu blöd, ich sehe gerade, dass ich morgen Stiftungsrat habe. Bist du denn auch zu einem späten Mittagessen zu haben?"

„Erst um zwei Uhr. Ich hole dich im Büro ab, und wir gehen zum Franzosen."

„Das machen wir, guten Flug und vor allem erst mal einen guten Auftritt. Die Scala, großartig. Bin stolz auf dich."

Am nächsten Tag saßen Vater und Tochter in einem kleinen, sehr gut geführten französischen Lokal in der Hamburger Innenstadt. Sie bestellten das Tagesgericht. Der Bauunternehmer Brahm war hier gut bekannt und bekam schon beim Platznehmen an einem der kleinen, mit rot-weiß gemusterten Tischdecken überzogenen Holztische einen perlenden Limoux Cremant hingestellt, ebenso seine Tochter. Bald war das Gespräch so vertraut wie immer zwischen den beiden. Der Vater erzählte von den Sorgen, die er sich gemacht hatte, als er die Zeitungsnotiz über den Serienmord an den Musikerinnen in Wien gelesen hatte. Und er gestand ihr, in seiner Verzweiflung einen Detektiv eingeschaltet zu haben.

Nina hörte aufmerksam zu. „Du bist ja süß, dass du dir solche Sorgen gemacht hast."

„Süß?"

„Nein, toll, bester Papa auf Welt", korrigierte Nina. Ivo Brahm schaute seine Tochter mit einem langen Blick an.

„Du musst aber auch ehrlich mit mir sein. Was verbindet dich denn mit diesem Stefan Sand?“

Nina errötete. Was wusste ihr Vater? „Wieso, er ist ein Schüler von mir. Aber du hast recht. Ich habe mich auch nicht gemeldet, da ich ihn zu einem Konzert nach Chicago begleitet habe.“

„Ich denke, du warst auf Tourneereise?“

„Davor war ich in Chicago, ist ja auch egal. Ich werde aber den Kontakt zu Stefan abbrechen.“

„Das kann ich dir nur raten. Weißt du eigentlich etwas über ihn?“

„Er macht geschäftlich irgendwas mit Export-Import und ist in Mozart vernarrt.“

„Ninchen, du hast keine Ahnung. Du hast dich da auf etwas eingelassen, das dir sehr gefährlich werden könnte. Stefan Sand heißt in Wirklichkeit Steven Briggs und ist der mutmaßliche Mörder einiger Musikerinnen.“

„Was?“ Nina sprach so laut, dass sich einige Gäste in dem kleinen Lokal irritiert zu ihnen umdrehten.

„Ich erzähle dir die ganze Geschichte später. Du solltest so bald wie möglich den Detektiv treffen. Ich werde ihn noch heute informieren, er ist zurzeit in dieser Sache in Wien unterwegs, wie er mir sagte.“

„Natürlich“, sagte Nina leicht zitternd. „Ich glaube, ich habe ihm auch einiges zu erzählen.“

Auf dem Rückflug von Washington versuchte Briggs noch etwas Schlaf zu bekommen. Das Treffen mit dem Cheflobbyisten von Northrop war gut gelaufen. Er konnte seine Honorarforderungen durchsetzen, da keine amerikanische Firma bereit war, bei diesem Deal mitzumachen. Zu großes Risiko, andere Geschäfte zu verlieren. Das nordkoreanische Terrain war vergiftet. Als Mitbringsel für Jenny hatte er im Duty Free-Bereich sündhaft teure Ohrringe aus echtem Gold bei Cartier erworben. Die kleine Geschenkschachtel, kaum größer als eine Streichholzbox, hatte den Wert einer kompletten Modernisierung des Badezimmers in der Grunewaldvilla. Sie würde entzückt sein.

Briggs fand trotzdem keinen Schlaf. Er ließ sich von der aufmerksamen Stewardess noch einen irischer Whisky bringen, einen Bushmill ohne Eis. Vielleicht konnte er dann einschlafen. In seinen Gedanken war er bei Nina. Hatte er ihr unvorsichtigerweise bei dem Gespräch im Frühstücksraum zu früh einen Einblick in seine Gedankenwelt gegeben? Das konnte ihm gefährlich werden, wenn sie plaudern würde. Ihn überfielen Zweifel, ob er bisher alles richtig gemacht oder doch vielleicht Spuren hinterlassen hatte.

Die Stewardess servierte das bernsteinbraun schimmernde Getränk mit einem freundlichen Lächeln.

„Danke, sehr nett."

Briggs nahm einen großen Schluck und versuchte, zu entspannen. Es gab eigentlich nur einen Ausweg. Nina durfte nicht plaudern. Er stöhnte auf. Ein hebräisches Zitat fiel ihm ein, das seinem Mozart zugeschrieben wurde: „Die Musik öffnet die Tore zum Himmel." Jetzt bekam dieses Wort eine ganz andere Bedeutung.

In Gedanken ging er wie ein Schachspieler die nächsten Schritte seines Plans durch. Er wusste, dass er schnell handeln musste. Er würde nicht nach Berlin, sondern direkt nach Hamburg fliegen. Besser, er brachte das Notwendige gleich hinter sich.

Briggs schloss die Augen. Das klagende, leise ansteigende Thema der Holzbläser und Streicher zu Beginn des Requiems in d-Moll erklang in seinem Kopf – Mozart hatte für den unaufhaltsam sich nähernden Tod die perfekten Töne gefunden.

Nina wohnte im obersten Stockwerk eines Appartementhauses. Das hatte sie ihm einmal erzählt, als sie sich am

Eingang der Elbphilharmonie verabredet hatten, nicht weit von ihrer Wohnung entfernt.

Er trank noch einen Schluck. Jetzt, da die Lösung vor ihm lag, konnte er einschlafen.

22

Am Nachmittag erreichte Ivo Brahm endlich den Detektiv. „Nina hat sich gemeldet."

„Ich wusste es. Wie schön!"

„Nichts wissen Sie. Bei unserem letzten Gespräch haben Sie mir doch von Ninas Schüler, diesem Sand, berichtet, ein ganz undurchsichtiger Kandidat. Nina war mit ihm in Chicago zu einem Konzert. Sie müssen unbedingt mit meiner Tochter sprechen."

„Ist sie in Hamburg?"

„Ja, seit heute."

„Kann sie für die nächsten Tage bei Ihnen wohnen? Wir sollten kein Risiko eingehen. Ich bin noch in Wien und fahre erst am Wochenende zurück. Wenn alles klargeht, treffe ich am Montag in Hamburg ein. Wie kann ich Ihre Tochter erreichen?"

Brahm las Ninas Nummer von einer ausgedruckten Liste in der obersten Schublade seines Schreibtischs ab. Wenn es um Baukalkulationen ging, war er gut mit Zahlen, aber die Liste der Mobilnummern in der Familie und von Freunden war immer länger geworden, manchmal fiel ihm sogar seine eigene nicht mehr ein.

„Verbleiben wir so", sagte er, „ich muss jetzt los."

„Wir müssen noch über den Vorschuss reden", sagte Koch.

„Vergessen Sie es, wer weiß, wofür ich Sie noch brauche. Behalten Sie das Geld." Brahm legte auf.

Pit Koch hatte in Wien noch einen Besuch in der dauerhaften Ausstellung des Mozarthauses eingeplant. Er wollte verstehen, was diesen Sand beziehungsweise Briggs antrieb. Als er auf mehreren Stockwerken die vielfältige schriftliche Hinterlassenschaft des Komponisten und seiner Zeitgenossen studierte, Notenblätter und Partituren betrachtete, einen Teil der 700 Briefe überflog, einige originale Musikinstrumente bewunderte und vor allem diverse Hörbeispiele über Kopfhörer abrief, bekam er eine Ahnung von dem inneren Kosmos dieses komponierenden Knaben. Aus dem Stand konnte dieser eine einmal gehörte komplizierte Komposition zu Papier bringen und nachspielen. Sein absolutes Gehör erlaubte ihm nahezu fehlerfrei, neu erdachte Melodien, Soli und ganze Chöre aus mehreren Stimmen in Noten zu verwandeln. Mit elf Jahren notierte er in Italien ein erstes Schulddrama, „Apollo und Hyazinth", und mit 13 die erste große Oper „La Finte semplice". Im selben Jahr dirigierte er anlässlich der Einweihung der Waisenkirche erstmals eine Messe in Wien. Daraufhin wurde er als Teenager, ohne Gehalt, zum „unbesoldeten Conzertmeister am fürstbischöflichen Hof" ernannt.

Zweifellos hatte Wolfgang Amadé, wie er sich selbst nannte, die Gene eines Genies, aber zweifelsohne wurden diese auch durch frühesten Drill und musikalische Anleitung durch den Vater entfaltet. Schließlich verfügte Leopold Mozart, geboren in Augsburg und mit einem Buchbinder sowie Schlosser als Vorfahren, über überdurchschnittliche pädagogische Fähigkeiten. Außerdem hatte er beispielsweise ein Standardwerk für den Unterricht an der Violine geschrieben sowie zahlreiche Kompositionen. Seine eigene Karriere als zunächst Vierter Violinist und Vizekapellmeister am Salzburger Hof verlief dagegen weniger zufriedenstellend. Als er erneut um Beurlaubung für eine Reise nach Frankreich bat, wurden er und sein Sohn 1777 sogar vorübergehend vom Hof entlassen. In Kombination mit einem ausgeprägten Geschäftssinn und dem Ehrgeiz, den Namen Mozart an Europas Höfen bekannt zu machen, nutzte Vater Leopold das große Potenzial von Wolfgang Amadeus und auch von dessen Schwester Nannerl für ein hübsches Zubrot. Mozarts Jugend fand am Notenpult statt.

Mit seiner Gesundheit zahlte er einen hohen Preis für dieses Leben, er erkrankte häufig und litt an Pocken und Typhus. Keine zwanzig Jahre alt, hatte er schon mehrere aufführungsreife Opern mit vielstimmigen Chören und voll besetzten Klangkörpern geschrieben.

Was wäre noch alles von diesem außergewöhnlichen Komponisten gekommen, wenn er länger gelebt hätte? Nach seinem Besuch in Mozarts Wohnhaus verstand Pit Koch die Bedeutung dieser Frage. Sie war nicht zu beantworten – stattdessen kümmerte sich die höchst professionelle und effiziente Marketing- und Musikschmiede Internationale Stiftung Mozarteum um Mozarts Nachruhm, mit Konzerten, Stipendien, Ehrenpreisen, Soireen in aller Welt und mit Partnerschaften. Zwischen Asien und Südamerika, Skandinavien und Südafrika gingen Mozarts Geigen auf Reisen oder wurden Jugendorchester im Namen des Wunderkinds gefördert. CDs mit seiner Musik gehörten auch 260 Jahre nach seinem Tod zu den meistverkauften Klassik-Tonträgern. Auch in der Heimatstadt seines Vaters Leopold, in Augsburg, gründete ein innovativer und international gebuchter Pianist aus Hamburg ein eigenes Mozart-Festival. Mozart zieht.

Pit Koch deckte sich im Erdgeschoss noch mit einiger Literatur über den „ewigen Mozart“ ein. An der Rezeption fragte er, ob die Pressesprecherin des Hauses erreichbar sei.

Der Detektiv hatte Glück, die Pressesprecherin der Internationalen Stiftung Mozarteum aus Salzburg war gerade in Wien zu Besuch. Die verschiedenen Mozart-Institutionen, die sorgfältig auf den eigenen Status achteten und sich untereinander eifersüchtig abgrenzten, hatten aufgrund der Todesfälle unter den Musikerinnen und der Anfragen der Kripo ein Task-Force eingerichtet. Jetzt kam es auf die Solidarität aller Mozart-Liebhaber an.

Wenig später bat die Pressedame den Detektiv in ihr Büro. „Sie haben Interesse an unserer Arbeit?"

„Beeindruckend, was Ihr Haus und Ihre Stiftung zusammengetragen haben."

„Danke, vielleicht können die Kollegen Sie für den Förderkreis gewinnen?", antwortete sie.

„Vielleicht später. Möglicherweise kann ich mit Ihrer Hilfe einer Information nachgehen, die mir einer meiner Mandanten gegeben hat", sagte Koch.

„Und die wäre?"

„Es unterliegt natürlich der Vertraulichkeit, wer Ihre Institution unterstützt, aber befindet sich in ihrer Datenbank ein gewisser Stefan Sand?"

„Das ist wirklich vertraulich", sagte die Sprecherin, setzte sich dennoch vor den Rechner einer Kollegin. Sie sah Pit Koch an, während sie die Adressdatei für den Newsletter aufrief. Dessen Empfänger hatten schließlich eingewilligt, dass ihre Daten der Stiftung zu Informationszwecken zur Verfügung stehen.

„Wie war noch mal der Name?"

„Sand, Stefan."

„Sand, Norbert; Sand, Kurt; Sand, Stefan", las Franziska vor, „das muss er sein."

„Großartig, gibt es dazu eine Adresse und Telefonnummer?", fragte der Detektiv, der schon seinen Spiralblock gezückt hatte.

Die Pressesprecherin las eine Berliner Adresse und eine Mobilnummer vor.

„Ich sehe, Mozart ist bei Ihnen wirklich in sehr guten Händen", bedankte sich Pit Koch.

Sie lachte und stellte die Frage, die sie eigentlich beschäftigte: „Ihre Anfrage hat sicherlich etwas mit den Morden an den Musikerinnen zu tun?“ Pit Koch war überrascht. Woher wusste die Pressesprecherin aus Salzburg davon?

Auf seine Nachfrage antwortete sie: „Wir hatten kürzlich von der Kripo eine Anfrage nach drei Mozart-Interpretinnen, und auch wir können eins und eins zusammenzählen.“ Das war sicherlich auch der Grund für ihren Besuch in Wien.

Der Detektiv schwieg. Wortlos überreichte er ihr seine Karte. „Wir sollten in Kontakt bleiben.“

„Gern.“ Dann begleitete sie ihren Besucher zum Ausgang.

Unwillkürlich richtete sich der Detektiv auf, als er auf die gepflasterte Domgasse hinaustrat. Die Deckenhöhe im Geburtshaus des Komponisten brachten heutige höher gewachsene Besucher dazu, den Kopf bei der Besichtigungsrunde einzuziehen. Der musikalische Gigant Wolfgang Amadeus war hingegen nur etwa 162 Zentimeter groß gewesen.

Von der nahe gelegenen Stephanskirche kamen die ersten Schläge der großen Glocke. Es war zwölf Uhr. Er dachte an Larissa und die durchtanzte Nacht, die dem frühklassischen Superstar und Komponisten von damaliger Unterhaltungsmusik wohl gefallen hätte.

Die Kommissarin und der Detektiv waren weit nach Mitternacht in ein Taxi gestiegen. Sie hatten sich auf der Rückbank an der Hand gehalten und geschwiegen. Pit Koch hatte schließlich gesagt: „Was ist jetzt, landen wir doch noch im Bett?“ Larissa hatte sich an ihn geschmiegt.

„Das bestimmt, aber nicht im gleichen Bett. Morgen habe ich Frühdienst, und du weißt ja, dass ich ein braves Mädchen bin.“

„Es war ein wunderbarer Abend mit dir."

„Fand ich auch." Larissa gab ihm schließlich einen leidenschaftlichen Kuss, den er erwiderte. Er hatte gut geschmeckt.

„Was machst du morgen?"

„Meine Tochter kommt zurück. Aber vielleicht kann ich etwas arrangieren."

Sie konnte. Am nächsten Tag war Larissa nach der Arbeit zu Pit gefahren. Unter einem leichten Mantel hatte sie noch ihre blaue Uniform getragen, als sie das Hotel betrat. Zügig war sie an der Rezeption vorbei zum Treppenhaus gegangen, als würde sie erwartet. Pit hatte die Zimmertür geöffnet und Larissa geküsst, während er sie aus dem Mantel schälte. Noch nie zuvor hatte er eine uniformierte Polizistin entkleidet. Mit einem geübten Wurfgriff hatte Larissa ihren Angreifer schließlich auf das weiche Doppelbett in dem gut geheizten Zimmer befördert.

Nur der Limoux Cremant, den Pit mühsam in dem kleinen Zimmerkühlschrank deponiert hatte, brachte etwas Kühlung in den folgenden Stunden. Larissas Schreie mussten bis zum Mozarthaus zu hören sein, hatte der Detektiv gedacht, bevor er unauffällig die Fenster geschlossen hatte.

Weit nach Mitternacht hatte sie sich leise angezogen und ihrem schlummernden Geliebten einen Kuss gegeben. „Ich muss los. Die Babysitterin wartet, ruf an." Und schon war sie weg gewesen.

23

Das Treffen mit Nina fand in ihrem Hamburger Appartement statt, das der Detektiv bereits kannte. Bei dieser Gelegenheit würde er Ninas Rechner und die Festplatte retournieren können.

Pünktlich um elf Uhr stand Pit Koch vor der Eingangstür am Kaiserkai. Das runde Kameraauge erfasste ihn, als er den Messingknopf der Klingelanlage zur obersten Wohnung drückte. Eine Frauenstimme meldete sich über die Lautsprecheranlage. „Hallo, wer ist da?"

„Pit Koch, der Detektiv. Frau Brahm?"

„Ja, wir sind verabredet. Moment."

Der Türöffner summte. „Ganz oben", kam es noch aus dem Lautsprecher, als Koch schon den Hausflur betrat. Der edle Lift beförderte ihn zügig auf die Ebene des Lofts.

Als die gläsernen Türen des Fahrstuhls lautlos zur Seite glitten, hörte er eine Frauenstimme. „Ich kann jetzt nicht, ich rufe dich später an." Kurz darauf erschien die junge Frau in einem saloppen, kobaltblauen Pullover und Jeans im Türrahmen.

„Entschuldigung, hatte noch einen Anruf. Nina Brahm", stellte sie sich vor. „Kommen Sie doch bitte herein."

In der Wohnung hatte sich seit dem letzten Besuch des Detektivs nichts verändert. Nur ein noch nicht ausgepackter Rollkoffer lag aufgeklappt im Flur, der in den hinteren Teil des Appartements führte. „Stören Sie sich nicht an der

Unordnung, ich bin gerade erst von einer Reise zurückgekommen. Wir gehen nach vorne."

Auf dem kleinen Schreibtisch lag ein aufgeklappter Geigenkasten mit Trageband. Das Instrument war wie eine kostbare Reliquie auf ein weinrotes Samttuch gebettet. Der Bogen lag horizontal auf der Ablage eines schwarz glänzenden Notenständers aus Holz, auf dem die „Chaconne" aus der d-Moll-Partita von Johann Sebastian Bach aufgeschlagen war.

Ein graues Designersofa, ein ebenfalls als Chromgestell gearbeitetes Abstelltischchen, eine Multimedia-Fernsehanlage mit einer umfangreichen CD-Sammlung auf einem rollbaren Tisch sowie zwei quadratische Wassily-Sessel, die unbequemer aussahen, als sie waren, bildeten die sparsame Einrichtung. An dem tiefgezogenen Balkonfenster standen mehrere aufgeblühte Schwertlilien in einer schlanken modernen Glasvase.

Pit Koch trat an die Balkontür, um die Aussicht zu genießen. „Sie können ruhig nach draußen gehen", sagte Nina und öffnete die Tür. Auch das Geländer der großzügigen Freifläche war aus Glas. In einer solchen Wohnung war es ganz ungünstig, Höhenangst zu haben, dachte der Detektiv. Er neigte sich über die Brüstung, unten sah er Menschen hastig vorbeigehen.

Er trat gern wieder in den Wohnraum zurück. „Nehmen Sie bitte Platz, ich hole den Kaffee", sagte die Hausherrin. „Oder wollen Sie lieber Tee?"

„Kaffee ist perfekt", sagte der Detektiv, der sich vorsichtig auf einem der Wassilys niederließ. Er nahm seine Aktentasche, beförderte Ninas Rechner hervor und legte ihn vor sich auf den Abstelltisch.

Nina kam mit einem Tablett zurück, auf dem sich schlichte weiße Tassen mit Untertellern, ein Milchkännchen, silberne Kaffeelöffel mit einem Familienwappen sowie eine französische Kaffeemaschine befanden. Nachdem sie alles verteilt hatte, drückte sie den manuellen Filter in dem Glaszylinder nach unten. Der frisch gemahlene Kaffee hatte vier Minuten gezogen und kam jetzt frisch in die Tasse. „Zucker vergessen", sagte Nina plötzlich und war schon dabei, noch einmal aufzustehen.

„Keine Umstände, ich nehme keinen Zucker", sagte Pit Koch, „nur Milch."

Die Musikerin und ihr Besucher tranken einen Schluck. Pit Koch wendete sich erneut dem Panorama des Hafens zu, im Vordergrund die Elbphilharmonie. „Sehr schön, aber will man als Musikerin wirklich den ganzen Tag auf seinen Arbeitsplatz schauen?"

„Da haben Sie recht, aber ich bin ja häufig unterwegs. Noch kann ich den Blick von hier aus genießen. Mein Vater hat mir von Ihnen berichtet", eröffnete Nina das Gespräch. „Schön, dass Sie Zeit haben, vorbeizukommen. Und schön, dass Sie mir meinen Rechner mitgebracht haben. Man ist ja nur noch ein halber Mensch, wenn der Computer ausfällt."

Nina griff zu ihrem Laptop, befreite es von der gepolsterten Hülle, klappte das Gerät auf und startete es. Nach Eingabe des Passworts rief Nina ihre E-Mails auf. „Ich hoffe, Sie haben nichts Indiskretes entdeckt."

„Wir hatten doch gar nicht Ihr Passwort."

Nina lachte. „Das dürfte noch das kleinste Problem gewesen sein, außerdem habe ich ja überhaupt nichts zu verbergen."

„Aber möglicherweise Ihr Begleiter aus Chicago?"

„Ach, davon hat Ihnen mein Vater auch erzählt. Es tat mir so leid, dass ich ihn da ein wenig im Unklaren lassen musste."

„Musste?"

„Na ja, er konnte sich ja denken, dass wir nicht nur wegen der Musik dorthin geflogen sind."

„Wie lange kennen Sie diesen Stefan Sand? Bitte erzählen Sie mir davon. Ihr Vater hat Ihnen bestimmt gesagt, dass sein richtiger Name Steven Briggs lautet. Danach erzähle ich Ihnen noch einiges."

Die Geigerin nahm einen weiteren Schluck Kaffee, bevor sie loslegte. Sie berichtete chronologisch, wie sie einen gewissen Stefan Sand über den Aushang am Schwarzen Brett kennengelernt und wie rasant sich die Beziehung zwischen Schüler und Lehrerin entwickelt hatte. Zu der entstandenen Liebesbeziehung machte sie nur Andeutungen.

„Und dann wurde ich vor gut zehn Tagen zu diesem Trip nach Chicago eingeladen", sagte Nina. „Warum nicht, dachte ich, schließlich ist er ein charmanter Mann, und ich hatte mal Lust, was ganz anderes zu sehen. Papa muss ja nicht alles wissen."

„Er hat sich Sorgen gemacht, und wie wir heute wissen, zu Recht."

„Mir wird ganz schlecht, wenn ich daran denke", sagte Nina. „Ich will da nur noch raus."

Während sich draußen vor dem Fenster eine Schlechtwetterfront von Süden näherte, erzählte sie, was sie über Sands beziehungsweise Briggs' Vorleben und Vorlieben erfahren hatte. Auch der verrückte Vorschlag aus dem Frühstücksraum in Chicago wurde von Nina detailliert wiedergegeben.

„Ein neues Mozart-Kind aus der Retorte", sagte der Detektiv, „wie meinte er das?"

„Das habe ich auch nicht verstanden. Irgendwas mit moderner Reproduktionsmedizin. Wissenschaftler hätten inzwischen aus dem Erbmaterial Verstorbener Klone hergestellt, und es gäbe auch von seinem geliebten Mozart inzwischen eindeutig bestimmbares Erbmaterial."

„Und Sie sollen so ein Kind austragen?"

„Dazu braucht er mich doch gar nicht, das wird alles im Labor oder durch eine gekaufte Leihmutter erledigt."

„Schon, aber ich wüsste nicht, dass es eine eingefrorene Samenspende des Komponisten gäbe“, bemerkte Pit Koch lakonisch. „Oder gibt es da Neuigkeiten in der Forschung?“

„Keine Ahnung, Stefan ist offenbar genauso instabil wie sein großer Held.“

Von dem Komponisten vermuten Wissenschaftler, dass er an dem sogenannten Tourette-Syndrom litt, das zu unkontrollierten, sich wiederholenden Bewegungen, zu Sprunghaftigkeit, Unruhen oder dem Ausstoß seltsamer Geräusche und obszöner Bemerkungen führen kann. Überliefert ist, dass er besonders gut das Geschrei von rolligen Katzen imitieren konnte, mit dem er Musikern zu verstehen gab, was er von ihrer „Katzenmusik“ hielt. Mit dieser Krankheit können aber auch Schübe einer überschäumenden Kreativität und Fantasie einhergehen, über die an dem Tourette-Syndrom erkrankte Musiker berichten. Oft sind das Jazzmusiker, die sich in freier Improvisation verwirklichen.

„Sand beziehungsweise Briggs will die Musikgeschichte neu schreiben und Mozart wieder zum Leben erwecken. Gruselig.“

„So langsam beginne ich zu verstehen. Lieben Sie diesen Mann?“

Nina Brahm schaute Pit Koch erstaunt an. „Da war was, ja, wir hatten Spaß und Gemeinsamkeiten, aber Liebe? Nein. Spätestens nach dieser Reise ist es damit vorbei.“

„Haben Sie ihm erzählt, dass Sie diese Reise heimlich angetreten haben?“

„Was heißt heimlich? Ich bin frei.“

„Sicher. Ich meine, wusste er, ob es Mitwisser gibt?“

„Warum ist das wichtig?“

„Wenn er glaubt, dass Sie für ihn gefährlich werden könnten, wird er vor nichts zurückschrecken.“

„Bin ich etwa in Gefahr?“

„Ich fürchte ja, nach dem was wir aus Wien von der Polizei erfahren haben."

„Was soll ich denn tun?"

Sie beschlossen, dass Nina in den nächsten Wochen sicherheitshalber in ihr Elternhaus ziehen sollte. Dort hatte sie immer noch ihr Jugendzimmer.

„Ich kann aber frühestens nächste Woche umziehen, da heute noch eine Kollegin aus München zu Besuch kommt. Ich kann sie ja nicht alleine hier lassen."

„Kennt Sand überhaupt Ihre Adresse?"

„Meine Adresse?" Nina musste überlegen. „Ich glaube schon. Wir waren hier gegenüber einmal verabredet und ich habe ihm das Haus gezeigt. Außerdem hatte er unterwegs genug Gelegenheit, in meine Tasche zu schauen." Nina stand unvermittelt auf und ging zu ihrem Rollkoffer. „Und an meinem Gepäck ist auch ein Anhänger mit meiner Adresse befestigt."

„In diesem Fall sollten Sie noch heute diese Wohnung verlassen."

„So eilig wird es jetzt auch nicht sein."

„Ich kann Ihnen und Ihrem Vater das nur raten. Entscheiden müssen Sie selbst."

„Ich überleg's mir."

„Übrigens gibt es auf Ihrem Rechner ein interessantes Foto aus dem Bechstein-Studio. Haben Sie das gemacht?"

„Das mit der Spiegelung im Deckel des Flügels?"

„Genau."

„Ja, warum? Ich habe auch ein paar neuere Fotos von unterwegs." Nina zückte ihr Smartphone. „Wollen Sie sie sehen?"

Pit Koch wollte. Briggs vor dem Hotel, Briggs am Ufer des Michigansees, Briggs im Taxi, Briggs mit Nina vor dem Museum, Briggs auf der Aussichtsplattform eines Hochhauses. Und Briggs schlafend in einem zerknüllten Doppelbett.

„Oh, das können wir weglassen“, kommentierte sie und wischte weiter zum nächsten Foto.

„Könnten Sie mir die schicken? Natürlich nur die jugendfreien“, sagte Pit Koch.

„Mach ich gleich“, sagte Nina, bat ihn um seine E-Mailadresse und vollzog mit einem Fingerdruck die Transaktion.

„Wir wissen aus anderen Quellen, dass Ihnen Sand mehrere Hundert Mitteilungen geschickt hat.

„So viele?“, sagte Nina. „Er hat mir immer kleine Aufmerksamkeiten gesendet, sehr charmante Sachen, die mich zum Lachen brachten. Aber ich vermute, dass ich nicht die Einzige war, die solche Mitteilungen bekam. Einmal war nämlich die Ansprache ‚Liebste Mona‘, darunter.“

„Die Oboistin“, sagte Pit Koch. „Sie wurde in der Ostsee vor Polen gefunden, tot.“

„Und das war Sand?“

„Wir haben noch keine endgültigen Beweise, aber es sieht so aus. Haben Sie die Textmitteilung an diese Mona gespeichert?“

„Nein, die habe ich gleich gelöscht.“

„Schade, das Datum hätte uns geholfen.“

„Muss ganz am Anfang gewesen sein, also vor rund vier Monaten.“

Pit Koch machte sich eine Notiz in seinen kleinen Schreibblock, der Nina in dieser Umgebung anstarrte wie ein Utensil aus dem vergangenen Jahrhundert.

„Hatte er in Chicago noch andere Kontakte, von denen Sie wissen?“

„Lassen Sie mich nachdenken. Eigentlich waren wir die ganze Zeit zusammen. Ich glaube nicht. Da war nur der Trip nach Washington am Schluss.“

„Hat er in Ihrer gemeinsamen Zeit auch Anrufe bekommen?“

„Ja, er hatte ja noch ein zweites Handy für dienstliche Angelegenheiten, wie er sagte. Meistens hat er aber in meinem Beisein einen Rückruf mit dem Anrufer vereinbart. Irgendeine Jenny war mal auf dem Display zu lesen."

„Seine Frau in Berlin."

„In Berlin? Er wohnt doch bei Salzburg."

„Nein, in Salzburg wohnt Sand, in Berlin wohnt Briggs, und beide sind dieselbe Person."

„Ich verstehe nur Bahnhof", sagte Nina.

Der Detektiv erläuterte die bisherigen Ermittlungen zu der doppelten Identität, und Nina hörte gebannt zu. „Dann ist er ein verdammt guter Schauspieler, der seine Rolle beherrscht. Und das ganze Engagement mit der angeblichen Stiftung im humanitären Bereich?"

„Fassade. Briggs/Sand interessieren Schießgeräte jeder Art und …"

„… Mozart …"

„… und natürlich Mozart. Sehr viel weniger interessieren ihn die Opfer der Kriege, mit denen er reich wird."

Nina begann, die leeren Tassen zusammenzuräumen. „Ich muss Sie jetzt leider hinauswerfen, ich muss noch üben. Morgen habe ich eine Verpflichtung, die ich dummerweise schon vor langer Zeit eingegangen bin. Ein Hauskonzert für Stiftungspartner meines Vaters. Sie haben sich ausgerechnet die ‚Ciaccone' von Bach gewünscht, die muss ich dringend auffrischen."

Der Detektiv hatte sich ebenfalls erhoben. Er klappte seinen Notizblock zu und steckte ihn in die Außentasche seines Tweed-Jacketts. Auf dem Weg zur Garderobe brachte er das von Nina vergessene Milchkännchen in die Küche. „Lassen Sie doch, ich räume das später weg." Koch spürte, wie sehr sich die Musikerin bereits auf die Arbeit an ihrem Instrument und das anspruchsvolle Werk konzentrierte.

„Nina“, sagte er streng, „kein Besuch, kein Kontakt mit Sand, wie besprochen.“ Er übergab ihr nochmals seine Visitenkarte mit allen Nummern. „Ich bin immer erreichbar. Lassen Sie mich wissen, wenn Sie in das Haus Ihrer Eltern umgezogen sind.“

„Mache ich“, sagte die Musikerin, „ich bringe Sie noch zum Fahrstuhl.“

„Nicht nötig.“ Der Detektiv verabschiedete sich an der Wohnungstür. Dann hörten sie, wie ihr Handy klingelte. Nina verschwand mit den Worten: „Ich muss schnell ans Telefon.“

Pit Koch hätte gern gewusst, wer da seine Schutzbefohlene anrief. Hoffentlich sah er sie lebend wieder.

24

„Ich bin's."

Pit Kochs Lebensgefährtin Natascha drückte mit der Schulter die Tür zur gemeinsamen Wohnung auf.

„Küche", kam es zurück.

Natascha trug die Einkäufe und die zwei Flaschen Wein zu ihrem Freund.

„Hast du alles bekommen?"

Pit Koch, der gerade eine Mango kleinsäbelte und klebrig-glitschige Hände hatte, hielt seinen Mund für einen Begrüßungskuss hin. Es war ein richtiger Natascha-Kuss.

Ein ukrainischer Kuss, der nach schwarzem geräuchertem Tee schmeckte. Nach Nataschas ursprünglicher Heimat. Als Informatikerin hatte sie am Forschungscampus Desy in Hamburg Karriere gemacht. Ihr Gebiet war irgendwas mit der Zertrümmerung von Atomen und Grundlagenforschung für die Welt von morgen, so viel hatte Pit verstanden. Prof. Dr. Natascha. Ausgestattet mit einem eisernen Willen, einem blitzgescheiten Verstand und der singenden Sprachmelodie ihres Landes. Eine stolze Frau aus Kiew.

Pit liebte seine Natascha.

„Ich mach' schon mal einen Wein auf", sagte sie.

„Gerne."

„Wie lange dauert es noch?"

„Halbe Stunde, dann können wir essen."

„Dann packe ich noch schnell meinen Koffer aus. Ich habe dir auch was Kleines mitgebracht." Seine Lebensgefährtin war von einem Informatikkongress in Kiew zurückkommen.

„Kaviar?", freute sich Pit Koch.

„Ganz falsch."

Kurz darauf erschien Natascha mit zwei Gläsern eingelegten Gurken und Tomaten aus der Markthalle von Kiew. Hinter ihrem Rücken versteckte sie zwei mittelgroße Gläser mit schwarzem Kaviar. Blau-silberner Deckel, das Original aus Russland.

„Wow, wusste ich es doch." Er drückte sie fest an sich, während sie versuchte, die Gläser unfallfrei abzustellen.

„Ich weiß, was meinem Liebling gefällt."

„Gibt's gleich als Vorspeise."

„Hast du Crème Fraîche, Joghurt, frischen Dill?"

„Nein."

„Dann schau in der Einkaufstüte nach."

Zusammen mit etwas Honig, Pfeffer, Salz und Gewürzen vermengte er die Zutaten zu einer Unterlage für den Kaviar. So, wie es Natascha liebte, nach dem Rezept ihrer Uroma, die in dem einst österreichisch-habsburgischen Lemberg in der heutigen Westukraine gelebt hatte.

Wenig später stand alles fertig auf dem Tisch.

Pit Koch zauberte noch eine Flasche Champagner aus dem Tiefkühler, dem die knappe halbe Stunde dort gutgetan hatte.

„Prost. Schön, dass du wieder hier bist", sagte Pit.

„Ich habe so an dich gedacht."

Pit lächelte. „Ich auch."

Prost. Die beiden waren ein gutes Paar.

„Wie war Wien?"

„Tolle Stadt", sagte Pit kauend, „aber ich war ja nicht zum Sightseeing dort. Termine bei der Polizei, bei der

Ermittlergruppe und im Mozarthaus. Ich habe dir ja davon erzählt."

„Stimmt." Natascha nahm eine große Gabel der weißschwarzen Köstlichkeit. „Bist du eigentlich mit dem Computerfreak weitergekommen?"

Pit war froh, dass Natascha wechselte. Er wollte sie ungern anlügen.

„Du meinst mit Lars."

„Richtig, die Kapuze."

„Hat tolle Arbeit geleistet."

„Freut mich. Auf unserem Kongress in Kiew stand auch das Thema Datensicherheit auf der Agenda."

„Und das Fazit?"

„Das Fazit, ganz einfach zusammengefasst: Es gibt sie nicht wirklich. Das Internet ist wie ein löchriger Eimer, es läuft immer irgendwo etwas raus …"

„Leak news", sagte Pit.

„… da kannst du noch so viel aufrüsten."

„Könnte man bei euch den supergeheimen Desy-Tresor knacken?"

„Was wir machen, ist so kompliziert, dass es nur wenige verstehen. Grundlagenphysik ist wohl uninteressant für Hacker."

„Da bin ich mir nicht so sicher. Die Chinesen interessieren sich für alles."

„Klar, aber die arbeiten ja auch bei uns ganz offiziell. Open source – freie Türen in der Wissenschaft."

„Der Kaviar ist ein Traum", sagte Pit.

„Du musst mehr Crème Fraîche nehmen, das bringt den Geschmack." Natascha würde eine gute Oma werden.

„Was hast du denn so abends gemacht in Wien?", fragte Natascha.

Da war sie, die ungeliebte Frage.

„Nichts Besonderes, bin am Stephansdom ein wenig

durch die Gassen gelaufen, auf den Spuren von Mozart. Ich hatte ein sehr schönes Hotel." Bis hier stimmte alles.

„Hast du nicht eine Cousine in Wien?"

„Ja, aber es gab keine Zeit, um sie zu sehen. Du hast bestimmt deine ganze Familie getroffen?", wechselte Pit schnell das Thema. „Alles in Ordnung mit ihnen?"

Natascha schaute ihren Freund an. Sie spürte seine Hast, das Thema zu wechseln. Was soll's, ich liebe ihn, dachte sie sich.

Natascha ging zum Hauptgang über.

„In meiner Familie gab es einen traurigen Todesfall. Der 19-jährige Neffe des Bruders meines Vaters ist an der Front in der Ostukraine getötet worden."

„Front?"

„Ja, das ist ein richtiger Krieg. Er wurde Opfer eines Artillerieangriffs der russischen Kräfte."

„Entsetzlich."

„Seine Mutter ist am Boden zerstört."

„Das muss das Schlimmste sein, ein eigenes Kind zu verlieren", sagte der Detektiv etwas hilflos.

Nach einer betretenen Pause begann er mit einem neuen Thema. „Und wart ihr auch in der Philharmonie zum Kulturprogramm?"

„Das war wirklich großartig. Das deutsche Requiem von Johannes Brahms. Die Chöre – ein Traum. Dirigiert hat übrigens ein Gewandhausmusiker, die Solisten kamen von der Semperoper."

„Ist ja nicht so mein Fall", sagte Pit.

„Du müsstest diese Sängerinnen sehen."

„Sehen oder hören?"

„Beides. Du wirst auch noch dahinterkommen, wie diese Musik deine Seele erfasst."

„Die berrrühmte rrrrusische Seeele", versuchte Pit sich in Osteuropäisch. „Nastrowje."

„Lass es, das kannst du nicht, du Klassik-Banause."

„Oh, das kannst du wirklich nicht sagen. Ich habe inzwischen eine Menge über den Wahl-Wiener Mozart gelernt. Aber da muss auch ein irrer Killer herumlaufen."

„Wie heißt es immer über unseren Laden, wenn eine Beschreibung für etwas sehr schwer zu Beschreibendes gesucht wird? ... was die Welt im Innersten zusammenhält. Und wer das rauskriegt, der lebt gefährlich. Denn das wollen viele andere auch wissen."

„Könntest du mich umlegen?", sagte Pit.

„Flachlegen?"

„Umlegen!"

„Wenn du die geheime Formel gefunden hättest", Pause, „ja."

Kurzes Schweigen.

„Besteht aber keine Gefahr", sagte Natascha lachend, „bei deinen mathematischen Kenntnissen."

„Du gefährdest gerade deinen Nachtisch."

„Och Süßer, sei nicht eingeschnappt, dafür hast du ganz andere Qualitäten. Dein Essen war köstlich, wie immer. Gibt es noch Champagner?"

25

Briggs hatte seinen Flug doch nicht nach Hamburg umgebucht. Warum sollte Nina irgendjemandem etwas von ihrer Reise erzählen? Sie hatte ja zuvor selbst darum gebeten, die Reise geheim zu halten. Wenn er seine Angelegenheiten in Berlin geordnet hatte, würde er sich zu einer weiteren, letzten Unterrichtsstunde bei Nina anmelden. Sie sollte keinen Verdacht schöpfen.

Jenny freute sie sich über das hübsch verpackte Kästchen mit dem Schriftzug „Cartier“, das Briggs ihr vor dem Abendessen überreichte.

„Oh, ich habe ein Upgrading erfahren, ab jetzt nur noch Cartier“, sagte sie und packte die massiv goldenen Ohrringe aus, drei ineinander verschlungene Ringe. „Wunderschön.“

Sie gab ihrem Mann einen dieser trockenen Küsse unter Eheleuten, bei denen sich die Lippen zuspitzen. „Danke.“

„Ist ja nur eine Kleinigkeit“, sagte Briggs.

Aber im fünfstelligen Bereich, dachte sich seine Ehefrau, die die Ohrringe gleich anlegte und in dem großen Spiegel im Flur begutachtete. „Wirklich wunderschön.“

Briggs berichtete von seinen Reisen auf den amerikanischen Kontinent und den Gesprächen, ohne seinen musikalischen Abstecher nach Chicago zu erwähnen. Jenny nickte nur. „Washington muss schön sein um diese Zeit“, sagte sie. „Indian summer.“

„Schon fast vorbei, aber du hast recht, es gab noch einige bunte Blätter an den Bäumen."

„Ach, apropos Blätter. Der Gärtner hat ein Angebot geschickt, den Garten im Frühjahr auf Vordermann zu bringen und die große Buche endlich wegzunehmen. Die verschattet ja inzwischen das ganze Haus."

„Wie teuer?"

„Ich habe gar nicht reingeschaut, aber wir sollten das schon machen lassen. Offenbar hat er auch eine Idee, wie man die Genehmigung von den Behörden bekommen könnte."

Briggs schwieg und legte sich noch etwas von der getrüffelten Salami auf das krustige Bauernbrot.

„Ich schaue mir das an", sagte er und genoss den feinen Geschmack der kleinen, schwarzen Trüffelstückchen.

„Wie geht's im Reitclub?", fragte er pro forma.

„Ach, immer dasselbe. Jetzt wollen sie den Neubau des Clubhauses schon im Frühjahr durchziehen."

„Ich dachte, der Vorstand hat noch nicht genug Geld zusammen?"

„Deshalb ist vor Weihnachten auch noch eine große Benefizveranstaltung geplant."

„Müssen wir da hin?"

„Ich denke schon, ist ja immer ganz nett."

„Viel Lust habe ich nicht."

„Kann ich verstehen. Wenn du willst, kann ich auch mit Hubert gehen, der freut sich über eine Begleitung." Hubert war der gemeinsame Freund der Familie, der seine Frau vor zwei Jahren durch Krebs verloren hatte. Nach einer lang andauernden Depression hatte der exzellente Springreiter jetzt wieder Tritt gefasst und sich sogar zu einem nationalen Wettbewerb angemeldet.

„Mach das mal mit Hubert, gute Idee. Ich weiß gar nicht, ob ich im Dezember nicht nochmals nach Korea muss."

Auf diese Weise konnte er sich schon ein Alibi für seine Reise nach Hamburg besorgen. Mit einem erneuten Todesfall einer Musikerin wollte er nicht in Verbindung gebracht werden können.

Nach dem Abendessen räumte Jenny das Geschirr in die Spüle, und Briggs zog sich in sein Arbeitszimmer zurück.

Die sogenannte Jupitersymphonie, KV 551, hatte ihren Beinamen möglicherweise von einem zeitgenössischen Pianisten oder einem Konzertveranstalter bekommen, da die Musik als „göttlich" empfunden wurde. Es war im Jahr 1788 die letzte Symphonie, die von Mozart komponiert wurde. Sie galt als eine Art Zusammenfassung seiner instrumentalen Kompositionskünste. Steven Briggs erinnerte sich an seine Zusage für das Konzert der Mozartgemeinde in Wien inklusive Besuch und Führung bei den Grabstätten des großen Meisters. Das war schon kommende Woche, wie er beim Blick in seinen elektronischen Terminkalender erschrocken feststellte. Diesen Termin wollte er sich auf keinen Fall entgehen lassen.

Doch jetzt wartete die Musik der Götter auf ihn. Seine Anlage lieferte ihm den perfekten Klang.

26

Der Wiener Friedhof Sankt Marx lag etwas außerhalb der Stadt, auf dem Weg zum Flughafen. Von der nahen Autobahn 26 legte sich ein zur ewigen Stille des ausgedehnten Gottesackers wenig passender Lärmteppich von schweren Lastwagenmotoren und eiligen Flughafentaxis über die Gräberreihen. Von den Bewohnern der knapp sechstausend Gräber gab es dennoch keine Beschwerden.

An diesem regnerischen Spätherbsttag hatte sich eine Gruppe von einem halben Dutzend Mozart-Freunden vor dem in weißem und rotem Backstein gehaltenen Verwaltungshaus am Eingang versammelt.

„Ah, da kommt ja noch der Herr Sand, dann sind wir komplett“, rief der vom Mozarteum vermittelte Führer. Franz Kühler, langjähriger Vorsitzender der örtlichen Mozart-Gesellschaft, war ein wandelndes Lexikon in Sachen Mozart und seiner Wiener Spuren. Besonders intensiv hatte er sich mit dem erbittert ausgetragenen Streit beschäftigt, der über die tatsächliche Grabstätte des Genius und damit den Verbleib seiner Knochen und seines Schädels ausgebrochen war. „Mein persönliches Knöchelverzeichnis“, scherzte Kühler gern, wenn er seine dicke Kollegmappe über den Komponisten Mozart öffnete.

Zunächst passierte die Besuchergruppe die schlichten Grabsteine anderer Wiener Komponisten wie Josef Strauss, einem Mitglied der berühmten Komponistenfamilie und jüngerem Bruder des Walzer-Königs Johann. Auch Anton Diabelli, dessen Klavierübungen zahllose Schüler gequält hatten, war hier beigesetzt. Von den dichten Baumreihen des Friedhofs tropfte der Regen auf die Gruppe, die den sachkundigen Erläuterungen Kühlers eifrig folgte. Auch die steinernen Engelsfiguren auf einigen Gräbern schienen geduldig dem irdischen Vortrag zu lauschen. Briggs hörte fasziniert zu, hier, im Angesicht der Ewigkeit, kam er seinem Mozart plötzlich ganz nahe.

Schließlich öffnete sich die Baumreihe zu einer mit niedrigen Büschen bewachsenen Freifläche, auf der vereinzelt alte Grabsteine wie Landmarkierungen standen. „In diesem Areal“, so erklärte Kühler, „befinden sich die ehemaligen Schachtgräber, in denen damals aus Gründen der Hygiene mehrere Leichname vergraben wurden, ohne eigene Grabsteine, aber in einer geordneten Weise.“ Diese Ruhestätten waren keinesfalls Armen- oder Massengräber.

Auch Constanze Mozart hatte nach dem Tod ihres Mannes nicht die Mittel, um die Bestattung in einem gekennzeichneten Grab auf dem späteren Biedermeierfriedhof Sankt Marx zu finanzieren. Sie war selbst erkrankt, und ihr Mann hatte ihr Schulden hinterlassen. Er wurde wohl am Nikolaustag, dem 6. Dezember 1791, einen Tag nach seinem Tod, im Stephansdom für den engsten Kreis der Familie und Freunde für den Abschied aufgebahrt. Auch sein musikalischer Rivale, der österreichisch-italienische Musiker Antonio Salieri, dem von Liebhabern kruder Verschwörungstheorien sogar ein Giftmord an seinem Kollegen Mozart zugetraut wurde, befand sich unter den Trauergästen.

Mozarts Leichnam wurde vermutlich noch am selben Abend zum Friedhof Sankt Marx gebracht. Die Beisetzung in einem „allgemeinen einfachen Grab“ entsprach durchaus den Begräbnisregeln für Musiker in der damaligen Zeit. Dass weder die Witwe noch Verwandte oder Freunde den Leichenzug zur Beisetzung begleiteten, lag wohl an der Uhrzeit. Nach 18 Uhr war es bereits dunkel, zudem war der Besuch des Grabes nach den damaligen Sitten unüblich, da die Aussegnung bereits im Dom stattgefunden hatte und damit die offiziellen Begräbnisfeierlichkeiten beendet waren.

„Und hier ist jetzt das Grab?", fragte eine resolute ältere Teilnehmerin der Gruppe, als sie zu einem weißen, mit Mozarts Namen gekennzeichneten Grabstein kamen. Die Figur eines nachdenklichen Engels mit großen Flügeln lehnte sich an den Stein, der eine Säule trägt.

„Leider nicht", sagte Kühler, „die Geschichte ist komplizierter."

Kühler erläuterte, dass sich an der heutigen Stelle des Mozart-Grabes damals wohl das allgemeine Schachtgrab befand. Dort sei Mozart zusammen mit anderen Unbekannten beigesetzt worden. Nähere Aufzeichnungen der Friedhofsverwaltung lägen nicht mehr vor. Durch die nicht immer zuverlässigen Erzählungen von Totengräbern meinten die Experten allerdings von einer Umbettung Mozarts in nord-östlicher Richtung zu wissen. In einem von Hand gefertigten Lageplan Kühlers war das spätere, vermutlich richtige Mozart-Grab mit blauem Farbstift eingezeichnet. „Hier können wir die sterblichen Überreste des Komponisten vermuten", sagte er und deutete auf ein verwildertes Stück Erde zwischen anderen profanen Gräbern. Die nächsten Nachbarn hießen Streicher, Kremer oder Calafati, ein legendärer Gasthausbesitzer aus Wien.

„Aber der Schädel von Mozart ist doch in Salzburg", meldete sich die wissensdurstige Dame mit Fachkenntnissen noch einmal zu Wort, „wie passt das denn zusammen?"

Kühler musste schmunzeln. „Das werde ich jedes Mal gefragt, aber wir wissen bis heute nicht, ob dieser Mozart-Schädel in Salzburg überhaupt echt ist." Erwiesen sei nur, dass etwa zehn Jahre nach Mozarts Tod auch die Schachtgräber neu belegt worden sind. Jeweils mit 16 Verstorbenen in Viererreihen übereinander gefüllt, soll Mozart ganz oben ganz links gebettet worden sein – erste Konzertreihe, sozusagen. Damals soll möglicherweise ein Totengräber einen Schädel aus dem Grab mit Mozarts verbliebenen Gebeinen vor der Umbettung in das Einzelgrab weiterverkauft haben. Jedenfalls stammte der um die Jahrhundertwende dem Salzburger Mozarteum angebotene Schädel aus dem Besitz eines damals berühmten Anatomen. In der später als echt verifizierten Schrift des Mediziners waren auf einem Pappanhänger die Namen Mozart und der des Totengräbers von 1781 notiert. Nach anderen Unterlagen hatte dieser Mann seinen Dienst aber erst 1782 auf dem Sankt Marxer Friedhof angetreten. Die Sache sah stark nach Betrug aus. Seltsam war zudem, dass Mozarts Witwe erst erstaunliche 17 Jahre nach Mozarts Tod die inzwischen längst veränderte Grabstätte ihres Mannes aufgesucht hatte.

Spätere DNA-Abgleichungen mit den mütterlichen Mitgliedern der Mozart-Familie, etwa seiner Schwester Nannerl oder der Großmutter aus einer Begräbnisstätte in Salzburg, brachten keinen eindeutigen Beweis über die Echtheit des Schädels. „Es ist vieles im Nebel“, sagte Kühler.

Bei dem Stichwort DNA horchte Steven Briggs auf. Selbstverständlich wollte er nicht vor der ganzen Gruppe Kühler dazu befragen. Er würde ihn später zu einem vertraulichen Gespräch bitten. Während die Besuchergruppe suchend auf dem Grabfeld herumstapfte, setzte sich Briggs auf eine der Holzbänke neben das kleine Mozart-Denkmal mit dem trauernden Engel.

Vor dem Grabmal dörrten gelbe Blumen in den Rabatten vor sich hin. Immer wieder gab es in den Lokalzeitungen Beschwerden darüber, wie lieblos des Komponisten gedacht wurde, und das ausgerechnet an einem Platz, der Besucher aus der ganzen Welt anzog.

Inzwischen hatte sich eine weitere Besucherin dem Grabmal genähert. Mit ihren kurzgeschnittenen pechschwarzen Haaren und der Umhängetasche aus Stoff sah sie fast wie ein Punk aus. Neben der engen schwarzen Lederjacke trug sie einen bunt gemusterten Rock und lange schwarze Strümpfe. Sie nickte Briggs freundlich zu und setzte sich auf die Bank mit der Bemerkung: „Hi, this seat taken?"

„No, please", sagte Briggs und machte eine einladende Bewegung.

Die sehr junge Frau kramte die englische Ausgabe eines dickleibigen Standardwerks über Mozart aus ihrer Tasche, auf dessen Titel ein Scherenschnitt des Kopfes des Komponisten abgebildet war. Nach kurzem Blättern schlug sie die entsprechenden Seiten zu den Spekulationen über seine Bestattung auf. Das ursprünglich viel prachtvollere Mozart-Denkmal mit einem bronzenen Relief seines Kopfes wurde auf den südlich gelegenen Wiener Zentralfriedhof verlegt, als dort eine Gräberreihe mit repräsentativen Wiener Musikern angelegt worden ist. Das Feld, auf dem das Denkmal stand, lautet lapidar „Gruppe 32 A Nr. 55". Mozarts Knochen verblieben aber auf dem Friedhof Sankt Marx.

Aus den Augenwinkeln verfolgte Briggs die leidenschaftliche Hingabe der seltsamen Besucherin an das Buch. Nach kurzer Zeit stand sie auf und ging zu dem Grabmal, um es mit der Hand zu berühren. Sie verharrte einige Sekunden, als würde sie mit dem Verstorbenen einen geheimen Kontakt aufnehmen. Danach kehrte sie nicht auf ihren Platz zurück, sondern setzte sich im Schneidersitz vor das Grabmal.

Briggs lächelte sie an. „Sie mögen Mozart?"

„Oh no, I love him! Er ist mein Gott."

Der Mozart-Punk stellte sich als eine Besucherin aus dem kanadischen Toronto heraus, die eigens auf den Spuren ihres musikalischen Helden zu einer Europareise aufgebrochen war. Voller Begeisterung erzählte sie, wie gern sie Mozart kennengelernt hätte. Sogar seine Sprache hatte sie erlernt. Gäbe es eine Zeitmaschine, so erklärte sie, würde sie sich in die Wiener Klassik zurückbeamen lassen.

„Das kann ich gut verstehen", sagte Briggs.

Die junge Frau hielt ein lachsfarbenes Handy in der Hand. „Schauen Sie, hier." Sie rief eine Abbildung auf dem Display auf. Es war ihr eigener Oberschenkel, auf den das bekannte Porträt des Komponisten mit seinem rot-goldenen Jackett tätowiert war. Die Konturen waren auf der straffen Haut der jungen Verehrerin gut zu erkennen.

„Wow", sagte Briggs. „Sie müssen wirklich verrückt nach ihm sein."

„Das bin ich", sagte die Schwarzhaarige, „am liebsten hätte ich ein Kind von ihm."

Briggs schluckte. Er war offensichtlich nicht der Einzige, der solche Vorstellungen hatte. Die junge Frau hatte das ganz sachlich vorgetragen, als handelte es sich um den Wunsch nach einem exotischen Reiseziel. Sie tippte das Foto wieder weg.

„Und was bringt Sie hierher?", fragte sie.

„Natürlich Mozart. Ich kann Sie mit dem fachkundigen Leiter unserer Besichtigungsgruppe zusammenbringen, das wäre bestimmt interessant für Sie."

Die junge Frau zeigte Interesse, im Moment wollte sie aber erst einmal sitzen bleiben und diesen Augenblick auf sich wirken lassen.

Briggs überreichte ihr seine Visitenkarte. „Rufen Sie mich an, wenn Sie wollen. Mozart verbindet."

Er musste sich jetzt beeilen, um nicht den Anschluss an Kühler zu verpassen, der bereits dem Ausgang zu schlenderte. Wer weiß, vielleicht würde sich diese junge Kanadierin tatsächlich einmal melden? Alles wäre dann möglich.

Nach der Führung wartete Briggs, bis sich die Gruppe aufgelöst hatte. Schließlich stand er alleine mit Kühler vor dem Eingangstor. „Wo müssen Sie hin, kann ich Sie mitnehmen? Ich habe einen Wagen dabei", sagte der Experte freundlich.

„Gern, ich kann aber auch ein Taxi nehmen."

Kühler winkte ab.

„Also dann gern. Ich muss in die Nähe der Hofburg, jede U-Bahnstation ist gut für mich."

„Ach was, ich bringe Sie hin. Wo genau ist das?"

„Nein, das müssen Sie nicht. Aber ich lade Sie gern noch zum Aufwärmen auf einen Kaffee ein." Auf dem Friedhof war die herbstliche Kühle gut zu spüren, Briggs war froh, als Franz Kühler die Heizung im Wagen etwas höher regulierte.

„Ihre Führung war sehr spannend für mich."

„Danke."

„Aber was war das mit der DNA? Kann man denn tatsächlich aus einem Verstorbenen noch brauchbare DNA für den Nachweis eines Verwandtschaftsverhältnisses gewinnen?"

„Sicher, da genügt schon ein kleinerer Hautfetzen mit einer Zellstruktur, so sagen es die Experten. Auch von Mozart wurden inzwischen angeblich echte Haarlocken auf internationalen Versteigerungen angeboten, zum Gegenwert eines Mittelklassewagens. Genug DNA-Material für einen Klonversuch."

Die kommerziellen Anbieter solcher meist in hübschen Holzkistchen aufbewahrten historischen Raritäten – wenn sie denn echt sind – verschweigen aber gern die harten medizinischen Fakten: Mozarts Haarlocke müsste seit 1793 in weißlich blubberndem Flüssig-Stickstoff bei Tiefsttemperaturen von minus zwanzig Grad Celsius sicher gelagert worden sein. Diese Kühlkette sicherzustellen, dürfte vor der Erfindung des elektrischen Stroms nahezu unmöglich gewesen sein. Nach mehreren Jahrhunderten, selbst im ewigen

Eis des Südtiroler Ötztals, degradiert auch die DNA eines Genies oder Mammuts und zerfällt in Bruchstücke. Alles ist irdisch. Zwar kann mit aufwändigen Sequenzierungen der Bauplan eines Genies in Teilen wieder rekonstruiert werden, aber wenn keine frische sogenannte Kern-DNA vorliegt, dürfte es mit dem Mozart aus dem Baukasten schwierig werden. Ob es in Zukunft bei dem rasanten Fortschritt in dieser Disziplin die Möglichkeit einer DNA-Reparatur geben wird, ist unter Fachleuten umstritten.

„Und im Fall des Schädels kam man zu keinen neuen Ergebnissen?“, fragte Briggs.

„Wahrscheinlich deshalb, weil der Schädel von einer ganz anderen Person stammt, auch wenn alle anderen Expertisen über Form, Stirnmuster und Augenhöhlen zu Mozart passten. Bei der kleinen zugewachsenen Schädelwunde an der Schläfe vermuteten die Rechercheure, dass sie von einem brieflich dokumentierten Kutschenunfall des jungen Komponisten in Italien kommen könne. Nur die Zahl der Zähne stimmte mit allen anderen Erkenntnissen leider auch nicht überein. Es waren elf statt sieben.“

Diese Tatsache veranlasste den langjährigen Leiter des Mozarteums zu der kaum widerlegbaren Bemerkung: „In unserem Tresor werden die Zähne ja nicht nachgewachsen sein.“

Blieb die Frage, wo der vermeintlich echte Schädel geblieben war, den der Anatom von dem Totengräber erhalten hatte – oder er war eben ein Betrüger gewesen.

Franz Kühler fuhr mit flottem Tempo auf der Uferstraße an der Donau entlang in Richtung Innenstadt. Vor einem der traditionsreichen Cafés in der Nähe des Busterminals zum Flughafen fand er sogar einen freien Parkplatz. Die beiden Männer betraten das Café Prückel und steuerten einen freien Tisch im hinteren Teil des nahezu voll besetzten Gastraums an.

„Passt es hier?“, fragte Kühler und hatte schon seine blaue Windjacke ausgezogen und an den Haken der nahen Garderobe gehängt. Daneben befand sich ein breites Sortiment von Zeitungen und Zeitschriften an hölzernen Klappstangen hängend, als seien noch keine anderen technischen Informationsmittel erfunden worden.

„Ein schönes Café“, sagte Briggs, als er sich setzte. Die beiden Männer bestellten sich jeweils einen Kaffee aus der reichhaltigen Karte.

„Kuchen dazu?“, fragte Briggs.

Sein Gast strich sich ohne Worte über seinen Bauch und machte mit der flachen Hand eine verneinende Bewegung. Briggs bestellte sich ein Stück Torte.

„Wieso interessiert Sie diese DNA-Geschichte so?“, führte Kühler die Unterhaltung fort.

„Ganz allgemein. Man fragt sich ja, ob es nicht einen Nachfolger mit der gleichen DNA geben könnte.“

Kühler rührte nachdenklich ein Stück Würfelzucker in seinen Kaffee. „Faszinierender Gedanke, aber das identische Erbgut ist für den Nachkommen noch keine Garantie für eine gleiche Begabung.“

„Aber die Wahrscheinlichkeit ist gegeben.“

„Das glaube ich nicht. Dann wäre ja der ältere überlebende Sohn von Mozart, Carl Thomas, geboren 1784, ebenfalls ein genialer Komponist geworden. Tatsächlich wurde er ein Staatsbeamter mit wenig musikalischem Talent, so weit es überliefert ist.“ Dagegen sprach der Lebensweg des anderen Sohnes, Franz Xaver, der als ebenfalls produktiver Komponist und Musiker in Lemberg wirkte, allerdings nicht in der gleichen Liga wie sein Vater. Auch die ältere Schwester Anna Maria war eine hochbegabte Cembalistin, die möglicherweise ihrem Bruder hätte folgen können. Doch Vater Mozart untersagte ihr im Alter von 18 Jahren, entsprechend den damaligen gesellschaftlichen Vorstellungen, ihre Karriere weiter zu verfolgen. Stattdessen sollte sie sich auf eine Heirat vorbereiten.

„Da fehlte vielleicht die Förderung, wie sie Amadeus von seinem Vater erfahren hat."

„Möglich, beides musste wohl zusammenkommen, die richtigen Gene und eine gute Schule. Aber wer weiß, was mit der modernen Medizin noch alles auf uns zukommt", sagte der Mozart-Experte.

„In den USA sind Gen-Forscher dabei", ergänzte Briggs, „die DNA des italienischen Kunstgenies Leonardo da Vinci aus Speichelresten auf Gemälden der Renaissance oder auf Dokumenten zu gewinnen. Ein Vergleich mit Proben der Mundschleimhaut lebender Nachkommen soll über ein Marker-Gen den Schöpfer der Mona Lisa identifizieren. Aus seiner Begräbnisstätte im Schloss Clos Lucé im Loiretal soll dazu ebenfalls Material gewonnen werden."

Briggs musste lächeln. Er wusste von Experimenten in chinesischen und koreanischen Labors, Menschen mit bestimmten Eigenschaften zu klonen. Sorgsam ausgesuchte Pflegeeltern könnten nach der Geburt durch eine Leihmutter den Genie-Genen den richtigen Anschub geben. Wenn die Kleinen dann der Schaukel auf dem Spielplatz entwachsen waren, konnte sich ein überdurchschnittliches oder solitäres Talent entfalten – so wie bei dem sechsjährigen Jungkomponisten Mozart.

Und Briggs wusste von den Forschungen in den Informatikschmieden der renommiertesten Hochschulen, eine programmierbare künstliche Intelligenz zu schaffen. Ein solcher menschlicher Roboter, der ständig mit den Werken des Köchelverzeichnisses gefüttert würde, könnte danach möglicherweise über selbstlernende Algorithmen unvollendete Werke perfekt zu Ende schreiben, oder Neues kreieren.

In Saudi-Arabien verliehen die autokratischen und modernisierungswilligen königlichen Herrscher bereits einem solchen weiblichen menschlichen Roboter namens Sophia die Staatsbürgerschaft, weltweit erstmalig. Das hatte prompt zu einer Diskussion geführt, ob hier auch das Verschleierungsgebot gelte oder die Auspeitschung als offizielle Strafe auch gegen böse Roboter anzuwenden sei. Diese künstliche Intelligenz-Diva hinter der täuschend echten beweglichen Maske der berühmten Schauspielerin Audrey Hepburn konnte mit den Augenlidern klimpern und den Mund zu einem Lächeln formen. Unter der durchsichtigen Schädeldecke des Hinterkopfs waren die elektronischen Bauteile und Drähte der Maschinenfrau zu erkennen, deren programmierte Dialoge selbst Talkshow-Master zum Verstummen brachten.

Die beiden Männer erörterten in dem gediegenen Wiener Café eine vielleicht nicht allzu ferne Zukunft, die ambitionierte und geniale Wissenschaftler eröffneten. Auch bei dem sonst nüchtern denkenden Mozart-Forscher Kühler setzte die Perspektive eines neuen „Wolferls" die Fantasie in Gang. Schließlich gab es von dem Komponisten genug selbst geschriebene Briefe, Haarlocken oder DNA-Anhaftungen an Klaviertasten und seinen so üppigen Originalkleidern.

Auf den Einladungsankündigungen des Wiener Musikvereins könnte dann ein Abend mit Musik von Mozart angekündigt werden, am Pianoforte: Wolfgang Amadè Mozart. Der Komponist wird selbst anwesend sein, hieße es dann im Programmheft zu einer selten gespielten Oper. Für Konzertveranstalter öffneten sich die Türen zu ganz neuen attraktiven Konzertangeboten mit den Komponisten-Klons, die weltweit ihre Fangemeinde anlockten. Beethoven, Brahms, Debussy, Mahler, aber auch Strawinsky oder Telemann und alle anderen hätten mit der Originalbesetzung der genialen Künstliche Intelligenz-Nachkommen ein volles Haus. In einem deutschen Künstliche Intelligenz-

Projekt wurde geplant, den legendären Gitarristen Jimi Hendrix von einem Schauspieler und einer Maschine mit einem virtuell eingefügten Kopf auftreten zu lassen. Im Bonner Fraunhofer Institut genoss gerade Johann Sebastian Bach große Wertschätzung, da er als der Mathematiker unter den ganz Großen gilt. Computerwissenschaftler in Paris hatten mit einem „Deep Learning“-Programm neue Original-Kantaten erzeugt. Die Hälfte der befragten Musikexperten bestätigten, dass es sich bei diesem „Deep Bach“ um originale Bachwerke handele. Auf einer Internetseite der US-amerikanischen Universität Colorado konnte man nachhören, wie die maschinengenerierten Werke von Bach klangen – noch ziemlich schrecklich.

„Sie kennen doch aus den Science-Fiction-Filmen die Darstellung von Körpern als Hologramme?“, fragte Briggs.

„Meinen Sie diese Lichtgebilde mit realistischer dreidimensionaler Anmutung?“

„Genau, es gibt sie ja inzwischen sogar in Museen. Stellen Sie sich vor, wie ein junger Ludwig van Beethoven sein Klavierkonzert B-Dur op 19 wie damals in Wien über 200 Jahre später als Hologramm mit wehender Haarmähne auf der abgedunkelten Bühne des Musikvereins zum Besten gibt.“

„Kann ich dafür eine Eintrittskarte vorbestellen?“, fragte Kühler trocken. „Das sind doch Fantastereien, und am Schluss spielen Mozart und Beethoven eine vierhändige Zugabe.“

„Denkbar“, sagte Briggs.

„Schmarrn, die beiden sind sich in Wien nie begegnet.“

Briggs nahm mit der Kuchengabel ein Stück Torte zu sich. „Das können wir dann nachholen“, sagte er. Trotz der Digitalisierung und aller virtuellen Welten war so ein perfektes Stück Kuchen durch nichts zu ersetzen. Da bedurfte es nur eines geschulten Konditors der Wiener Schule.

Franz Kühler drängte nun zum Aufbruch. Er zückte seinen ledernen Geldbeutel und winkte dem Ober, der sich durchaus desinteressiert dem Tisch näherte. „Der Herr will bezahlen“, näselte er.

„Nein, das übernehme ich, kommt gar nicht infrage“, sagte Briggs und hielt dem Ober blitzschnell einen 20 Euro-Schein entgegen. Der Ober suchte etwas umständlich in seinem breiten Portemonnaie nach den entsprechende Münzen für den Rückbetrag, als Briggs sagte: „Stimmt so.“

„Wünsche den Herren noch einen angenehmen Tag“, sagte der Ober schon freundlicher.

„Ja, dann bedanke ich mich für den Kaffee und das anregende Gespräch. Wann immer Sie etwas wissen möchten, kontaktieren Sie mich. Sie wissen, wo Sie mich finden“, sagte Kühler. „Ich muss mich beeilen, meine Frau wartet, sie kennen das ja vielleicht.“

„Nur zu gut“, sagte Briggs, „ich finde zu meinem Hotel und laufe gerne noch ein paar Schritte.“

Während des Laufens blickte er unruhig auf das Display seines Handys. Der Mozart-Punk vom Friedhof hatte sich noch nicht gemeldet.

27

Wie vereinbart wartete Maria am Hofeingang der Universität Mozarteum in Salzburg. Eigentlich hatte sie den Termin schon absagen wollen, doch seit der Rückkehr aus Kuba sah sie die dortigen Ereignisse in einem etwas milderen Licht. Natürlich konnte diese Jenny ihren Mann anrufen, eine dumme Ausrede gebrauchen und wieder auflegen. War ihr doch egal, oder vielleicht sogar ganz recht. Und gleichgültig war ihr letztendlich auch, mit welchen schmutzigen Geschäften er sein Geld verdiente. Jedenfalls hatte sie in dem Urlaub kräftig geholfen, es wieder auszugeben. Ganz klar war Maria nur, dass die Liebesbeziehung zu diesem Mann keine Perspektive hatte. Es war vorbei.

Genau das wollte sie ihm heute Abend bei dem Treffen in seinem Haus offen mitteilen. Sie hoffte, dass alles ohne größeres Geschrei und Diskussionen über die Bühne gehen würde. Sie erfuhr schon genug Stress, da ihr Agent in letzter Zeit einige Anfragen in den Sand gesetzt hatte und sie sich eine neue Agentur würde suchen müssen. Sie war eine gefragte Flötistin, keine Musikmanagerin.

Schon von weitem sah sie den dunklen Range Rover vor dem geschwungenen Eingang zum Mirabellengarten einen Parkplatz suchen. Natürlich vergebens. Maria lief ihm entgegen und versuchte, durch Winken seine Aufmerksamkeit zu erwecken.

Briggs hatte Maria in einer Entfernung von etwa 150 Metern am Ende der Parkbucht entdeckt. Er zögerte kurz. Eine Sekunde lang schoss es ihm durch den Kopf, kaltblütig den schweren Wagen zu beschleunigen und Maria zu überfahren. Sie würde noch an einen gewagten Scherz denken und auszuweichen versuchen, während die Motorhaube sie und den wertvollen Flötenkasten ungebremst erfassen, wegschleudern oder unter dem fast drei Tonnen schweren Fahrzeug begraben würde. Ein bedauerlicher Unfall. Es würde heißen, sie sei in den Wagen gelaufen.

Briggs trat sanft auf die Bremse und hielt direkt neben Maria. Sie öffnete die Tür und stieg ein.

„Klappt ja alles“, sagte sie freundlich. „Guten Abend erst mal.“ Einen Begrüßungskuss gab es nicht, während er das Auto bereits in Richtung Innenstadt einfädelte.

„Schön, dass du gekommen bist“, sagte Briggs. „Hunger?“

Essen war für Briggs wichtig, Essen war Kultur. Manchmal kochte er groß für seine Gäste. Jenny ließ ihn dann machen und konzentrierte sich auf die Tischdekoration. Heute wollte er eine seiner Mozart-Aspirantinnen bekochen, wobei er nicht wusste, wie der Abend enden würde. Am Ende ihrer Reise durch Kuba hatte sich Maria so verändert gezeigt. Ein Muster, das sich bei seinen Bekanntschaften wiederholte, wie er sich eingestand.

„Ich habe uns was Leckeres eingekauft“, sagte er und deutete mit dem Kinn auf die Rückbank, wo eine große Tüte eines Salzburger Spezialitätengeschäfts lag, aus der ein duftendes Baguette ragte.

„Bandnudeln mit Pesto?“, fragte Maria.

„Ja, vorweg, dann gibt es Zander auf herbstlicher Salatmischung mit gedünsteten Kenia-Bohnen und karamellisierten Erdäpfeln.“

„Du meinst Kartoffeln“, sagte Maria pampig.

„Zum Nachtisch kann ich dir eine selbst gemachte Mangocreme aus Panacotta in der Kokosnussschale bieten. Karibische Kokosnuss."

Maria bekam gleichzeitig Appetit und schlechte Laune. Eigentlich wollte sie mit ihm ein ernsthaftes Gespräch führen und kein Show-Kochen veranstalten. Hatten sie nicht vereinbart, es solle nur etwas Kleines geben? Sie fand es respektlos, wie er sich mit seinem Gute-Laune-Programm über ihren Wunsch hinwegsetzte.

„Mir genügt ein Brot, ich will ja vor allem mit dir reden", sagte sie.

Auf dem Weg bis zum Fuschlsee schwiegen sie sich an. Ein feiner Landregen ließ das Straßenpflaster unter den wenigen Straßenlaternen bis zu Briggs' Wohnstraße glänzen. Auf der gegenüberliegenden Seeseite funkelten nur wenige Lichter in der frühen Dunkelheit.

Als er die Fernbedienung für die Garage betätigte, sprang ein Licht über der Einfahrt an, das in dieser Umgebung besonders hell erschien. Das massive Eisentor schob sich langsam zur Seite, während sich Maria das Architektenhaus anschaute. Ob seine Nachbarn wohl wussten, mit welchem Geld der Luxus bezahlt wurde? Nachdem sie die geheizte Garage verlassen hatten, schnappte das Klapptor nahezu geräuschlos zu.

Briggs deaktivierte mit einer zweiten Fernbedienung die Alarmanlage. Über eine Tür aus massivem Holz mit Edelstahleinfassung gelangten sie in den Vorraum. Briggs sicherte die Eingangstür, indem er zweimal zuschloss. Er hievte die Einkaufstüte auf die Durchreiche, die den riesigen Wohnraum von einer schicken Küche trennte. Maria legte ihren Flötenkasten auf die Anrichte und schaute sich um.

Sie kam sich vor wie in einem postmodernen Mozart-Museum. An der Stirnwand seitlich der großen Fenster, die offenbar zum See hinaus gingen, hing Andy Warhols Serie des Mozartkopfs. Die sechs großformatigen Siebdrucke in verschiedenen Farben dominierten den Raum. Auf der anderen Seite hing das Porträt des jungen Perückenträgers, das Barbara Krafft 1819, fast drei Jahrzehnte nach Mozarts Tod, gemalt hatte. Das Gemälde, eines der berühmtesten Bildnisse des Künstlers, war in einem goldenen Holzrahmen eingefasst.

„Ist das das Original?“, fragte Maria überrascht, während sie sich die rissige Oberfläche des Ölgemäldes genauer anschaute. Briggs kam mit zwei Gläsern Champagner aus der Küche zurück.

Er schmunzelte. „Fast. Es ist eine als verschollen geltende erste Fassung des Originals.“

„Woher hast du das denn?“

Briggs schwieg. „Prost.“

Genießerisch trank er den Champagner. „Schau dich um, ich mache mir jetzt mal in der Küche zu schaffen. In 25 Minuten können wir essen.“

„Kann ich mich irgendwie nützlich machen?“

„Ja, du kannst Champagner trinken und die Musik starten. Da hinten“, sagte er.

Maria entdeckte einen aufgeklappten Rechner. In der Playlist suchte sie nach Miles Davis, der wenig später über eine Anlage mit verborgenen Lautsprechern den ganzen Raum erfüllte. Sie hatte jetzt keine Lust auf Klassik, und dieser Trompeter passte mit seinen Balladen und melancholischen Standards aus dem Album „Kind of Blue“ perfekt zu ihrer Stimmung bei diesem Abschiedsbesuch.

„Schöne Musik“, rief Briggs aus der Küche, in der schon ein großer Topf für die frischen Bandnudeln und ein kleinerer für die Kartoffeln mit sprudelnd kochendem Wasser auf dem Herd standen. Auf einem Blech warteten die leicht mit Mehl panierten Zanderfilets mit Haut auf den vorgewärmten Ofen. Briggs deckte ein und legte die Stoffservietten neben die Teller, die er zum Vorwärmen auf den Herd stellte. Es roch schon verführerisch nach klein geschnittenem Ingwer, Knoblauch, frisch gehäckselter Petersilie für die Erdäpfel und dem leicht erwärmten Pesto mit Balsamico und Pinienkernen. Briggs trank einen weiteren Schluck Champagner. „Du auch?", winkte er mit der Flasche, ohne sie zu heftig zu schütteln.

Maria verneinte. Neben der Musikanlage hatte sie in einem hüfthohen Bücherregal mehrere Familienbilder entdeckt. Eine gutaussehende Frau lachte an der Seite von Briggs in die Kamera, im Hintergrund war der Taj Mahal zu sehen. Ein anderes Schwarz-Weiß-Foto zeigte ihn offenbar mit seinen Eltern. Er war wirklich ein gut aussehender Mann, dachte Maria. Daneben ein Bild der vermutlichen Ehefrau auf einem Reitpferd sowie ein Gruppenbild offenbar von einer Familienfeier im Mirabellengarten. Briggs kam aus der Küche. „Meine Familie", sagte er. „Ich lebe aber allein hier, Jenny ist vorwiegend in unserem Haus in Berlin. Habe ich dir das nicht erzählt?"

„Nicht, dass ich wüsste. Du hast von einer Frau erzählt, die es früher in deinem Leben gab."

„Jetzt weißt du's. Ich muss mal schnell zu den Nudeln, setz' du dich doch bitte schon an den Tisch", sagte Briggs kurz angebunden. „Trinkst du Weißen?"

„Okay, ich komme", sagte Maria. Sie fühlte sich ausgenutzt. Aber sie wollte jetzt gute Miene zum bösen Spiel machen, wie sie es auf der Bühne gelernt hatte. Wenn bei einem Konzert etwas dissonant aus dem Takt zu drohen geriet, konnte nur selbstbewusstes Weiterspielen das Publikum täuschen. Nur keine Schwäche oder gar Unsicherheit zeigen.

Mit Schwung beförderte Briggs eine bereits entkorkte Flasche gekühlten Grauburgunder aus dem Kühlschrank. „Ach, der Parmesan." Während die Bandnudeln mit dem

Pesto auf den Tellern dampften, rieb er mit einer Handreibe den Käse über die Pasta.

„Voilà." Mit einer eleganten Bewegung servierte er seinem Gast die Vorspeise. Maria legte sich die Stoffserviette über die Knie. „Sieht ja verlockend aus, was du da gezaubert hast."

„Jetzt iss, wäre schade, wenn es kalt würde."

Maria drehte sich eine Portion Nudeln auf ihre Gabel. Sie überlegte, ob sie über das negative Ergebnis ihres Schwangerschaftstests berichten sollte. Aber warum eigentlich? Das war etwas so Intimes, und der Mann ihr gegenüber war ihr schon so fremd geworden, da passte es überhaupt nicht mehr.

„Wie geht's an der Hochschule?", fragte Briggs glücklicherweise in die Stille hinein. „Hast du wieder ein Konzert?"

Maria erzählte von den Schwierigkeiten mit ihrem Agenten. Briggs hatte ihn ja damals im Bistro flüchtig kennengelernt. „Dann schmeiß ihn doch raus", sagte er ungerührt, bevor er sich in die Küche begab, um den Zander auf dem Ofenblech zu kontrollieren. Das Fleisch des Edelfischs durfte nicht zu viel Hitze bekommen, um nicht zu trocken, aber gar gebraten auf dem Teller zu landen. Die von den Schuppen befreite Haut hatte jedenfalls schon eine hellbraune Färbung angenommen. Gleich könnte er serviert werden.

„Schenkst du bitte mal Wein nach?", rief er in Marias Richtung, während er den Hauptgang samt der vorbereiteten Beilagen auf die Teller verteilte. Über das Ganze streute er etwas fein gehäckselten Koriander, den er liebte.

„Hast du denn eine Alternative zu dem Agenten?", fragte Briggs und schob die erste Gabel mit einem Stück Zander in seinen Mund. „Nicht ganz schlecht", lobte er sich selbst.

„Lecker, dein Essen", bestätigte Maria höflich. „Eine Freundin von mir hat schon mal einiges für mich geschäftlich organisiert. Hat ganz gut geklappt."

„Wenn du meine Meinung wissen willst, dann nimm einen Profi. Beim Geld hört die Freundschaft ziemlich schnell auf."

„Darin scheinst du ja Erfahrung zu haben durch deine Geschäfte."

„Ich weiß nicht, wovon du sprichst. Ich habe Geschäftsfreunde, aber das hat mit Freundschaft nichts zu tun, sondern mit Business."

„Und dafür würdest du auch über Leichen gehen?"

„Was redest du denn da? Ja, ich vermittle Sicherheitstechnik und technologisches Know-how dazu, das hilft, diese Welt etwas sicherer zu machen."

Maria wischte sich den Mund mit der Serviette ab. „Vor allem in Nordkorea."

Briggs schaute sie erstaunt an und legte Messer und Gabel auf den Teller. „Hast du in meinen Sachen herumgeschnüffelt, oder wie kommst du auf Nordkorea?"

„Das hast du mir doch in Kuba selbst erzählt, als du von deinen Reisen nach Fernost berichtet hast. Du bist ja bestimmt nicht in dieses Land gefahren, um Tempel anzuschauen."

Briggs forschte fieberhaft in seinem Gedächtnis nach, ob er das Land tatsächlich gegenüber Maria erwähnt hatte. Vielleicht hatte er seine Vorsicht nach dem dritten Mojito vergessen.

„Lassen wir das", sagte Briggs und aß weiter. „Kein schönes Thema für ein Candle-Light-Dinner."

„Da hast du recht, aber ich sehe auch gar keine Kerzen", bemerkte Maria trocken. Sie holte tief Luft. Sie wollte zu ihrem eigentlichen Thema kommen.

„Ich habe dir ja gesagt, dass wir etwas zu besprechen haben heute Abend."

Briggs schwieg und schob den geleerten Teller ein Stück von sich.

„Etwas Ernstes?"

„Schau, wir hatten wunderbare Zeiten ...", begann sie. Briggs wusste sofort, dass es aus war.

„... und du bist ein wirklich faszinierender und sehr großzügiger Mann. Aber es passt einfach nicht mit uns."

Briggs schwieg. Eine tiefe Traurigkeit erfasste ihn. Mit Maria hätte er sich ein gemeinsames Leben für die Musik vorstellen können. „Schade, ich hatte ein anderes Gefühl mit uns."

„Ich weiß gar nicht, ob du zu echten Gefühlen fähig bist. Ich werde einfach nicht schlau aus dir. Immer, wenn es verbindlicher zwischen uns wurde, hast du dich in deine Welt zurückgezogen. In deine Mozart-Welt. Ich glaube, du lebst im falschen Jahrhundert, und niemand kann dich davon befreien."

Briggs musste über das, was Maria sagte, nachdenken. Vielleicht war er wirklich der Gefangene einer fixen Idee?

Die gedämpfte Trompete von Miles Davis mit seinen langgezogenen Improvisationslinien begleitete seine Gedanken. Dann meldete sich wieder der zielstrebige Unternehmer in ihm zurück, der eine klare Aufgabe vor sich sah. Wenn Maria ihm auf diesem Weg nicht folgen wollte, müsste er sich eben eine andere Frau suchen. Maria war für ihn in diesem Moment gestorben.

Er stand auf und räumte demonstrativ gelassen das Geschirr ab. Aus dem Kühlschrank holte er das vorbereitete Dessert, das er zum Tisch trug.

Maria spürte seine plötzliche Verwandlung. Es war wie ein eisiger Vorhang, der sich zwischen die beiden schob.

„Ich gehe dann lieber", sagte sie, als Briggs die Kokosschale mit der Pannacotta-Mango-Köstlichkeit vor sie auf den Tisch stellte.

„Jetzt? Den Nachtisch würde ich mir nicht entgehen lassen." Briggs bemühte sich um Sachlichkeit und wendete sich den Weinflaschen auf der Arbeitsplatte der Küche zu.

Obwohl Maria nicht zu spontanen Temperamentsausbrüchen neigte, hätte sie ihrem ehemaligen Geliebten am liebsten den Nachtisch in den Rücken geworfen.

„Rufst du mir ein Taxi?“, bat Maria.

„Nein“, sagte der Hausherr. Stattdessen kam er mit einem stählernen Küchenmesser in der Hand auf sie zu.

Maria schrie auf. „Nein, nicht!“

Die traurige Trompete ging in den rasanten Lauf eines Bepop-Stückes über. Briggs wählte eine andere Musik und stellte sie lauter. Klirrend fiel das Messer auf den Boden.

28

„Pit, gerade habe ich an dich gedacht“, sagte sie am Telefon. „Wie geht es dir, du Scheusal?“

„Ich denke die ganze Zeit an dich, das tut mir gar nicht gut.“

„Genau, du solltest lieber an deinem Fall arbeiten“, sagte die Wiener Kommissarin mit gespielter Strenge. „Bleiben wir eigentlich beim Du?“

„Du weißt, ich bin ein verheirateter Mann, da läuft sowieso nichts.“

„Das erinnere ich aber anders“, sagte Larissa, „aber auf die Aussagen von Zeugen ist eben, wie immer, kein Verlass.“

„Auf meine Zeugin im Fall des verrückten Mozart-Freundes aber schon.“

„Erzähl!“

Sachlich berichtete der Detektiv von der Begegnung mit Nina in Hamburg. Insbesondere die Details über Briggs’ Motivation, sich der Musikerin zu nähern, führte am anderen Ende der Leitung zu einem erstaunten Ausruf: „Okay, ich fange an zu verstehen. Ein krankes Hirn, offenbar.“

„Wusste deine Nina von der doppelten Identität ihres Schülers?“

„Nein, sie hatte keinen blassen Schimmer. Das hat sie erst durch uns erfahren.“

Larissa musste wegen des „uns“ lächeln. Ja, es war zu einer österreichisch-deutschen Zusammenarbeit gekommen.

„Hat sie möglicherweise etwas von Briggs an sich genommen, verpacktes Geschenk, Handschuhe, Zahnbürste?“

„Du meinst wegen einer DNA-Bestimmung?“

„Oh, du bist so smart.“

„Ja, ich habe sie danach gefragt.“ Der Detektiv hatte Nina erst erläutern müssen, dass schon kleine Dinge wie ein Gegenstand oder ein Flugticket, das die Person angefasst hatte, für eine DNA-Bestimmung über anhaftende Hautpartikel ausreichten. Daraufhin hatte sie aus ihrem noch nicht ausgepackten Rollkoffer das Hochglanzprogramm der Orchestra Hall in Chicago hervorgezogen, das Briggs gekauft und vor dem Konzert ausgiebig durchgeblättert hatte.

„Das könnte uns weiterhelfen. Kannst du das als eilige Wertsache auf den Weg bringen?“

„Mach ich.“ Noch lieber wäre Pit Koch selbst nach Wien gefahren. „Soll ich es nicht am besten als persönlicher Kurier vorbeibringen?“, fragte er Larissa.

„Herr Detektiv, lassen Sie die Finger von österreichischen Staatsbeamtinnen, das bringt nur Kummer.“

„Stimmt, aber schönen Kummer.“

Die Kommissarin berichtete noch, dass einer ihrer Ermittler im Wiener Mozarthaus und am Salzburger Mozarteum herumgefragt hatte, ob Briggs/Sand dort vielleicht bekannt war. Der Barkeeper im Bistro der Salzburger Hochschule meinte, sich aufgrund der Fotos an den Mann zu erinnern und daran, wie interessiert er sich an der Begegnung mit einer Musikerin nach einem Konzert gezeigt hatte.

„Wie heißt die Musikerin?“, fragte Pit Koch.

„Moment. Hier steht es, Maria Sanders aus Berlin. Studiert in Salzburg in einer Meisterklasse Flöte.“

„Konzerte?“

„Schwerpunkt Mozart.“

„Wer hätte das gedacht. Habt ihr sie schon befragt?"

„Sie war noch nicht erreichbar, aber wir bleiben dran."

„Jetzt solltest du mal an deinem Fall arbeiten", sagte der Detektiv zum Abschluss des Gesprächs."

„Danke für den kollegialen Tipp", sagte die Kommissarin. „Servus, baba."

Pit Koch hielt den Hörer noch einen Moment in der Hand. Bei dieser weichen Verabschiedung war es ihm ganz warm geworden. Er musste Larissa bald wiedersehen.

29

Wenige Tage später lag das Ergebnis der DNA-Probe vor. Negativ. Der Hautrest unter dem Fingernagel der erdrosselten Sängerin aus den Donauauen war nicht identisch mit der von dem Chicagoer Programmheft isolierten männlichen DNA. Vorsichtshalber hatte der Hamburger Detektiv zum Vergleich auch ein Taschentuch von Nina mit auf den Weg an das Landeskriminalamt in Wien gebracht. Nina hatte dem zugestimmt. Doch von wem stammte dann das gefundene Hautstück? Ein umfangreicher Datenabgleich europäischer DNA-Banken bei Interpol verlief ebenfalls ohne Ergebnis.

Larissa äußerte schließlich im Kreis ihrer Ermittlergruppe die Vermutung, dass die DNA doch von dem Opfer selbst stammen könnte. Eine erneute Beauftragung der Gerichtsmedizin bestätigte ihre Vermutung. Kleinlaut musste der Gerichtsmediziner zugeben, bei Übergabe des Sektionsberichts nicht gleich diesen naheliegenden Abgleich vorgenommen zu haben. In ihrem Todeskampf hatte sich die Sängerin offenbar die eigene Haut aufgekratzt. Die Abschürfung an der rechten Schulter war im Obduktionsbericht zwar erwähnt, aber nicht konsequent verfolgt worden.

Dafür hatten die Wiener Ermittler über das Studentensekretariat die aktuelle Wohnadresse von Maria Sanders ermitteln können. Sie war in den letzten zwei Jahren mehrmals in Salzburg umgezogen, zuletzt in ein Appartement in der Nähe des Mozarteums.

Erfolglos blieben hingegen die Versuche der Ermittler, die junge Frau über eine ebenfalls im Hochschulbüro hinterlegte Mobilnummer zu erreichen. Auch eine an sie versandte E-Mail blieb unbeantwortet. Keiner der Mitstudenten wusste etwas über ihren Verbleib. Schließlich erinnerte sich ein Mitglied ihres Bläserensembles, dass Maria offenbar von einem Unbekannten abends abgeholt worden sei. Die Kommilitonin erinnerte sich auch deshalb an die Szene, da der Wagen mit ungewöhnlich hoher Geschwindigkeit auf Maria zugerast sei, bevor er abrupt anhielt. Den „kastenförmigen" Wagen konnte die Studentin nicht genauer benennen. Nachdem ein Ermittler der Studentin auf seinem Smartphone die Abbildungen unterschiedlicher Modelle gezeigt hatte, meinte sie, die neuste Version eines Range Rovers zu erkennen.

„Range Rover", las Larissa in dem Bericht auf ihrem Schreibtisch, „ach du Scheiße."

Sofort rief sie die Ermittlerrunde zu einer Sondersitzung zusammen, nachdem sie vergebens versucht hatte, den Leiter der Sonderkommision zu erreichen. Der nahm wiedermal an einem Termin bei der Spitze des Amtes teil. Mit den Kollegen, von denen einige ihre halb gefüllten Kaffeetassen mitgebracht hatten, erörterte sie das weitere Vorgehen. Es musste schnell etwas geschehen. Nach allen bisherigen Erkenntnissen hatte der mutmaßliche Mörder möglicherweise bereits sein nächstes Opfer im Visier. Ein Ermittler wollte sofort einen Durchsuchungsbeschluss für das Wohnhaus in Fuschl am See erwirken.

Larissa überlegte. Damit nahmen sich die Ermittler aber auch der Möglichkeit, Briggs mit eindeutigen Beweisen zu überführen. Insbesondere nach der Panne mit dem DNA-Abgleich hatten sie bisher nur schwache Indizien dafür gesammelt, dass dieser Mann tatsächlich ein dreifacher Mörder war. Vor Gericht und bei der Staatsanwaltschaft kam es auf harte Beweise an, und die waren erst noch zu erbringen. Briggs sollte sich lieber in Sicherheit wiegen, bis er einen entscheidenden Fehler machen würde, so das Kalkül.

„Aber wir können doch nicht eine weitere Tote riskieren", wandte ein junger Beamter ein.

„Stimmt, deshalb packen Sie Ihre Sachen und fahren morgen früh mit den Kollegen aus Salzburg zu einer verdeckten Observierung nach Fuschl am See."

„Dann mal viel Spaß", bemerkte ein anderer Ermittler. „Wenn in Fuschl am See auch nur ein Fremder über die Straße geht, gibt's Alarm. Das Dorf hat tausend Augen."

„Ihr seid doch Profis. Ich brauch' eine Einschätzung bis morgen früh, dann entscheiden wir weiter", sagte Larissa abschließend. „Danke fürs Kommen, nehmt eure Kaffeetassen bitte mit." Damit entschwand sie in ihr Büro.

Sie wollte Pit in Hamburg bitten, sich bereitzuhalten, falls es neue Erkenntnisse gab. Vielleicht war auch eine Anfrage bei Marias Eltern hilfreich, um den Verbleib der jungen Frau aufzuklären. Dazu könnte sie über die offiziellen Wege gehen und ihre deutschen Kripo-Kollegen um Amtshilfe bitten. Doch Larissa erhoffte sich eine schnellere Abklärung, wenn sich Pit außerhalb des Dienstwegs darum kümmerte. Sie war sich sicher, dass er ihr diesen Gefallen tun würde – späteres Schnitzel nicht ausgeschlossen.

Die Wiener Ermittler näherten sich in einem zivilen Fahrzeug der Villa. Es war früher Vormittag, obwohl sie bereits um 4.30 Uhr gestartet waren. Nach mehreren Staus war in Salzburg der örtliche Kripokollege am vereinbarten Treffpunkt hinzugestiegen.

In der stillen Straße war es unmöglich, nicht aufzufallen. Allerdings schienen auch die wenigen Nachbarhäuser verwaist zu sein, jedenfalls rührte sich nichts, und auf der Straße standen keine Fahrzeuge. Einzig vor dem nahgelegenen Hotel fuhr das Lieferauto eines Wäschedienstes vor.

Briggs' Garage war mit einem massiven Rolltor verschlossen. Fachkundig hatte einer der Ermittler bereits die Kameras und Sensoren der Alarmanlage gesichtet und mit einer Kopfbewegung seine beiden Kollegen darauf aufmerksam gemacht. Die drei Männer fuhren zu dem Hotel und parkten den Wagen auf dem Gästeparkplatz. Dann gingen sie zu Fuß auf der Uferpromenade zurück zu Briggs' Anwesen. Möglicherweise konnten sie von der Seeseite aus mehr erkennen. Auch hier war das große Grundstück mit einem hohen Zaun umgeben. Ein seitlicher Trampelpfad, der offenbar von den Ortskundigen als Abkürzung zum See genutzt wurde, führte dicht an der von Hecken abgeschirmten Terrasse der Villa vorbei. Eine kleinere Pforte im Zaun ermöglichte einen Zugang zu dem Grundstück. Mit einem professionellen Werkzeug und wenigen Handgriffen hatte einer der Ermittler schnell das einfache Schloss geöffnet. Für Tausende von Euro werden elektronisch aufgerüstete Sicherungsanlagen montiert, aber an einer kleinen Tür wird gespart, dachte sich der Ermittler.

Sofort drangen zwei Polizisten auf das Grundstück vor, während ein Kollege sie draußen absicherte. Die Terrasse wurde nicht durch eine Kamera überwacht, wie die beiden feststellten. Kurz darauf nahmen sie sehr laute Musik wahr, die durch die Dreifachverglasung der geschlossenen großen Schiebetüren drang. Die Ermittler näherten sich vorsichtig von der Seite, da sie mit der Anwesenheit des Bewohners rechnen mussten, auch wenn keinerlei Bewegung oder Licht in den Wohnräumen auszumachen war. An der Stirnwand hingen die großformatigen Mozart-Siebdrucke. Überall standen und lagen benutztes Geschirr, Weinflaschen und ein bauchiges, gläsernes Flacon mit einer braunen Restflüssigkeit sowie Töpfe und Arbeitsutensilien herum, als sei gerade ein Essen beendet worden. Eine Stoffserviette lag auf dem Boden, eine zweite hing über der Lehne eines modernen Stuhls.

Die Ermittler erstarrten. Auf dem breiten Sofa unter den Mozart-Porträts lag der reglose Körper eines Mannes unter einer grauen Decke, neben ihm auf dem Boden ein großes Edelstahlmesser. Es war kein Blut zu sehen. Was wurde hier gespielt? Noch während einer der Ermittler Fotos schoss, bewegte sich der Mann und richtete sich mühsam wie aus einem Rausch auf. Er glich dem Mann auf den Fotos, die die Ermittler in ihrer Akte aufbewahrten.

Als sich der Erwachende dem Licht zuwendete, bedeckte er gequält seine verquollenen Augen mit der Hand. Die beiden Späher hatten gerade noch die Möglichkeit, sich eng an die Hauswand zu pressen und in dem toten Sichtwinkel vorsichtig das Grundstück zu verlassen. Sie schlossen die Gartentür. Offenbar war die Sicherungsanlage gar nicht aktiviert, da der Besitzer des Hauses zugegen war. Über den kleinen Pfad kehrten sie zur Straße zurück und steuerten das Hotel an. Einer der Ermittler überprüfte mit einem Griff an der Außenseite der Jacke, ob sein Smartphone auch nicht bei dem plötzlichen Abgang im Garten aus der Tasche gerutscht war. Beruhigt erfühlte er das rechteckige Gehäuse, in dem die neuen Fotos auf eine Auswertung warteten.

30

Der Anruf des Detektivs erfolgte unmittelbar, nachdem seine Wiener Kollegin ihn gebeten hatte, bei Marias Eltern in Berlin Erkundigungen einzuziehen.

„Sanders“, meldete sich eine weiche männliche Stimme.

„Spreche ich mit dem Vater von Maria Sanders, der Flötistin am Mozarteum in Salzburg?“, fragte der Detektiv.

„Genau, warum wollen Sie das wissen?“

Pit Koch erklärte, dass er für eine andere Musikerin in Hamburg tätig war, die möglicherweise von einem ihrer Schüler in eine dubiose Sache hineingezogen worden sei. Dieser Mann sei auch am Mozarteum gesichtet worden, wo er offenbar auch die Flötistin Maria getroffen habe.

„Und was wollen Sie jetzt von mir?“, fragte der Vater, der als Bassist arbeitete. „Ich kenne Sie nicht, und unsere Tochter ist schließlich volljährig.“

„Natürlich, ich wäre auch gern persönlich zu Ihnen gekommen, aber Ihre Tochter ist in Salzburg nicht zu erreichen.“

„Das kann gut sein. Sie ist wohl noch auf ihrer Kuba-Reise.“

„Kuba?“

„Da ist sie mit dem Mozarteum unterwegs, wie sie uns sagte.“

„Wann wollte sie denn zurückkommen?“

„In dieser Woche. Haben Sie es über ihre Mobilnummer probiert, darüber ist sie doch meistens gut zu erreichen?"

„Das haben wir, leider ohne Erfolg", sagte der Detektiv. „Aber können wir die Nummern vielleicht abgleichen?"

„Welche haben Sie denn", fragte der Vater etwas misstrauisch. Pit Koch nannte die Nummer.

„Die ist veraltet. Die hatte sie früher."

„Wir haben sie offiziell von der Verwaltung des Mozarteums erhalten. Könnten Sie mir bitte die derzeit gültige Nummer geben?"

Maria Sanders' Vater überlegte. „Ungern, aber ich kann meine Tochter informieren, dass sie mit Ihnen Kontakt aufnehmen soll. So herum ist es mir lieber. Ihre Mobilnummer?"

Pit Koch diktierte sie ihm. „Wäre das heute Abend noch möglich? Es ist wirklich dringend."

„In Kuba ist es jetzt erst Mittag, vielleicht klappt es ja."

Der Detektiv bedankte sich für die Mühe und versprach dem Vater, ihn auf dem Laufenden zu halten. „Eine letzte Frage noch: Sagt Ihnen der Name Sand etwas?"

„Nein, keine Ahnung. Sie meldet sich." Er legte auf.

Der Vater von Maria verschickte sofort eine Mitteilung an seine Tochter. „Schnecki", das war ihr Kosename der Familie, „meldest du dich bitte mal? Bist du zurück aus Kuba? Ein Detektiv aus Hamburg möchte dich sprechen, es scheint wichtig zu sein. Hier seine Nummer."

Die Nachricht erreichte Maria, als sie bei ihrer besten Freundin in Salzburg am Küchentisch saß.

„Wart mal, da kommt eine seltsame Nachricht von meinem Vater. Ich soll einen Detektiv in Hamburg anrufen."

„Das hat bestimmt etwas mit deinem Besuch in Fuschl am See bei dem Verrückten zu tun", sagte die Freundin.

„Wie kommst du da drauf?"

„Deine Kuba-Affäre, dieser komische Mann, der ist doch ein gefährlicher, gewalttätiger Bursche, der noch dazu kriminelle Geschäfte abwickelt. Kein Wunder, dass eine Detektei hinter ihm her ist."

Maria wollte widersprechen. Aber nach dem gestrigen Abend und dem Vorfall mit dem Küchenmesser musste sie zugeben, dass ihre Freundin wohl recht hatte. Als Stefan Sand mit dem Stahlmesser auf sie zu gekommen war, war sie zu Tode erschrocken und hatte geschrien. Natürlich hätte sie in der Villa niemand gehört. Er hatte die Hand mit dem Messer gehoben und wollte schon zu einem tödlichen Stich ausholen, um dann das Messer fallen zu lassen.

„Keine Angst", hatte er zu seiner ängstlich zurückweichenden ehemaligen Geliebten gesagt. „Entschuldige. Ich bestelle dir jetzt ein Taxi, und du denkst nochmals über alles nach."

Ohne Umarmung oder Abschiedskuss hatte Maria die Villa fluchtartig verlassen. Draußen war es ungemütlich gewesen. Ein Landregen hatte eingesetzt. Aber das war egal. Sie war unendlich erleichtert gewesen, mit diesem Mann nicht mehr in einem gemeinsamen Raum zu sein.

Noch während der Taxifahrt hatte sie sich mit ihrer Freundin für den nächsten Abend verabredet.

Briggs war nach Marias eiligem Verschwinden in die Küche gegangen. Er hatte die Flasche mit einem sehr alten Rum aus einem der Küchenschränke geholt, sich ein halbes Glas von der Rarität eingegossen und einen großen Schluck genommen. Es würde nicht der letzte an dem Abend bleiben. Er hatte die Musik gewechselt und die Lautstärke so hoch gedreht, dass man selbst vor der Haustür das Werk hatte erkennen können.

Es war die Bläserserenade Nr. 10 in B-Dur, KV 361, die „Grand Partita", eines der Lieblingsstücke von Maria, auch wenn es gar nicht für Flöte gesetzt war. Antonio Salieri, Mozarts komponierender Kollege und Konkurrent, hatte diese Serenade als erstes Stück von Mozart gehört, so wird es zumindest in dem Film „Amadeus“ dargestellt. Möglicherweise war die raffinierte Komposition auch ein Hochzeitsgeschenk für Constanze gewesen – und später für die gesamte Musikwelt.

Über das Adagio dieses Meisterwerks, in dem eine Oboe und Klarinette sich in der Melodieführung abwechseln, soll der kritische Zeitgenosse Salieri, der damals einen missglückten Suizid hinter sich hatte, gesagt haben: „Die Partitur sah nach nichts aus. Der Anfang so simpel. Fast lächerlich. Nur ein Pulsieren, Fagotte, Bassetthörner – wie eine rostige Quetschkommode. Doch plötzlich, hoch darüber, eine einsame Oboe, ein einzelner Ton, unerschütterlich über allem, bis eine Klarinette ihn aufnimmt, in einer Phrase von solch himmlischer Süße! Das war keine Komposition eines Zirkusaffen! So eine Musik hatte ich noch nie vernommen. Voll tiefster Sehnsucht; einer so unstillbaren Sehnsucht, dass ich erbebte und es mir schien, als hörte ich die Stimme Gottes.“

Nach einer unruhigen Nacht mit wirren Träumen von einer bedrohlichen Verfolgungsjagd mit einem immer schneller fahrenden schwarzen Wagen und einem Hotelzimmer in Kuba, in dem sie zu ersticken drohte, war Maria gegen vier Uhr schweißgebadet aufgewacht.

Sie hatte gemeint, an ihrer Wohnungstür ein Kratzen zu hören, als würde eine Katze versuchen, sich Zutritt zu verschaffen. Den Atem anhaltend, hatte sie gehört, wie jemand an dem Schloss zu ihrer Wohnung herumfummelte. Und wenn Stefan sie tatsächlich verfolgte? Durch die offene Schlafzimmertür hatte sie in den engen Flur gelauscht. Tatsächlich versuchte jemand, mit einem Schlüssel ihre Wohnungstür zu öffnen. Immer wieder war das metallische Klicken und dann ein Rütteln am Türknauf zu hören gewesen. Fieberhaft hatte Maria ihr Mobiltelefon gesucht, das noch in der Tasche ihrer Jacke stecken musste. Da war es nicht. Tatsächlich hatte sie es nach ihrer Rückkehr an ein Ladekabel im Wohnraum angeschlossen. Dazu hatte sie an der Wohnungstür vorbeigehen müssen.

In diesem Moment hatte sie draußen eine männliche Stimme gehört: „Hey, Alter, du wohnst doch im vierten Stock. Das ist doch erst der dritte." Offenbar hatte sich ein alkoholisierter Mitbewohner des Hauses mit seinem Besucher im Stockwerk geirrt. Maria hatte noch ein leises „Psst" vernommen. Dann waren die beiden Kumpels schwankend und kichernd abgezogen. Maria hatte den Sicherheitsbügel vor die Tür gelegt, was sie sonst nie tat, sich in das warme Bett zurückgelegt und versucht, nicht an Stefan Sand zu denken.

Noch aus der Wohnung ihrer Freundin rief sie den Detektiv in Hamburg an.

„Hier Maria Sanders aus Salzburg."

„Gott sei Dank", sagte der Detektiv erleichtert. Pit Koch zeigte sonst nicht viel von seinen Gefühlen, aber in diesem Moment konnte er nicht anders. „Ich bin froh, dass Sie anrufen." Maria lebte.

„Wo sind Sie?", fragte der Detektiv.

„In Salzburg. Mein Vater hat mir eine Mitteilung geschickt, ich solle Sie dringend anrufen. Worum geht es denn?"

Der Detektiv kam gleich zum Kern der Angelegenheit. „Kennen Sie einen Stefan Sand?"

„Ich habe mir gleich gedacht, dass es darum geht. Ja, ich kenne ihn, aber das ist Vergangenheit."

„Sie könnten uns trotzdem sehr helfen. Meine Kollegin aus Wien würde Sie gern treffen. Sie ist Kommissarin bei der Sonderkommission."

„Wegen was wird denn ermittelt?“

„Mord, dreifacher Mord.“

Maria zuckte zusammen. Ihr Stefan? Er mochte zweifelhafte Geschäfte betreiben, aber Mord? Maria erklärte sich bereit, die Kommissarin zu treffen, sie würde dazu sogar nach Wien kommen. Das passte in ihre Pläne, da sie sich sowieso mit einem Musikagenten treffen wollte.

„Gut, ich werde die Kommissarin entsprechend informieren. Sie heißt übrigens Larissa Bost. Ich unterstütze sie in dieser Angelegenheit. Wann könnten Sie nach Wien fahren?“

„Morgen“, sagte Maria kurz entschlossen, „morgen ist probenfrei.“

„Das Zugticket wird Ihnen natürlich erstattet“, sagte Pit Koch noch. „Übrigens, waren Sie alleine in Kuba?“

Maria war überrascht. Dieser Detektiv war ja gut informiert. „Nein, warum?“

„Stefan Sand war dabei?“, fragte Pit Koch.

„Woher wissen Sie das?“

„Das war nur eine Vermutung, aber Sie sind nicht die einzige Musikerin, mit der er durch die Welt fährt.“

Dieses Schwein, dachte Maria. Erst diese Jenny und jetzt sogar noch andere. „Mit uns ist es vorbei “, sagte sie.

„Wir sind nicht sicher, ob es vorbei ist. Wissen Sie denn auch, wie Briggs, ich meine Sand, sein Geld macht?“

„Ja“, sagte Maria einsilbig.

„Gut. Bitte erzählen Sie alles der Kommissarin. Und sollten Sie Fotos oder Mitteilungen von Ihrem Reisebegleiter haben, das wäre alles interessant.“

„Auch ein Original eines Vertrags über elektronische Bauteile für Nordkorea?“

Pit Koch verschlug es die Sprache. „Das wäre alles von großem Interesse“, versuchte er, sachlich zu bleiben.

Maria ärgerte sich, damals nicht den gesamten Vertrag mit ihrem Handy abgelichtet zu haben. Das Blatt mit den

Unterschriften der Vertragspartner hatte sie jedoch gut zwischen ihren Noten verwahrt. Es steckte ausgerechnet in einem Band von Antonín Dvořáks 9. Symphonie „Aus der Neuen Welt“, die nach einem dreijährigen USA-Aufenthalt des Komponisten entstanden war. Die Symphonie mit dem berühmten Thema im 2. Satz. Auch Maria hatte sich am Anfang der Beziehung mit dem kosmopolitischen Unternehmer gefühlt, als würde sie eine neue Welt betreten. Dieser Illusion hatte sich längst in Staub aufgelöst.

„Ich werde Ihrer Kollegin berichten. Bitte schicken Sie mir zu Sicherheit noch eine E-Mail mit der Adresse in Wien und einer Telefonnummer.“

„Das werde ich tun“, antwortete der Detektiv. „Und wenn Sie mal in Hamburg ein Konzert geben, lassen Sie es mich wissen.“

Maria lachte. „Dazu brauche ich erst mal einen ordentlichen Agenten, aber vielleicht werde ich in Wien fündig.“

Pit Koch verabschiedete sich. Er spürte, dass Maria eine Menge zur Aufklärung des Falles beitragen konnte. Es war gut, dass Larissa mit ihr sprechen würde. Von Frau zu Frau sozusagen.

31

Die Ermittler in Fuschl am See hatten ihre Fotoausbeute der seltsamen Szenerie im Haus von Briggs bereits nach Wien gesandt. Wenig später traf eine E-Mail der Kommissarin ein, dass sie die Objektüberwachung einstellen sollten, stattdessen werde man die Maßnahme „Bewegungs-Überwachung" einleiten. Larissa fürchtete, dass sich Briggs bei dem kleinsten Verdacht, ins Visier der Polizei geraten zu sein, endgültig absetzen würde. Gleichzeitig hoffte sie, dass sich ihre Leute Zugang zu dem Range Rover verschaffen konnten, um eine Wanze zu platzieren.

Zwar hätte die Kommissarin auch die Möglichkeit gehabt, über den Hersteller des Automobils eine Auslesung der Bordelektronik zu bekommen. Das Bewegungsprofil des Range Rovers hätte ebenfalls Aufklärung geben können, welche Orte sein Fahrer möglicherweise in den Donauauen, an der tschechischen Grenze oder an der polnischen Küste angesteuert hatte. Aber die gute alte Überwachungstechnik aus der Schlapphutwelt der Spione schien ihr in diesem Fall die sicherste Lösung zu sein. Allerdings stand der Wagen in der Garage des Hauses. Was tun?

Die Ermittler überlegten, wie sie Briggs aus dem Haus locken konnten. „Ruf ihn an und behaupte, Mozart säße hier im Frühstücksraum und warte auf ihn."

„Nicht witzig", sagte einer der drei Männer. Ihnen fiel nichts Erfolgversprechendes ein.

„Okay, dann eben Methode ‚Schmiere'." Sie würden sich auf die Lauer legen müssen, um abzuwarten, bis Briggs das Haus verließ und fortfuhr. Keine ganz leichte Aufgabe, da die Seewinklstraße zwei Ausfahrten auf die Zubringer-Chaussee besaß. Mit Glück fuhr er nur bis zum nächsten Supermarkt, auf dessen Parkplatz sie unauffällig den elektronischen Peilsender in der Größe einer Streichholzschachtel unter der Karosserie anbringen konnten. Wenn sie Pech hatten, fuhr er bis zur nächsten Autobahnraststätte oder stellte den Wagen gar beim Flugplatz Salzburg oder München ab und der ganze Aufwand war für die Katz. „Also trinken wir noch was", sagte der Kollege aus Salzburg, „der muss jetzt sowieso erst mal seine Küche sauber machen."

„Ich geh mal lieber Richtung Haus, falls sich doch was tut und er seine Putzfrau das Chaos beseitigen lässt. Handy auf laut gestellt?", fragte er seine Kollegen. Der ehrgeizige junge Ermittler schnappte sich seine Jacke und legte ein paar Münzen für seinen schwarzen Tee auf den Tisch.

„Guter Mann", meinte der Wiener Kollege.

„Streber", sagte der Salzburger.

Tatsächlich öffnete sich, kaum war der junge Ermittler in Sichtweite eingetroffen, die Haustür. Briggs war korrekt angezogen und trug eine lederne Reisetasche und einen großen Stoffbeutel in der linken Hand. Mit der rechten verschloss er die Tür und aktivierte die Fernbedienung für die Garagentür. „Es geht los", flüsterte der Beschatter in sein Handy, „er will mit dem Wagen los, bleib dran, ich sage dir gleich die Richtung."

Briggs rollte rückwärts aus der Garage und wendete den Range Rover in Richtung der Schnellstraße nach Salzburg. „Richtung Salzburg. Bleibt beim Hotel, ich komme nach vorne." Wie ein unbeteiligter Spaziergänger marschierte der Ermittler zurück zum Hotel, das etwa 700 Meter entfernt lag. Als Briggs an ihm vorbeifuhr, schaute er kurz zu dem jungen Mann hinüber. Ein Hotelgast, der sich verlaufen hatte, war seine Vermutung. Die beiden anderen Ermittler hatten überstürzt ihre Getränke bezahlt und waren zu ihrem Wagen gestürmt.

Statt Richtung Salzburg zu fahren, hielt Briggs überraschenderweise direkt vor dem Haupteingang des Hotels. „Was hat der denn vor?“, flüsterte der ältere Ermittler.

„Der hat hier was zu erledigen, oder er will es uns extra leicht machen. Ich geh mal raus.“ Der Beamte hatte schon den mit einem starken Magneten und Akku versehenen Peilsender in der Hand, dazu einen kleinen Spachtel. Der Sender konnte auf jeder nicht zu stark verschmutzten Metallfläche angebracht werden und war über das GPS-System von jedem Smartphone aus bis auf zwei Meter genau zu orten.

Briggs verließ den Wagen mit der Reisetasche in der Hand in Richtung Rezeption.

„Frau Huber?“, rief er nach der Mitarbeiterin, die sich immer um seine Hausangelegenheiten kümmerte. Er wollte nur seine Wäsche der letzten Woche abgeben, die ihm das Hotel gegen gute Bezahlung reinigte, insbesondere die Bettlaken und Bezüge, die immer duftend frisch zurückkamen. Schließlich erschien die Mitarbeiterin aus dem hinteren Büroraum.

„Ach, Sie sind’s, hatte mich schon gewundert, was wir heute Morgen für einen Betrieb haben. Die Tasche, wie immer, geht in Ordnung, Herr Sand.“

Inzwischen hatte sich der Ermittler Briggs’ Wagen von hinten genähert. Er schätzte ab, ob er im Blickfeld des Eingangs lag. Gerade wollte er sich unter den Wagen bücken, als sich die Haupteingangstür öffnete. Eine andere Hotelmitarbeiterin verließ das Haus Richtung Nebengebäude. Jetzt musste er handeln.

„Können Sie Ihre Sophie heute zum Saubermachen rüberschicken? Ich hatte gestern ein Essen, und es sieht etwas wüst aus", sagte Briggs.

„Natürlich, geht in Ordnung, Herr Sand. Der Schlüssel ist ja hier, falls Sie unterwegs sind", sagte Frau Huber.

Im selben Moment klickte der Magnet auf einen Karosserieteil nahe der Hinterachse des Wagens. Der Ermittler konnte sich gerade noch aufrichten, als er die Stimme der Hotelangestellten hörte.

„Gute Fahrt, Herr Sand, wir erledigen das."

„Danke, Frau Huber", sagte Briggs und öffnete die Fahrertür. Den Mann in der grauen Windjacke nahm er nur noch von hinten wahr. Wirklich viel los heute, dachte er noch. Er startete den Wagen und fuhr zügig Richtung Salzburg los. Dem Wagen, der hinter ihm von dem Hotelparkplatz fuhr, schenkte er keine Beachtung. Er war zu sehr damit beschäftigt, in seinem Navigationsgerät die Entfernung nach Hamburg zu ermitteln. Fast tausend Kilometer lagen vor ihm, er würde die nächsten zehn Stunden viel Musik hören können. Jetzt brauchte er für seinen verkaterten Kopf aber erst mal Ruhe.

In dem Wagen hinter ihm zeigte der Elektronikexperte auf dem Beifahrersitz ein zufriedenes Gesicht. „Funktioniert." Der blaue Punkt von Briggs' Wagen bewegte sich zuverlässig auf der geraden Straße vor ihnen vorwärts. Bei der nächsten Ausfahrt drosselten die Ermittler das Tempo. Langsam entfernte sich der Punkt. Drei Jahre würde der Peilsender ab jetzt den Standort des Range Rovers senden. Der junge Ermittler lehnte sich auf dem Rücksitz zurück. „Hätten wir mal früher installieren sollen."

„Ja mei, hätten, hätten", sagte der Salzburger und packte sein eilig in eine Papierserviette eingepacktes angebissenes Käsebrötchen aus dem Frühstücksraum aus. „Mahlzeit", sagte der Kollege, der sich auf den Verkehr konzentrierte.

Die Ermittler meldeten Vollzug nach Wien. Dort hatte der IT-Experte der Abteilung schon die „Bewegungs-Überwachungs“-App auf dem Rechner der Kommissarin installiert. Larissa verfolgte auf dem Schirm, wie sich der blaue Punkt zwischen den Salzburger Bergen hindurchschlängelte. Eine Jägerin auf den Spuren ihrer Beute.

„Wir kriegen dich, irgendwann machst du einen Fehler, wie alle“, sagte Larissa und musste dabei an ihren Vater denken. Der alte Haudegen im Polizeidienst hatte meistens recht behalten. Dafür liebte sie ihn und ihren Beruf. Der blaue Punkt bewegte sich auf das Salzburger Stadtgebiet zu. Tatsächlich passierte er das Viertel, in dem die Flötistin Maria wohnte, wovon die Kommissarin zu diesem Zeitpunkt jedoch noch nichts wissen konnte. Hätte er angehalten, stünden die Ermittler bereit, die Überwachung der Zielperson wieder aufzunehmen.

Das Ortungssystem meldete wenig später, dass Briggs die Auffahrt zur Autobahn A1 genommen hatte und Richtung Deutschland fuhr. Larissa fasste den Entschluss, ihre deutschen Kollegen jetzt offiziell einzuschalten. Was sie gar nicht gerne tat. Diesen Fall wollte sie nicht aus der Hand geben. Auch das Zivilfahrzeug mit den Ermittlern musste vor der Grenze zu Deutschland wenden und zurückkehren. Nur der Peilsender im Heck von Briggs’ Wagen kannte keine bürokratischen Zuständigkeiten und sendete im Sekundentakt wertvolle Informationen. Er bewegte sich immer knapp über der Geschwindigkeitsbegrenzung auf der vollen Betonpiste gen Norden.

32

Nina war doch nicht gleich nach Abreise ihrer Freundin zu ihren Eltern gezogen. Sie würde es erst in der kommenden Woche tun, da sie mitten in den Vorbereitungen für ein weiteres Konzert in Hamburg steckte. Die Aufführung in Mailand, ausgerechnet bei ihrer Premiere als Solistin der 2. Violine in Mozarts „Concertone“ in der Scala, war für sie nicht zufriedenstellend ausgefallen. Es hatte sogar ein Gespräch mit dem unzufriedenen Konzertmeister gegeben, der sie für ihr unaufmerksames Spiel und einige Patzer in scharfem Ton kritisierte. Ninas fragilem Selbstbewusstsein tat das gar nicht gut. In der Künstlergarderobe hatte sie geweint. Dass sie die Woche in Chicago völlig ohne Üben verbracht hatte, machte sich eben bemerkbar. Allerdings hielt sie die Warnungen des Detektivs und ihres Vaters für übertrieben. Wie vereinbart hatte sie Stefan angerufen und in seinem Auto erreicht.

„Wo bist du?“

„Auf der Autobahn.“

„Nach Hamburg?“

„Nein, Berlin, ich muss morgen geschäftlich nach Korea und noch einiges vorbereiten. Bist du denn gut zurückgekommen? Und wie war Mailand?“

Nina berichtete von dem Konzert, ohne Details zu nennen.

„Und unser Unterricht?“, fragte sie.

„Sorry, aber ich hatte in Chicago auf dem Flughafen nicht das Gefühl, dass das noch wichtig für dich ist.“

„Na ja, es ist ja auch einiges passiert zwischen uns."

Briggs schwieg. Er wollte Nina das Gefühl geben, in Sicherheit zu sein. „Was meinst du damit?"

„Das, was du dir von mir gewünscht hast."

„Ach, vergiss es bitte. Du kennst mich, ich spinne halt manchmal herum. Das war doch nicht ernst gemeint. Ich muss mich erst mal auf das Geschäftliche konzentrieren. Hast du eigentlich jemandem von unserer Reise berichtet?"

„Nein, niemandem", antwortete Nina und errötete etwas. Im Lügen, selbst am Telefon, war sie nicht gut. „Warum sollte ich?", fragte sie mit etwas Verzögerung.

„Na ja, wir hatten doch eine schöne Zeit. Kannst du mir vielleicht mal die Fotos schicken, die du aufgenommen hast."

„Mach ich. Sie sind aber nicht zur Veröffentlichung gedacht."

„Ist doch klar", sagte Briggs. „Ich melde mich dann nach meiner Rückkehr aus Asien. Dann mach's gut. Viel Erfolg mit dem Konzert. Mozart?"

„Nein, Ravel und Debussy, die g-Moll-Sonate."

„Ist doch auch schön", beendete er das Gespräch, „und pass' auf dich auf."

„Du auch."

Nina hörte noch, wie die glasklare Verbindung zu dem Range Rover mit einem piepsenden Signalton beendet wurde.

Briggs rief sich auf dem Bildschirm vor ihm eine You-Tube-Version von Claude Debussys g-Moll-Sonate für Violine und Klavier auf. Aus der Beschreibung erfuhr er, dass das Spätwerk voller Fantasie, Humor und Tiefe zu einer Zeit geschrieben wurde, in der sich der Komponist schon im Endstadium einer Krebserkrankung befand. Bei seinem letzten öffentlichen Auftritt, 1917, spielte er diese Sonata in Paris zusammen mit einem Geiger. Die französische Hauptstadt stand mitten im Ersten Weltkrieg unter Beschuss der deutschen Truppen. Der Tod war Alltag.

Nina hatte ein passendes Musikstück ausgewählt, dachte er.

Am Abend erreichte er die Hansestadt. Von der weit geschwungenen Elbbrücke aus sah er schon die neue Skyline der HafenCity, alles sehr quadratisch, hanseatisch gediegen, frei von Experimenten. Auch das neue Konzerthaus war ein Zwitter aus einem alten Backsteinspeicher und einem rundum gläsernen Aufsatz mit wellenförmigem Dach, das an ein chinesisches Teehaus erinnert.

Kein Wunder, dass die wie Bergsteiger an Seilen über dem Abgrund der 26 Stockwerke baumelnden Fensterputzer für ein PR-Video den Donauwalzer von Johann Strauss für Wischgummi, Karabinerhaken und Violinistin einstudiert hatten. Das Haus war ein Musentempel der modernen Art – the show must go on. Ein idealer Ort, um einen späteren Mozart-Klon als Höhepunkt eines einwöchigen Festivals „mozart@elphi" der Weltöffentlichkeit vorzustellen. Dieser Mozart würde nach dem Konzert sogar Autogramme geben auf alles, was sich mit seinem Konterfei verkaufen ließ – von der de Luxe-Gesamtedition mit 230 CDs und einer Laufzeit von nonstop gut zehn Tagen bis zum schlichten Geschirrhandtuch aus Baumwolle, auf dem Mozarts Notenhandschrift das Abtrocknen verschönte.

Aber die Moden in der Musik änderten sich. Das hatte auch Mozart bei dem Wiener Publikum erfahren. Es entzog den diversen Groß-Komponisten der Metropole immer dann seine Gunst, wenn Neues und angeblich Spannenderes lockte. Die Konzertveranstalter lauschten zu allen Zeiten gern dem Sound klingelnder Kassen, möglichst in fff, fortefortissimo.

Briggs steuerte den Wagen in den neuen Stadtteil an der Elbe. Er stellte ihn auf einem freien Parkplatz ab, wie er sich sorgsam versicherte. Jetzt einen Strafzettel zu kassieren, wäre dumm. Er kannte nicht weit davon entfernt ein Hotel, das ihm eine anonyme Übernachtung möglich machen würde. Es wurde vor allem von jugendlichen Start-up-Mitarbeitern und Gründern frequentiert, die mit Pappbechern in der Hand durch das Haus schwirrten, um sich gleich wieder an den aus unbehandelten Hölzern gefertigten Tischen in der Lobby ihrem aufgeklappten Rechner zu widmen. Von Briggs nahm niemand so richtig Kenntnis, auch der bärtige Rezeptionist wollte keine Papiere sehen. Er wunderte sich auch nicht, dass der Gast gleich im Voraus für die Übernachtung bezahlen wollte.

Briggs trug seine Reisetasche in das frugal ausgestattete Zimmer und stöpselte das Ladegerät seines Smartphones in eine der Steckdosen neben dem schmalen Schreibtisch.

Nach der langen Fahrt brauchte er noch etwas Entspannung. Mit dem Aufzug fuhr er in die Lobby und bestellte seine bevorzugte Whiskymarke. Mit dem vollen Glas, das er bar bezahlte, in der Hand schlenderte er zu der gläsernen Eingangstür. Draußen standen noch die Tische und Stühle der Sommerbestuhlung, die inzwischen in den Wintermonaten von den Hamburger Gastronomen gar nicht mehr weggeräumt wurden. Briggs setzte sich auf einen der Klappstühle und betrachtete das imposante Hafenpanorama. Ein voll beleuchtetes Kreuzfahrtschiff lag am Passagieranleger, und über den Fluss waren die Hafengeräusche mit den piepsenden Containerbrücken, den dröhnenden Schiffsmotoren und dem dunklen Rumpeln der anlegenden Fähren zu vernehmen. Das Geschrei der sich aufgeregt um Futter streitenden Möwen war zu dieser Stunde weitgehend verstummt. Briggs nahm einen Schluck des wärmenden Whiskys.

Er würde sich gleich noch die Beine vertreten und bei der nahe gelegenen Wohnung von Nina vorbeigehen. Vielleicht konnte er sehen, ob in ihrem Penthouse Licht brannte. Briggs leerte das Glas. Er klappte den wärmenden Kragen seiner Winterjacke hoch und hob die Schultern, um noch tiefer darin zu verschwinden. In der Tasche tastete er nach dem hochwirksamen Pfefferspray, das er meist bei sich trug. Dann zog er seine Lederhandschuhe an und ging hinaus in die erleuchtete Nacht. Es war Zeit.

Nach einem viertelstündigen Fußmarsch erreichte Briggs sein Ziel. Auf den Straßen war es menschenleer, der neue Stadtteil kam ihm wie eine Geisterstadt vor. Der Eingang zu Ninas Appartementhaus war hell erleuchtet. Briggs ging auf die gegenüberliegende Straßenseite und bog beim Platz der Deutschen Einheit vor dem Konzerthaus auf die große Freifläche ab.

Auch hier war es still, die Konzertbesucher hatten bereits in den umliegenden Restaurants ihren Platz gefunden. Viele von ihnen waren schon nach der ersten Pause gegangen, sehr zum Ärger der hochklassigen Musiker, die es nicht gewohnt waren, für ein Publikum zu spielen, das mehr an Architektur, Gastronomie oder Fashion-Shows aus Paris statt an Musik interessiert war.

Auch die Menschen, die an der Abendkasse stundenlang auf eines der vorwiegend von Reiseveranstaltern vertriebenen Tickets hofften, waren verschwunden. Wie in einem nüchternen Flughafenterminal blinkten im Kassenbereich die Laufbänder auf grellen LED-Anzeigentafeln. Am häufigsten kam neben den Konzertangaben das Wort „Ausverkauft“ vor. Briggs dachte beim Vorbeigehen, ein „Leider ausverkauft“ wäre immerhin ein klein wenig freundlicher, insbesondere gegenüber den Einwohnern dieser Hansestadt, die das alles maßgeblich mitfinanziert hatten.

Briggs stellte sich an die äußerste Kante des Platzes, oberhalb des träge und grau dahinfließenden Stroms. Von hier aus konnte er die zurückliegende Fensterfront zu Ninas Wohnung ausmachen. Sie war beleuchtet.

Nina war gerade dabei, sich mit einem Bleistift in den Noten der Violinsonate von Debussy ein paar zusätzliche Notizen zu machen. Bögen, Tempi, Griffbestimmungen, die kleinen Hinweise für die Interpretation eines Musikstücks, die der Zuhörer nicht sehen, wohl aber hören konnte. Dank der guten Bauausführung und Isolierung des Hauses – hier hatte die väterliche Firma ausnahmsweise an nichts gespart – konnte sie auch nachts üben, ohne den anderen Bewohnern auf die Nerven zu gehen.

Wieder und wieder ging sie die schweren Läufe mit den vielen wechselnden Vorzeichen durch. Sie hatte sich geschworen, nie mehr in eine Situation wie in Mailand zu kommen und von einem Konzertmeister heruntergeputzt zu werden.

Sie war froh, jetzt nicht bei ihren Eltern zu sein, da könnte sie kaum in Ruhe üben, sondern müsste sich am abendlichen Tischgespräch über den neuesten Klatsch aus der Familie beteiligen. Ihr neugieriger Vater hätte sie ausgequetscht, was sie so alles in Chicago erlebt hatte, während ihre Mutter immer gütig dazwischen kommentiert hätte: „Ivo, jetzt lass doch mal Nina selbst erzählen." Nina liebte ihre Eltern, auch wenn sie ihr manchmal fürchterlich auf die Nerven gingen. Ihre versteckten Nachfragen, ob es denn etwas „Festes" in der für die Eltern nicht ganz überschaubaren Beziehungswelt gab, blockte sie bockig ab. „Haltet euch fit", sagte sie einmal spaßeshalber, „dann habt ihr noch was von euren Enkelkindern."

„Willst du damit sagen, ich bin zu dick?", fragte der kompakte Unternehmer.

Die Mutter erkundigte sich später einigermaßen verstört, was ihre Tochter damit gemeint habe. „Na ja, die Frage lautet doch für uns später: Wer schiebt wen?“, sagte ihr Mann trocken. „Kinderkarre oder Rollator.“

Nina stand auf und ging mit ihrer Geige und dem Bogen in der Hand zur Fensterfront. Ihre Rollos brauchte sie mangels unmittelbarer Nachbarn nie herunterzulassen. Draußen waren die Lichter des Hafens zu erkennen, es sah wie eine eigene Stadt aus. Dazwischen das dunkle Band des Flusses, der die Sehnsucht nach dem offenen Meer in einem wecken konnte.

Als Kind war Nina fasziniert von der Erzählung des Alten Testaments, wie die Eltern von Moses sich nicht mehr zu helfen wussten, dem Tötungsgebot des Herrschers zu entgehen. Sie legten den kleinen Jungen in einen Korb aus Papyrus, in der er auf dem großen Nil einem neuen Leben und damit, wie es in der Bibel hieß, der Geschichte entgegentreiben sollte – eine Art erster Bootsflüchtling.

Auch Nina spürte, dass sie zu entscheiden hatte, wohin sie treiben wollte. Sie schaute auf den dunklen Platz der Deutschen Einheit hinab.

Gleich darauf widmete sich Nina wieder Debussy und einem schwierigen Lauf in den höheren Lagen.

Briggs hatte einen Entschluss gefasst. Er überquerte gerade die Straße zu Ninas Hauseingang, als sich im Eingangsbereich ein Hausbewohner mit einem kleinen weiß-schwarzen Hund zeigte. Briggs beschleunigte seine Schritte und tat so, als sei er gerade dabei, einen Schlüssel aus der Tasche zu fischen. „Ach, das ergibt sich ja günstig“, sagte er und fing an, die bereits wieder zuschlagende Tür aufzufangen. „Süßer Hund“, sagte er noch zu dem desinteressierten Hausbewohner, der unter seinem Mantel eine Schlafanzughose und Halbschuhe trug.

Das Kameraauge der Klingelanlage blieb tot. „'n Abend noch", sagte Briggs und steuerte zielstrebig den wartenden Fahrstuhl an.

Er drückte den Knopf für das siebte Stockwerk. Als Zeuge, so dachte Briggs, war der Hundefreund bestimmt eine Niete, der Hund wäre da schon besser gewesen, wenn es bei der Verbrechensaufklärung nach Geruch gehen würde. Der Fahrstuhl bewegte sich sanft und beförderte ihn nach oben.

Vor der Wohnungstür war Ninas klangmächtige Stradivari nur leise zu hören. Briggs wartete, bis das Treppenhauslicht wieder erlosch. Dann stellte er sich etwas gebückt vor die Wohnungstür, sodass er durch den Türspion nicht zu sehen war. Er überprüfte die Dose mit dem Pfefferspray, klappte den Deckel auf und positionierte sich neben der Klingel. Er klingelte.

Die Musik hörte abrupt auf, Schritte näherten sich. Nina öffnete mit der entsprechenden Taste die Schließanlage. Auf dem kleinen Bildschirm erschien vor ihr der leere, erleuchtete Eingangsbereich. Nina rief in die Gegensprechanlage: „Hallo, ist da jemand?"

Niemand antwortete ihr.

In diesem Moment kam der Hundebesitzer nach seinem kurzen Ausgang mit dem Tier wieder in das Haus zurück. Nina kannte den Hausbewohner nur vom Sehen, den Hund sah sie gar nicht. Sie überlegte eine Sekunde lang, die Wohnungstür zu öffnen, um sich zu vergewissern, dass auch im Flur alles in Ordnung war.

Dann verwarf sie die Idee, da sie sich an die Mahnung des Detektivs erinnerte, unter gar keinen Umständen die Tür zu öffnen.

Nina spähte durch den Türspion, sah in dem durch den Hundebesitzer aktivierten Flurlicht jedoch nur die gegenüberliegende Wohnung und den Eingang des Fahrstuhls. Als sie sich abwenden wollte, glaubte sie eine Bewegung an der rechten Wand wahrzunehmen. Wahrscheinlich nur ein Lichtreflex aus dem gläsernen Fahrstuhlschacht, dachte sie. Nina war gedanklich schon wieder bei der Sonata.

Briggs hörte in seiner unbequemen Haltung direkt an der Tür, wie Nina den Sicherheitsbügel einklinkte. Dann entfernten sich ihre Schritte. Er wartete noch einige Minuten, bevor er im Dunkeln zu dem darunterliegenden Stockwerk stieg. Das Pfefferspray verschwand in seiner Tasche. Dann fuhr er mit dem Fahrstuhl bis in das Untergeschoss mit den Parkplätzen. Er wollte nicht von dem Hund beim Vorbeigehen an der Wohnung verbellt werden.

Er öffnete die Stahltür zu der Tiefgarage. Damit sie nicht ins Schloss fiel und ihm den Rückweg verschloss, klemmte er seinen linken Handschuh zwischen Tür und Rahmen. Dann ging er in die erste Reihe der Stellplätze und suchte nach Ninas Wagen, einem schwarzen Mini. Er entdeckte das Auto hinter einer Säule auf einem nummerierten Parkplatz. Auf der Rückbank lagen diverse Notenbände. Er prägte sich den Stellplatz ein und verließ die Tiefgarage, nicht ohne seinen Handschuh mitzunehmen.

Briggs würde wiederkommen müssen. Morgen schon.

Seine Wut wuchs. Er hasste es, einmal gemachte Entscheidungen überdenken zu müssen. Jobs waren dazu da, zügig erledigt zu werden. Andererseits wollte er sichergehen, keinen Fehler zu machen. Mit schnellen Schritten ging er zurück zum Hotel und direkt in sein Zimmer.

Im Fernsehen lief auf einem der zahllosen Kanäle ein Spiel der National Football League. Das war jetzt genau das Richtige für ihn.

Nina konnte sich nach der Störung nicht mehr auf das Üben konzentrieren und legte ihr wertvolles Instrument in den Kasten zurück. Sie hatte sich angewöhnt, es immer über Nacht zu verpacken. Sicher ist sicher. Vielleicht war das nächtliche Klingeln nur ein Versehen gewesen, sagte sich Nina. Stradivari-Geigen waren rar. Im gesamten Haus war es wohl das wertvollste Stück, teurer als ein Luxus-Penthouse hier.

33

Über Wien strahlte eine funkelnde Herbstsonne, als Maria mit dem Railjet am Westbahnhof eintraf. Schon wenig später saß sie unter den schrägen Wänden des Dachgeschosses des Landeskriminalamts der Kommissarin Larissa Bost gegenüber. Die beiden Frauen verstanden sich auf Anhieb, auch wenn es darauf bei einer Zeugeneinvernahme nicht unbedingt ankam. Larissa ließ sich nach ein bisschen Smalltalk zur Begrüßung von der jungen Musikerin erst einmal deren bisherigen Lebensweg schildern.

„Und dann trat dieser Mann Steven Briggs alias Stefan Sand in Ihr Leben. Wie kam das?", fragte sie schließlich.

Maria erzählte von den Etappen des ersten Kennenlernens nach dem Konzert im Mozarteum, den folgenden Treffen, der gemeinsamen Begeisterung für Mozart und schließlich von der Einladung zu der kubanischen Außenstelle der Stiftung.

„Ich fand es spannend, welche Türen er mir öffnete." Maria gestand, dass sie sich von den Verbindungen des angeblichen Stiftungsgründers auch etwas für ihre Karriere versprach, immerhin pflegte er mit einflussreichen Leuten, die auch die Kultur förderten, gute Beziehungen. Rückblickend gesehen, war es aber nur bei Ankündigungen geblieben, sie hatte seine so wichtigen angeblichen Freunde nie kennengelernt.

„Haben Sie ihm das alles geglaubt?", fragte Larissa.

„Im Internet war doch nachzulesen, welch tolle Projekte er zum Schutz von Kindern und für ihre Ausbildung finanzierte“, sagte Maria. „Das habe ich mir natürlich alles angeschaut.“

„Wie soll die Stiftung heißen?“

Maria nannte den Namen, Larissa gab „Care for Life“ in das Suchsystem ein. Es gab zwei Organisationen unter diesem Namen, eine im afrikanischen Mosambik, die andere hatte in Berlin und Salzburg ihre Standorte. Tatsächlich erschienen unter der zweiten Organisation einige bunte Seiten von einfachen Holzhäusern unter Palmen und einer blitzblanken Krankenstation mit vielen glücklichen Kindergesichtern. Auf einem anderen Foto überreichte Briggs einen überdimensional großen Scheck an die Afrikaner. Die Köpfe von lachenden Mitarbeitern befanden sich ebenfalls auf den Seiten sowie ein Impressum, in dem auch die Kennnummer angegeben war, unter der die Stiftung beim Berliner Finanzamt als gemeinnützig gemeldet war. „Ihre Spenden kommen nach dem Abzug eines niedrigen Verwaltungsaufwands vollständig den Partnerfamilien zugute“, hieß es dort. Als Kontaktadresse war ein Formular eingestellt sowie eine Telefonnummer mit der Vorwahl des Verwaltungssitzes in Fuschl am See bei Salzburg.

Zur Überprüfung gab die Kommissarin auch die Verbindung Steven Briggs und „Care for Life“ ein, die keinerlei Ergebnis brachte. Zu Stefan Sand fand sich sogar ein Artikel in den *Salzburger Nachrichten*. Danach hatte der Geschäftsführer der Stiftung in Deutschland erfolgreich ein Spendensiegel zugesprochen bekommen und konnte damit umso besser für seine Arbeit trommeln.

„Dann rufen wir doch gleich mal das Büro von der Stiftung in Salzburg an“, sagte Larissa. Sie tippte die Nummer in ihr privates Telefon, mit dem die eigene Rufnummer dem Gesprächspartner nicht angezeigt wurde. Es klingelte dreimal. Dann sprang ein Anrufbeantworter an mit der freundlichen Durchsage: „Sie sind richtig. Wir von ‚Care for Life' sind gerade unterwegs bei den Projekten, bitte haben Sie Verständnis dafür. Wir werden Sie aber umgehend nach unserer Rückkehr zurückrufen. Bitte sprechen Sie jetzt."

Larissa legte auf. „Würde ja zu gerne wissen, wo dieser Anruf gelandet ist."

„Wahrscheinlich in seiner Villa", vermutete Maria.

„Kann sein."

„Sie waren also schon dort, in dieser Villa?"

„Genau, einen Abend lang, der hat mir aber gereicht", sagte Maria.

Sie erzählte, was nach dem Essen geschehen war. Sie habe um ihr Leben gefürchtet.

„Vielleicht war er nur enttäuscht von Ihnen", sagte die Kommissarin.

„Er von mir? Ich war von ihm enttäuscht, nachdem er mich mit seiner Mozart-Geschichte angelogen hatte. Der geht auch über Leichen, das zeigen ja seine Geschäfte."

„Was wissen Sie darüber?", fragte die Kommissarin.

Maria schilderte, wie sie die Geschäftsunterlagen in seiner Reisetasche entdeckt hatte. Larissa hörte schweigend zu und beobachtete Marias Gesicht. Ihrer Erfahrung nach verriet manchmal ein häufiges Schließen der Augen oder ein nervöses Zucken, wenn ein Zeuge log. Oder auch ein ungebremster Wortschwall mit Rechtfertigungen.

Nachdem Maria geendet hatte, entstand eine Pause.

„Und können Sie irgendetwas davon beweisen?", fragte die Kommissarin sachlich.

„Das hatte ich doch schon dem Detektiv in Hamburg gesagt. Ich habe zwar nicht das ganze Dokument dieses Beratungsvertrags, aber die letzte Seite mit den Signaturen."

Maria zog aus ihrer Notenmappe das Abschlussdokument des Vertrags mit den schwungvollen Unterschriften des Northrop-Vertreters und von Briggs hervor.

Larissa ließ sich das verknitterte Blatt reichen.

„Das können Sie sogar behalten“, sagte Maria.

„Danke, das hilft uns sehr.“

Die Ermittlerin stellte noch ein paar Fragen zu möglichen Kontakten von Briggs und weiteren Details der kubanischen Reise. „Haben wir noch etwas vergessen?“, fragte die Kommissarin schließlich.

„Ich glaube nicht. Ich habe ja Ihre E-Mailadresse und kann mich melden.“

„Gut, dann beenden wir das Gespräch.“ Die Kommissarin brachte Maria zum Sekretariat, damit sie den Preis des Zugtickets erstattet bekam. Maria verabschiedete sich von der Kommissarin, der Termin mit dem Agenten wartete auf sie.

„Ich sage unten an der Pforte Bescheid, damit man sie rauslässt.“

„Vielen Dank.“ Sie marschierte eilig durch die langen Gänge des Gebäudes zum Fahrstuhl.

Larissa studierte an ihrem Schreibtisch nochmals das überlassene Dokument. Die Unterschrift von Briggs, die ihr für den Namen Sand von der Hotelanmeldung am Ammersee vorlag, glich dieser Unterschrift. Offenbar benutze Briggs/Sand ein unleserliches Kürzel als rechtsgültige Unterschrift. In beiden Fällen war das große S des Vornamens identisch. Für eine Verurteilung wegen Urkundenfälschung hätte es wohl gereicht. Aber für Mord?

34

Larissa Bost war frustriert. Briggs' Range Rover stand jetzt schon seit zehn Stunden in der Nähe des Hamburger Hafens. Die deutschen Kripobeamten hatten im Rahmen der Amtshilfe gleich eine Streife vorbeigeschickt und das Fahrzeug angeblich unter Beobachtung gestellt. Über den Verbleib des Fahrers gebe es jedoch keine weiteren Erkenntnisse, meldeten die Beamten nach Wien.

„Ist ja super", fluchte Larissa, „verehrte Kollegen, setzt mal eure Ärsche in Gang. Der Typ muss doch irgendwo sein." Gut, dass die Kommissarin ein Zimmer für sich hatte, ihre temperamentvollen Ausbrüche waren bekannt. Sie wählte die Nummer von Pit Koch.

Stöckelschuh erkannte die Durchwahl auf dem Display. „Ihre neue Polizeibekanntschaft aus Wien", sagte sie etwas spitz, „soll ich durchstellen?"

„Briggs ist in Hamburg, wusstest du das?", sagte Larissa übergangslos.

„Woher sollte ich das wissen?"

„Wir haben die Kollegen bei euch darauf angesetzt, aber sie finden nicht heraus, wo er sich aufhält. Sein Wagen steht jedenfalls in dieser neuen HafenCity, ganz in der Nähe der Elbphilharmonie."

Der Detektiv erstarrte. „Nein", sagte er.

„Was ist denn?"

„Das ist direkt bei Nina, sie ist in Gefahr. Ich gehe gleich los zu ihr. Gib mir die genaue Adresse, wo der Wagen steht. Ich melde mich später."

„Pass auf dich auf und …", konnte Larissa gerade noch sagen, da war das Gespräch schon unterbrochen.

Der Detektiv stürzte aus seinem Büro und rief seiner Sekretärin zu: „Bin bei Nina Brahm." Im Fahrstuhl, der ihm heute besonders langsam vorkam, schlüpfte er vollständig in seine Winterjacke und aktivierte die eingespeicherte Nummer von Nina. Das Klingelzeichen war deutlich zu vernehmen, bis die Sprachbox ansprang. Der Detektiv wählte noch einmal, ohne Erfolg.

Ihn beschlich die böse Ahnung, dass er zu spät kommen könnte. Wieso hatte er die Information über Briggs' Aufenthalt in Hamburg von diesen Pfeifen nicht früher bekommen?

Pit Koch schnappte sich sein Fahrrad in der Tiefgarage, es würde um diese Tageszeit das schnellste Verkehrsmittel sein. Ohne auf die zahllosen weiß markierten Spuren und die Schilder, Richtungspfeile oder Zwergenampeln für domestizierte Radler zu achten, bretterte er über Gehsteige und Straßen, nah an der Ideallinie. In weniger als drei Minuten erreichte er Ninas Appartementhaus und lehnte sein Fahrrad an einen Baum. Ohne abzuschließen, hastete er zum Eingang und drückte sofort ihren Klingelknopf.

Der Detektiv starrte voller Ungeduld in das Kameraauge. „Scheiße", murmelte er. Nichts rührte sich. Der Detektiv wollte gerade nochmals klingeln, als plötzlich der Lichtring um das Objektiv der Überwachungskamera aufblitzte. Gleichzeitig war Ninas Stimme zu vernehmen. „Ach, Sie sind es, wollen Sie hochkommen?"

„Auf jeden Fall", sagte Pit Koch, in diesem Fall sogar für sein Leben gern. Noch atemlos von dem schnellen Fahrradritt stieg er in den Fahrstuhl.

„Was ist denn passiert?“, begrüßte ihn eine strahlende Nina im Türrahmen ihrer Wohnung.

„Kann ich erst mal reinkommen?“, bat der Detektiv und zog die Wohnungstür fest hinter sich zu.

„War er hier?“, fragte er als Erstes.

Nina schaute ihn fragend an.

„Briggs oder Sand, war er hier?“, insistierte der Detektiv.

„Ach so, nein, der ist doch in Korea, soviel ich weiß.“

Pit Koch brachte Nina auf den neuesten Stand. Nina wurde bleich. Dann war das nächtliche Klingeln doch kein Einbruchsversuch oder ein verwirrter Hausbewohner gewesen, sondern ihr ehemaliger Schüler, dem offenbar alles zuzutrauen war.

„Ich packe mal eben meine Sachen und rufe meinen Vater an, dann können wir gehen. Haben Sie einen Moment Zeit?“, fragte Nina.

„Alle Zeit der Welt. Wenn Sie wollen, kann ich Ihren Vater auch informieren, dass Sie jetzt in das Elternhaus fahren.“

Nina nickte und nahm die Noten der Sonate vom Ständer. Das saß alles noch nicht perfekt, sie musste noch viel üben. Oh Gott, wie soll ich das schaffen, dachte sie, während sie ihren Rollkoffer füllte. Ihr wurde ganz flau, als sie bemerkte, dass noch der Gepäckanhänger mit einem fett gedruckten ORD, dem internationalen Kürzel für Chicagos Flughafen, daran befestigt war.

Nachdem sie überprüft hatte, dass sie alle modernen Reisebegleiter sowie die diversen Ladekabel für ihre elektronischen Gerätschaften nicht vergessen hatte, wandte sie sich zur Tür. „Ach, der Autoschlüssel“, sagte sie und nahm aus einer hübschen Chromschale das runde Elektronikteil heraus, mit dem sie den Mini aktivieren konnte.

„Bin schon da“, rief sie dem wartenden Detektiv zu. Die Wohnungstür wurde doppelt verschlossen. Pit Koch schob den Rollkoffer in den wartenden Fahrstuhl. „Ihr Vater weiß Bescheid, dass Sie in der nächsten halben Stunde bei ihm eintreffen."

„Gut, dann kann ich Sie am Büro absetzen, ich komme ja dran vorbei."

„Nicht nötig, mein Fahrrad steht vor der Tür."

Im Erdgeschoss stoppte der Fahrstuhl. Nina wollte gleich in die Tiefgarage weiterfahren. „Ich bringe Sie hin", sagte der Detektiv.

„Das ist wirklich nicht nötig", sagte Nina, „das schaffe ich auch so. Ist doch nur leichtes Gepäck."

„Kommt gar nicht infrage." Der Fahrstuhl beförderte die beiden nach unten. Der Detektiv hielt Nina die Tür zur Tiefgarage auf. Nachdem er den abgerissenen Gepäckanhänger ihres Koffers in die Tür geklemmt hatte, begleitete er sie bis zu ihrem Wagen. Dessen eine Hälfte der hinteren geteilten Tür schwang wie von Geisterhand auf, als Nina den Autoschlüssel betätigte.

„Perfekt." Sie verabschiedete sich von dem Detektiv.

Sie konnten beide nicht sehen, wie wenige Meter von ihnen entfernt eine Faust in einem schwarzen Lederhandschuh geräuschlos gegen den Beton des Pfeilers schlug.

Am Vorderreifen von Pit Kochs Fahrrad schnüffelte der kleine schwarz-weiße Hund aus Ninas Haus neugierig herum. Reifen waren ein Eldorado für ganz unterschiedliche Gerüche. Diesmal interessierte er sich aber für den Besitzer des stählernen Besuchers seines Baumes.

„Du bist ja ein ganz Guter", sagte der Detektiv, verzichtete aber, den Hund zu streicheln. So zugeknöpft und missmutig sein Besitzer an Koch vorbeiging, war der Hund wahrscheinlich mit Vorsicht zu genießen. „Komm schon, Gino", rief sein Herrchen in diesem Moment ungeduldig.

Koch radelte zu seinem Büro zurück, diesmal vorschriftsmäßig auf der korrekten Straßenseite auf der Fahrradspur, die gleichwohl schon einige Schlaglöcher aufwies. Er musste beim Ausweichen an das Leben des Komponisten denken, der ihn in letzter Zeit so beschäftigte. So war Mozart nach den Angaben seiner Biografen insgesamt rund drei Jahre auf Europas Straßen unterwegs gewesen und hatte fast ein Drittel seiner Lebenszeit im Ausland verbracht. Die Federung der damals gebräuchlichen Holzkutschen, in denen er geschätzte 4000 Kilometer zurücklegte, war so schlecht, dass sich die Fahrgäste auf den holprigen Straßen häufig blaue Flecken zuzogen.

In den damaligen Wagen war es wesentlich ungemütlicher als in den heutigen Fiakern, die Gäste aus aller Welt in Wien umherfahren. Die Kutschen des Rokoko waren auch im Winter ohne Heizung, und manchmal regnete es heftig hinein. Mehr als sechzig Kilometer Fahrstrecke waren pro Tag kaum zu schaffen. Nicht sehr viel komfortabler war auch die Fortbewegung per Passagierschiff, beispielsweise zwischen Passau und Wien oder bei der Überfahrt nach England in einem Holzboot. Nur in Wien war Mozart aristokratisch auf seinem eigenen Reitpferd unterwegs. So mietete der Komponist, als er die Jupiter-Symphonie zu Papier brachte, eine Sieben-Zimmer-Wohnung mit zwei Pferdeställen. Erst kurz vor seinem Tod trennte er sich von seinem Gaul.

Im Büro des Detektivs waren bereits alle Lichter gelöscht, Stöckelschuh hatte nicht mehr mit seiner Rückkehr gerechnet. Alles war akkurat aufgeräumt. Pit Koch schaltete seinen Rechner an und wartete, bis sich die App zur Verfolgung aufgebaut hatte. Der blaue Punkt bewegte sich noch immer nicht. Wo war Briggs? Dann wählte er Ninas Nummer, die sofort abnahm.

„Gut angekommen?“

„Ja, ich bin so froh, hier zu sein. Wir sind gerade beim Essen. Soll ich etwas ausrichten?“

„Sagen Sie Ihrem Vater, dass ich ihn morgen anrufen werde. Ich will nicht beim Essen stören."

„Ihnen einen schönen Abend – und danke."

Ich würde mich nicht wundern, wenn der Bauunternehmer nach den Erzählungen von Nina das Honorar nochmals erhöhen würde, dachte sich der Detektiv. Aber auch er war froh, dass Nina nichts zugestoßen war.

35

Monas Mutter musste mit der Ungewissheit leben, dass der Mörder ihrer Tochter noch immer frei herumlief. Oft stand sie in Monas Jugendzimmer und schaute sich die Bücher, Schulhefte und alten Briefe ihrer damals Kleinen an. Der abgeknuddelte Bär, der sie die gesamte Jugend begleitet hatte, saß noch auf dem frisch bezogenen Bett, an der Wand hing das verblichene Foto des Teenagers bei der Entgegennahme eines Preises von „Jugend musiziert". Was hätte aus der ehrgeizigen Mona alles werden können, fragte sich die Mutter.

Sie entschloss sich, die persönlichen Sachen von Mona in einen großen Karton zu packen und in den Keller zu bringen. Der Schmerz war zu groß, auch wenn ihre ältere Tochter schon vor einem halben Jahr zu ihr gesagt hatte, sie müsse akzeptieren, dass Mona nicht wiederkommen werde. Ja, sie hatte recht. Vielleicht würden irgendwann einmal die Enkel der Großen bei ihren Besuchen hier wohnen, sagte sie sich und wischte sich eine Träne ab. Das Leben geht nicht nur weiter, es bringt auch neues Leben.

Monas Mutter war eine zupackende Frau. Sie holte an diesem einsamen Sonntagvormittag einen leeren Karton aus dem Keller, um gleich mit der Arbeit zu beginnen.

Noch vor einem Tag hatte sie mit der Wiener Kommissarin telefoniert. Ja, man käme voran. Ja, es gebe neue Hinweise. Ja, man sei zuversichtlich, den Täter bald festsetzen zu können. Der Konjunktiv stand über allem. In ihrer Art brachte die Hotelbesitzerin es auf den Punkt: „Mit anderen Worten, es gibt noch kein Ergebnis."

Larissa musste der Frau recht geben. Auch die Überwachung des Fahrzeugs hatte noch nicht zum Ziel geführt. Steven Briggs war zu gerissen. Bislang jedenfalls.

Am nächsten Tag verließ Briggs früh sein Hotel. Mit der Reisetasche in der Hand steuerte er zielstrebig sein Auto an, das drei Straßen entfernt geparkt war. Er startete das Fahrzeug und bog an der nächsten Kreuzung rechts ab. Er wollte doch zu gern noch einmal an Ninas Appartementhaus vorbeifahren, man konnte nie wissen. Doch von Nina oder ihrem Wagen war vor dem Haus keine Spur zu sehen. Der fremde Mann, der sie in die Tiefgarage begleitet hatte, spielte vielleicht doch eine größere Rolle in ihrem Leben. Briggs wurde eifersüchtig, auch wenn er die Frau gestern noch in die Tiefe hatte stürzen wollen. Aber vielleicht war es so besser, sagte er sich, falls seine Nina sich neu orientiert hatte, dann musste sie keine Rachegefühle ausleben. Hoffentlich hatte sie seine Mozart-Fantasien schon vergessen.

Briggs ließ sich mit der Eingabe Berlin-Grunewald von dem Navigationssystem aus der immer noch mit vielen Baustellen gepflasterten HafenCity herauslotsen. Er kannte zwar den Weg zur Autobahn, mochte es aber, von der angenehmen Stimme einer Unbekannten in dem Computer rücksichtsvoll geleitet zu werden.

Auch die Wiener und Hamburger Ermittler verfolgten Briggs' Manöver auf ihren Bildschirmen. Der blaue Punkt fädelte sich hinter dem Horner Kreisel auf die Autobahn nach Berlin ein.

Wie immer auf längeren Autofahrten hörte Briggs seinen Komponisten. Er dachte dabei an die Mozart vernarrte junge Frau am Wiener Grab. Warum hatte er sich keine

Telefonnummer von ihr geben lassen? Er hätte ihr so vieles über ihren Komponisten-Gott vorzuschlagen gehabt. Aber wie sollte er eine junge Frau mit angeblichem Wohnort in Toronto ausfindig machen, von der er nichts außer einer intimen Tätowierung des Komponistenporträts auf dem Oberschenkel kannte? Kein Name, keine Universität, keine E-Mailadresse. Er könnte natürlich die Studios für solche Spezialtätowierungen in Toronto abklappern, auf deren Webseiten er unter den Referenzen schon jede Menge gestochene Totenköpfe und Wesen und sogar auch Mozart-Motive gefunden hatte. Er könnte an den dortigen Musikinstituten Aushänge machen oder sich bei der Mozart-Gesellschaft nach einem ungewöhnlichen weiblichen Fan erkundigen. Aber irgendwie ahnte er, dass der Mozart-Punk sich noch bei ihm melden würde, früher oder später.

Aus Toronto kam auch der Pianist Glenn Gould, dessen Einspielung der Mozartsonaten seinen Weg nach Berlin begleitete. Für den Pianisten, so urteilte er einmal in einem Interview in Amerika, war der Komponist nicht zu früh, sondern zu spät gestorben. Denn seine späteren Werke hätten nicht die Klasse und das Geniale seiner vorherigen Kompositionen. Der Aufschrei in der etablierten Mozartgemeinde war gewaltig gewesen, aber Gould konnte sich eine solche Meinung leisten. Jetzt erklang, bei Tempo 240, aus der Musikanlage Goulds flotte Interpretation der Sonate B-Dur, KV 333, eines vielschichtigen Werks aus der mittleren Schaffensperiode.

Briggs drückte ebenso aufs Tempo wie der Pianist, er hatte heute noch einiges zu erledigen. Zu seinem Gesprächspartner in der nordkoreanischen Botschaft in Berlin-Mitte wollte er besser nicht zu spät kommen.

36

Der Attaché ließ seinen pünktlichen Besucher protokollgerecht warten. Die spartanisch eingerichteten Räume der diplomatischen Vertretung des kommunistischen Staates lagen über den Gästezimmern eines staatseigenen preiswerten City-Hostels mit einer quadratisch gegliederten Fensterfront. Die sorgfältig retuschierten Konterfeie des „obersten Führers" und dessen Vaters hingen in jedem Raum in einem braunen Holzrahmen. Weiße Gardinen vor den Fenstern schirmten auch hier die undurchschaubare Welt der Vertreter des diktatorisch regierten Staates vor neugierigen Blicken ab.

Der Geschäftsmann Briggs saß in einem Besprechungsraum, in dem ihm ein dampfend heißer grüner Tee serviert wurde. Das Personal trug weiße Kittel wie in einer sowjetischen Großkantine.

„Sorry, dass Sie warten mussten", sagte der herbeieilende Diplomat. Briggs erhob sich höflich. Er legte seine Unterlagen neben die vorbereitete zweite Teetasse. Dann drückte der Koreaner ihm mit beiden ausgestreckten Armen die Hand zu einer nach Landessitte herzlichen Begrüßung. Die beiden Männer kannten sich aus früheren Besprechungen. Der Diplomat setzte sich mit dem Rücken zum Fenster und forderte Briggs ebenfalls auf, Platz zu nehmen.

„Hatten Sie eine gute Zeit in Washington?", fragte der Koreaner zur Gesprächseröffnung. Damit wollte er nur mal so nebenbei klarmachen, dass dem nordkoreanischen Dienst die Begegnung zwischen dem amerikanischen Rüstungs-Lobbyisten und dem Deutschen nicht verborgen geblieben war. Briggs ging darüber hinweg. „Oh ja, es war schon etwas kühl für die Jahreszeit. Wie ich hörte, hatten Sie kürzlich dort auch Gespräche mit amerikanischen Partnern." Briggs bluffte.

Das Gesicht des Koreaners blieb starr wie ein bronzenes Standbild des Obersten Führers in Pjöngjang. Was wusste der Deutsche von den topgeheimen Industriekontakten zwischen den beiden verfeindeten Ländern, die bis ins Weiße Haus reichten? „Wir haben überall sehr gute Kontakte", sagte der Koreaner schließlich charmant lächelnd, „da wir ein weltoffenes demokratisches Land sind."

Briggs nickte. „Natürlich, und ihre Aufbauleistungen im Bereich der Sicherheitsindustrie verdienen größten Respekt." Der Koreaner nickte lächelnd, wie es Diplomaten bei den größten Unwahrheiten tun konnten oder tun mussten.

„Wir wissen Ihren Beitrag für die Erreichung unserer Ziele ebenfalls zu schätzen", sagte der Diplomat. Er schlug die vor ihm liegende Mappe mit vorbereiteten Dokumenten auf. Obenauf lag ein europäischer Pass in weinrotem Einband, ausgestellt auf den Namen Steven Briggs. Er enthielt das notwendige Einreisevisum. Der Koreaner reichte das Ausweisdokument über den Tisch. Briggs prüfte die Angaben und steckte es in seine schwarze lederne Kollegmappe. „Danke."

„Dann hat sich unser Botschafter erlaubt, Ihnen noch ein persönliches Empfehlungsschreiben für den Großen Führer mitzugeben. Sie können es bei der geplanten Audienz seinen Mitarbeitern übergeben." Es folgten weitere sorgfältig vorbereitete Papiere zur Reiseplanung, zu den Hotels und den Ansprechpartnern auf den verschiedenen Stationen. Sowohl der Besuch an der nordkoreanischen Südgrenze als auch die Besichtigung einer der Raketenfabriken in den Bergen standen auf dem Programm. Briggs hatte den Status eines VIPs, der auf besondere Einladung des Außenministeriums und des Verteidigungsministeriums hin unterwegs war. Das öffnete sonst strikt verschlossene Türen.

„Hervorragend", sagte Briggs, „ich werde die Möglichkeit dieses Besuches und ein Treffen mit Ihrem Großen Führer dazu nutzen, unsere freundschaftlichen Kontakte weiter zu vertiefen."

Der Koreaner nickte eifrig.

Briggs dachte in dem Moment an die Überweisungen aus den USA auf sein Konto in einer Steueroase, die bislang weder bei den deutschen Steuerfahndern noch in den gehackten Datenpaketen auf fremden Rechnern gelandet waren. Nach den Erfahrungen der vergangenen Jahre war es jedoch fast sicherer, schmutziges Geld bei der örtlichen Filiale einer deutschen Bank oder Sparkasse zu deponieren, als in einem der sogenannten Steuerparadiese. Diese hatten sich für die ausländischen Bankkunden inzwischen oft in eine Steuerhölle verwandelt.

„Noch eine Frage", sagte Briggs, während er die Unterlagen einschließlich eines bunten Propaganda-Reiseprospekts verstaute. „Wie ist Ihre Einschätzung darüber, ob es in nächster Zeit zu militärischen Auseinandersetzungen kommen könnte?"

Der Koreaner wand sich. „Wie Sie wissen, sind wir gerüstet, jede Art von Angriff auf unser souveränes Territorium abzuwehren."

„Kann ich aus der Erteilung des Visums schließen, dass Sie damit nicht in unmittelbarer Zukunft rechnen?", fragte Briggs.

„Das kann sein, das kann aber auch nicht sein, es gibt heute keine Antwort darauf", sagte der Diplomat. „Wir sind eine Nation, die den Frieden fördert."

„Sicher“, sagte Briggs. Bleibt nur die Frage, warum ich euch auch noch die neueste Technologie und die Werkzeugmaschinen zur Fertigung von intelligenten Leitsystemen für Mittelstreckenraketen vermitteln soll, dachte er.

„Ich bringe Sie jetzt zum Empfang“, beendete der Diplomat das Gespräch. Er begleitete seinen Besucher bis zu der gesicherten Eingangstür des Konsulatbereichs. Hinter einer Pförtnerloge saß ein aufmerksamer Sicherheitsbeamter. Er verzog keine Miene, als Briggs ihm kurz zuwinkte.

Draußen wehte vor dem massiven grauen Eisenzaun an einem hohen Mast die rote Fahne der Demokratischen Volksrepublik. In einem gläsernen Schaukasten zur Straße waren der keineswegs unterernährte Große Führer, glücklich lächelnde Bewohner sowie lernende Kinder dieses rätselhaften Staates abgebildet. Briggs war gespannt auf das Land, das sein Privatvermögen weiter kräftig mehren würde – wenn auch um einen hohen Preis. Schon einmal hatte es auf Hawaii einen Alarm der Behörden gegeben, dass sich nordkoreanische Raketen im Anflug befänden. Nichts war in dieser Weltregion mehr ausgeschlossen.

Eine Dreiviertelstunde später traf Briggs vor seinem Haus in Berlin-Grunewald ein. Um diese Uhrzeit war der Verkehr in der Hauptstadt wirklich eine Folter, hier konnte man von den weitgehend autolosen breiten Straßen der nordkoreanischen Metropole nur träumen. Briggs stellte in der gepflasterten Einfahrt den Range Rover unter einem alten Johannisbrotbaum ab, der immer erst im Winter seine langen, dunkelbraunen Hülsenfrüchte abwarf. Als Mitbringsel von einer Reise ans Mittelmeer hatte der Baum sich inzwischen sogar an den Berliner Frost gewöhnt und gedieh prächtig. Seine immergrünen Blätter verdeckten jetzt den Blick auf die andere Straßenseite der ruhigen Wohnstraße. Dort parkten gerade zwei Zivilfahnder der Berliner Kripo unbemerkt ein, die den blauen Punkt von Briggs' Peilsender seit dem Besuch in der Botschaft diskret verfolgt hatten.

Briggs verschwand in der Villa.

„Bin zurück", rief er, während er seinen Mantel aufhängte und die Reisetasche abstellte. Jenny war gerade dabei, mit einer Freundin aus dem Reitclub zu telefonieren. Mit dem tragbaren Apparat ging sie zu ihrem Mann und machte mit einer Geste und rollenden Augen deutlich, dass sie sich gerade in einem Gespräch befand. Sie war eher die Zuhörende, da sie den Redefluss der Freundin kaum stoppen konnte. „Ja, das hast du mir schon erzählt …"

Briggs stand am Kühlschrank und schenkte sich ein Glas kühlen Riesling ein. Nach dem grünen Tee in der Botschaft eine schmackhafte Abwechslung. Er ging die Post der letzten Tage durch. Rechnungen, Rechnungen, Rechnungen, sie kamen nach wie vor gern in Papierform. Dazwischen Angebote für die Bestellung von Weinen und der Katalog eines Reiseveranstalters, die üblichen Bankauszüge sowie eine Einladung zu einem Seminar mit dem Titel „Manager dirigieren Philharmoniker". Und dann war da ein Brief von einer bayerischen Polizeidienststelle. Briggs zuckte zusammen. Ungeduldig riss er den weißen Umschlag mit dem blauen Stempel auf. Es war die Mahnung wegen eines nicht bezahlten Bußgelds wegen Geschwindigkeitsüberschreitung.

Er konnte sich nicht entsinnen, ein erstes Schreiben gesehen zu haben. Vielleicht hatte es Jenny aus Versehen mit den alten Zeitungen entsorgt. Der Vorgang lag schon länger zurück, war aber mit genauem Datum und Ortsangabe versehen. Dazu ein Foto von Briggs hinter der Windschutzscheibe seines Range Rovers.

Er war zwar kaum zu erkennen, da das Blitzlichtfoto aus der Radarfalle gegen das spiegelnde Sonnenlicht aufgenommen war, aber zur Identifizierung vor Gericht würde es reichen. Einschließlich der Mahngebühren und Bearbeitungskosten hatte sich ein Betrag von 75 Euro aufsummiert.

Briggs erinnerte sich genau an diesen Sommertag, an dem er zum Mörder wurde. Die Wiener Pianistin war mit ihm gemeinsam zu einem Auftritt in das ostbayerische Blaibach gefahren. Dort hatte sie in dem architektonisch avantgardistischen Konzerthaus musiziert. Selten hatten die beiden ein so begeisterungsfähiges Publikum erlebt.

Nur ihr Begleiter war schon am Konzertabend und danach beim gemeinsamen Ausklang in ihrem Gasthof bei deftiger bayerischer Kost und dunklem Bier seltsam in sich gekehrt gewesen. Am nächsten Tag hatte er sie zu einem Ausflug in eine abgelegene Region des Nationalparks überredet.

Es war ein sonniger und warmer Tag gewesen. Zunächst hatte Briggs auf der Hinfahrt wegen der fortgeschrittenen Zeit nicht in das Ausflugslokal gehen wollen. Er hatte die Pianistin schließlich begleitet und draußen gewartet, während sie eine große Flasche Wasser für die kleine Wanderung, die sie vorhatten, gekauft hatte. Briggs hatte die Plastikflasche zu dem großen Küchenmesser gepackt, das im vorderen Fach seines Rucksacks lag. Sie waren wortlos nebeneinanderher gelaufen. Die Pianistin hatte gegrübelt, ob das Konzert wirklich gut gewesen war, und hatte ihren Gedanken nachgehangen.

Der wenig frequentierte Wanderweg hatte sich leicht bergauf geschlängelt durch den natürlich belassenen Wald mit dichtem Unterholz und verrottenden Baumstämmen. Es hatte nach Moos, verfaulenden Blättern und Fichtennadeln gerochen. Nach einer halben Stunde hatten sie einen Wasserlauf erreicht, der ein tiefes Tal in den Berg gewaschen hatte. Die Pianistin war vorausgegangen in Richtung der hölzernen Brücke, als Briggs unbemerkt den Rucksack von den Schultern genommen hatte. Er hatte den Reißverschluss aufgezogen und war beim Gehen geschickt in das

Paar Lederhandschuhe geschlüpft. Dann hatte er das Stahlmesser herausgenommen.

In diesem Moment hatte sich die Pianistin herumgedreht: „Hast du mal das Wasser für mich –"

Es waren ihre letzten Worte gewesen. Briggs hatte sofort zugestochen, mehrmals in den Hals und in die Kehle. Das Blut war aus den tiefen Wunden gequollen. Die Pianistin war erstickend mit einem schwachen Schrei auf den Waldboden gesunken und hatte ihren Mörder mit weit aufgerissenen Augen angesehen. Es hatte nicht lange gedauert, bis sie mit einem letzten Zucken ihrer weichen, feingliedrigen Tastenfinger diese Erde verließ. Briggs hatte das Messer an einem dichten Farnbündel abgewischt und es wieder im Rucksack verstaut. Dann hatte er die Tote an die Kante des steilen Abhangs geschleppt und sie hinuntergestoßen. Der Körper war kurz vor dem gurgelnden Wasserlauf zum Liegen gekommen, vom Weg aus war er nicht zu sehen gewesen. In dem Nationalpark mussten Hunde an der Leine geführt werden. So bestand die Chance, dass die Pianistin nicht allzu bald gefunden wurde.

Briggs hatte sich umgeschaut. Niemand war in diesem einsamen Teil des Geländes unmittelbar an der grünen Grenze zu Tschechien zu sehen gewesen. Selbst die Vögel hatten geschwiegen. Er hatte sich auf den Rückweg gemacht. Mit mehreren Schlucken Wasser hatte er versucht, seine innere Erregung zu unterdrücken. Töten war kein Kinderspiel.

Das Mundstück der Flasche schien nach der Pianistin zu schmecken. Er hatte alles in dem Rucksack verpackt. Auf der Rückfahrt würde er alles getrennt im Container einer Altkleidersammlung entsorgen. Den kleinen Kunststoffkoffer der Pianistin mit den Noten würde er unauffällig in der Garderobe des Ausflugslokals abstellen. Das Messer würde auf der Rückfahrt nach Salzburg an der großen Brücke im Flußbett der Donau landen.

Briggs konnte sich wirklich nicht erinnern, in eine Radarfalle geraten zu sein.

Er drehte das polizeiliche Schreiben unschlüssig herum. Aber er musste auf der Hut sein, falls er gezwungen sein sollte, sich ein Alibi für die Ereignisse nach dem Konzert zurechtzulegen. Vielleicht würde er sagen können, dass sie sich am nächsten Tag gestritten hätten und dass die Pianistin mit einem Musiker zusammen nach München zurückfahren wollte. Er sei dann allein abgereist.

Jenny betrat die Küche. „Na, was studierst du? Oh, wieder zu schnell gefahren", sagte sie mit einem flüchtigen Blick über seine Schulter.

„Nicht der Rede wert", sagte Briggs und legte die andere Post auf das Schreiben.

„Du hast schon was zu trinken?", fragte Jenny rhetorisch.

„Möchtest du auch?"

„Lieber was Perlendes", sagte sie und entnahm dem Kühlschrank eine Flasche gut gekühlten Champagner. „Wir haben uns so lange nicht gesehen. Ich dachte, wir gehen heute Abend zum Italiener, da hätte ich Lust drauf."

Briggs stöhnte. Er fand den neu eröffneten Laden in ihrer Nachbarschaft überdreht und snobistisch. Die obercoole Arroganz des bärtigen Jungwirts und des wenig aufmerksamen Personals mochte er nicht. Vor allem enttäuschten ihn die Mikroportionen von drei Nudeln an handgestampftem Pesto, von denen er nie satt wurde. Oder die vereinzelten gegrillten Baby-Oktopusse, die sich in der luftigen Salatkreation so rar machten wie unter den Felsen einer Bucht im Fanggebiet.

„Wenn du willst", sagte er zu Jenny. Heute gab er lieber einmal nach. „Ich bringe nur noch meine Tasche nach oben." Er nahm die Post gleich mit. Das Schreiben der bayerischen Polizei legte er zu seinen Geschäftsverträgen.

37

Die Ermittlungsgruppe Soko „Klangkörper“ in Wien stand unter Druck. Ein halbes Jahr war vergangen, ohne dass ein Täter dingfest gemacht werden konnte. Gab es möglicherweise gar keinen Zusammenhang zwischen den drei Morden? Drei Einzeltäter, oder doch ein Serientäter?

Der teetrinkende Leiter der Sonderkommission sah seine Stellvertreterin etwas ratlos an. Immer wieder starrte auch die Kommissarin auf das Flipchart mit einer Markierung der mutmaßlichen Tatorte in roter Farbe. Darüber gelegt war mit blau gestrichelten Linien ein Netz von Bewegungen der Opfer, soweit sie die Polizei rekonstruieren konnte. Und die schwarz gepunkteten Linien stellten die nur teilweise gesicherten Bewegungsabläufe des bislang einzigen Tatverdächtigen Briggs/Sand dar, die jedoch mit vielen Fragezeichen versehen waren. Gesichert war nur die Anwesenheit seines Wagens auf einer Landstraße im Bayerischen Wald im zeitlichen Umfeld der Ermordung der Pianistin. In den Donauauen, wo die Sängerin gestorben war, gab es gar keine schwarzen Linien, und an der polnischen Küste waren sie mit dicken Fragezeichen versehen, da die Zeugenaussagen als nicht belastbar eingeschätzt wurden.

Deutlich interessanter waren die Besuche des Tatverdächtigen am Ammersee und in Hamburg bei einem der Opfer und bei einer ganz offensichtlich akut gefährdeten Person. Hinzu kam die schwarze Linie von Salzburg an den

Fuschlsee, eine Fahrt, die der Kommissarin von einer weiteren Musikerin geschildert worden war, sowie die Auswertung der Operation blauer Punkt.

„Kollegen", sagte der Leiter, „wenn wir mal einen Strich ziehen, bleibt uns nur der Tatverdächtige Briggs/Sand."

„Genau", sagte einer der Ermittler, „ich habe gleich gesagt, dass wir den grillen müssen." Larissa war dagegen gewesen. Sie hatte gehofft, noch weitere Erkenntnisse über den Tatverdächtigen zu gewinnen, die verhindert hätten, dass er seinen Kopf womöglich noch aus der Schlinge ziehen konnte.

„Und was schlägst du vor?", fragte sie den forschen Kollegen.

„Verhaftung wegen dringenden Tatverdachts. Hausdurchsuchungen in Berlin und Salzburg."

„Ja, super", brauste sie auf. „Der Mann hat Geld und gute Anwälte. Was haben wir denn tatsächlich in der Hand?"

Die erfahrenen Ermittler erörterten das Pro und Kontra einer Verhaftung. Sie mussten damit rechnen, dass der Tatverdächtige jede Beteiligung an einer der Taten abstritt. Selbst zu seiner Anwesenheit im Bayerischen Wald würde er eine Geschichte auftischen können, die nur schwer zu widerlegen wäre. Eine Chance bestand in der Sicherstellung von zusätzlichem Beweismaterial bei einer Hausdurchsuchung. Doch ein gerissener Killer würde weder Tatwaffen noch verschmutzte Kleidung oder Schuhe mit Dreckresten an der Sohle in seinem Haus aufbewahren.

„Warum laden wir ihn nicht zur Vernehmung?", sagte der junge Ermittler. „Lass ihn doch mal seine Geschichte erzählen, da kann er sich doch nur in Widersprüche verstricken."

„Glaubst du das? Der Typ macht doch offenbar lauter Geschäfte mit Partnern, bei denen man auch nicht alle Karten auf den Tisch legt", urteilte der Leiter. Aber vielleicht, so überlegte er, war es gar nicht so falsch, den Kollegen von der

Wirtschaftskriminalität mal zu bitten, Briggs einzubestellen. Er würde das mit der Spitze des Hauses besprechen müssen. Der Beratungsvertrag mit den Amerikanern sowie zusätzliche Informationen aus dem Bundesamt für Ausfuhrkontrolle konnten das rechtfertigen. Bei den Vernehmungen sollte dann ein Mitglied der Sonderkommission mit am Tisch sitzen, um Briggs nach Treffen mit Wirtschaftsvertretern in der Nähe der Tatorte zu befragen. Mal sehen, wie nervös er werden würde.

„Hat die Anfrage bei dem Autohersteller etwas gebracht?", wollte der Leiter noch wissen. Er traf dabei einen heiklen Punkt.

Ausgerechnet für die Modellnummer des Range Rovers von Briggs gab es zwar eine Erfassung der gefahrenen Geschwindigkeiten sowie der Brems- und Überholvorgänge, die von den Assistenzsystemen begleitet wurden, aber ein geografisches Bewegungsprofil konnte nicht erstellt werden. Bei anderen Herstellern speicherte der Bordcomputer anhand der Navigationsdaten die Streckenverläufe punktgenau, und bei einigen modernen rollenden Rechnern sogar die Belegung der Sitzplätze oder die Müdigkeit des Fahrers anhand der Augenbewegungen.

„Leider negativ", fasste der referierende Ermittler seine Recherchen zusammen.

„Wie gut, dass wir die gute alte Beobachtungs-Überwachung haben", sagte einer der erfahrenen Ermittler voller Genugtuung.

„Geht eben nichts über so eine fette Wanze unterm Arsch", spottete der junge Kollege.

„Meine Herren", sagte der Leiter, „wir verfahren wie besprochen."

Der junge Ermittler schaute seinen älteren Kollegen etwas irritiert an und zog die Schultern ruckartig nach oben. Eigentlich ging die Runde ergebnislos auseinander.

38

Briggs war gerade aus Nordkorea zurückgekehrt, als er die Vorladung der Staatsanwaltschaft Berlin in seiner Geschäftspost fand. Ein Ermittlungsverfahren war eingeleitet worden, der Exportkaufmann Steven Briggs sollte wegen Verstoßes gegen Bestimmungen der Ausfuhr genehmigungspflichtiger Waren vernommen werden. „Mach dir mal keine Sorgen“, sagte sein Anwalt, den er telefonisch informierte, „die haben doch nichts in der Hand.“

Da war sich Briggs nicht so sicher. Bei den Gesprächen in Nordkorea hatte er erfahren, dass sein Treffen mit dem Rüstungs-Lobbyisten gleich von zwei Geheimdiensten beobachtet worden war, der nordkoreanischen Staatssicherheit sowie der amerikanischen CIA, die eine Korea Mission Spezialeinheit aufgestellt hatte. Er wusste, dass der Informationsaustausch mit dem Bundesnachrichtendienst gut funktionierte, wenn es darum ging, zentrale amerikanische Sicherheitsinteressen zu verteidigen. Er musste davon ausgehen, dass seine Geschäftstätigkeit beim Export von Technologie in ein von der UN-Weltgemeinschaft offiziell mit einem Boykott belegtes Land nicht unbemerkt geblieben war.

„Komm morgen in meine Kanzlei, elf Uhr?“, sagte der Anwalt.

Er durfte nicht vergessen, das Bußgeld der bayerischen Polizei zu bezahlen, fiel Briggs dabei ein. Und seine Geschäftsunterlagen für den Deal mit den Asiaten im Auftrag des US-Konzerns sollte er auch besser auslagern. Da würde ihm sein Anwalt bestimmt behilflich sein, so etwas war im Honorar enthalten.

Die Vernehmung in den Berliner Räumen der Staatsanwaltschaft fand wenige Tage später statt. Briggs sollte an der gesicherten Eingangspforte sein Smartphone abgeben, wogegen der Anwalt zunächst protestierte, doch der Sicherheitsbeamte blieb hart.

Schließlich reichte er sein Handy über den Tisch und bekam dafür eine Abholnummer.

Als sich die beiden Männer durch die Gitterdrehtür schoben, war Briggs' Handy schon zur IT-Abteilung des Referats Wirtschaftskriminalität unterwegs. Er würde es unversehrt, aber frisch gespiegelt wieder in Empfang nehmen können. Die Ermittler würden sämtliche Daten kopieren, während er bei der Vernehmung saß.

Die Begrüßung der beiden deutschen und der österreichischen Ermittler mit Briggs und seinem Anwalt verlief frostig.

„Herr Kollege", legte der kämpferisch gestimmte Anwalt los, „die Anwesenheit einer ausländischen Beamtin war uns nicht mitgeteilt und ist unüblich."

„Vielleicht unüblich, aber nicht unmöglich", sagte der deutsche Staatsanwalt. Er verwies auf die gesetzliche Geschäftsordnung für die Vernehmung von Beschuldigten im europäischen Rechtsraum. „Lassen Sie uns anfangen."

Briggs' Anwalt schwieg und machte sich eine Notiz. „Ich lege vorsorglich Protest gegen die von Ihnen gewählte Form ein", sagte er.

„Das können Sie gern. Nehmen Sie das zu Protokoll", sagte er dem mitschreibenden Beamten.

„Herr Briggs", sagte der Staatsanwalt, „Sie können sich denken, warum Sie hier sind?"

Briggs schwieg, wie er es in den folgenden zwei Stunden noch häufiger tun würde. Ein Blick zu seinem Anwalt, der leicht mit einer Drehung des Kopfes verneinte, verwandelte ihn in eine schweigsame Sphinx. Briggs bestätigte, dass er mit diversen problematischen Ländern zwar Geschäfte mache, sich aber alles im Rahmen der gesetzlichen Bestimmungen bewege. Schließlich hätte ja selbst der deutsche Außenminister bei Besuchen in einigen Staaten die mitreisenden Wirtschaftsvertreter zu einer Verstärkung der Handelsbeziehungen ermuntert. Heute waren einige der Länder – Ägypten, Iran, Irak, Libyen, Syrien – als Schurkenstaaten geächtet, während andere als Hoffnungsträger eines demokratischen Aufbruchs gefeiert wurden.

Darüber hinaus bestätigte Briggs, dass er für amerikanische Partner Leistungen im Bereich des allgemeinen Consulting erbrachte.

„Zum Beispiel für Mr. Fuller von Northrop“, sagte der Staatsanwalt, während er das entsprechende Dokumentenblatt leicht anhob.

Briggs gab sich gelassen. „Möglich, wir haben da unterschiedliche Gesprächspartner“, sagte er und dachte fieberhaft nach, wie die Staatsanwaltschaft in den Besitz dieses Dokuments gekommen sein konnte.

„Möglich?“, sagte der Staatsanwalt. „Hier ist Ihre Unterschrift drauf. Verba volant, scripta manent.“ Wer schreibt, der bleibt, reimte sich der humanistisch nur teilweise gebildete Kaufmann zusammen.

„Können Sie uns das mal überlassen?“, fragte der Anwalt, dem die innere Unruhe seines Mandanten nicht entging. Der Staatsanwalt reichte die Kopie über den Tisch. Das Dokument war keine drei Wochen alt, dachte Briggs, wollten die Amis ihn ans Messer liefern? Oder waren US-Konkurrenten dabei, den lukrativen Deal mit Fernost zu torpedieren?

„Das Dokument ist unvollständig und so nicht aussagekräftig“, sagte der Anwalt. „Können Sie uns bitte den gesamten Vertrag zeigen?“

„Dazu besteht im Rahmen der heutigen Anhörung kein Anlass. Das soll das Gericht entscheiden“, bluffte der Staatsanwalt.

„Der Vertrag wurde in Miami verhandelt und gegengezeichnet“, sagte die Kommissarin Bost in das Schweigen der Männer hinein.

„Woher wollen Sie das wissen?“, entfuhr es Briggs.

„Das muss ich Ihnen nicht sagen. Aber Sie waren mit einer in Österreich gemeldeten Person unterwegs.“

In seinem Kopf drehte sich das Karussell. Jetzt fiel es ihm wie Schuppen von den Augen, was sich damals in dem kubanischen Zimmer abgespielt hatte. Und wie interessiert sich Maria in seiner Fuschler Villa umgeschaut hatte. Es war ein Fehler, sie am Leben gelassen zu haben, dachte er und lächelte die Kommissarin an.

„Ich wüsste nicht, was die Privatangelegenheiten von Herrn Briggs mit dem hier anhängigen Verfahren zu tun haben“, sagte der Anwalt.

Der Staatsanwalt schaute Larissa Bost an.

„Eine ganze Menge, denn Herr Briggs war bei seinen Treffen mit diversen Partnern aus der Rüstungsbranche häufig in Begleitung junger Damen. So auch bei einem Meeting mit Vertretern tschechischer Sprengstoffhersteller, die er im Spätsommer im Kurbad Zoppot traf. Es liegen entsprechende Zeugenberichte vor.“

Briggs begann zu begreifen. Offenbar hatten die Ermittlungen im Rahmen seiner Rüstungsgeschäfte auch sein geheimes Doppelleben enthüllt, oder war es umgekehrt?

„Ich weiß gar nicht, wovon Sie sprechen“, sagte er kalt.

„Dann wissen Sie auch gar nicht, mit welchem Sprengstoff die Oboenspielerin Mona in der Ostsee landete und mit welchem Stahlseil die junge Frau in den Donauauen ihren Tod fand?“

Etwas irritiert schaute der Anwalt seinen Mandanten an. Hatte ihm Briggs etwas verschwiegen, was er wissen müsste? So dumm konnte Briggs nicht sein. Als Anwalt wusste er allerdings nur zu genau, welche Geheimnisse in jedem seiner kriminellen Mandanten schlummerten.

„Also, ich beantrage, diese Vernehmung abzubrechen. Hier werden ungeheuerliche Vermutungen und Verdächtigungen gegen meinen Mandanten ausgesprochen. Wir haben uns bereitwillig und kooperationsbereit in dieses Gespräch begeben. Aber das hier ist unzulässige Zeugeneinschüchterung, Herr Staatsanwalt.“

„Beschuldigter, nicht Zeuge“, sagte der Staatsanwalt korrigierend.

Die gespielte Empörung, selbstbewusst vorgetragen, war eine Attitüde, die der Rechtsvertreter von guten Anwälten beschuldigter Menschen kannte. Er ließ sich nicht beirren. „Haben Sie noch weitere Fragen, Frau Kommissarin?“

„Herr Briggs, sagt Ihnen der Name Sand etwas, Stefan Sand? Sein Range Rover, angemeldet auf Steven Briggs, wurde am 1. Mai bei einer Verkehrsüberwachung auf der B11 beim bayerischen Regen erfasst. Keine 25 Kilometer entfernt von einem Tatort, an dem eine weitere Musikerin erstochen wurde.

Briggs schwieg und schaute seinen Anwalt an.

„Mein Mandant möchte dazu nichts sagen.“

„Dann sage ich Ihnen etwas dazu. Unter dem Namen ‚Care for Life‘ ist bei der Berliner Stiftungsaufsicht eine humanitäre Organisation eingetragen. Der Stiftungsvorsitzende ist ein gewisser Stefan Sand, mit dessen Pass Sie nach Kuba gereist sind. Auch Ihre Villa in Fuschl am See ist Sitz der genannten Stiftung. Alles Zufälle?“

Briggs zog es vor, weiter zu schweigen.

„Geben Sie uns bitte eine plausible Erklärung, warum Sie mit einer doppelten Identität durch die Welt reisen?"

Briggs schaute die Kommissarin gelangweilt und etwas arrogant an. „Muss ich Ihnen das in meinem Beruf auch noch erklären? Es gibt Staaten, die mich unter meinem wahren Namen nicht mehr ins Land lassen, und es gibt ehemalige Geschäftspartner, die mich lieber heute als morgen ausknipsen würden. Es gibt glücklicherweise auch in Deutschland Behörden und Minister, die einsichtig genug waren, mir die Ausstellung von zwei Pässen zu ermöglichen, da ich auch für unsere Regierung von Nutzen war."

Larissa hörte ungerührt zu. Sie glaubte Briggs kein Wort.

„Wir werden das überprüfen", sagte sie.

„Das überlassen Sie mal lieber Ihren deutschen Kollegen", konnte sich der Anwalt nicht verkneifen.

Larissa Bost spielte ihren größten Trumpf aus. „Herr Briggs, mithilfe unserer geschätzten deutschen Kollegen in München ist eine Gegenüberstellung für nächste Woche terminiert. Die Vorladung ist unterwegs."

Briggs zog fragend die Augenbrauen hoch und schaute seinen Anwalt an.

„Gegenüberstellungen sind bei Wirtschaftsstrafsachen eher ungewöhnlich", sagte der Advokat in schneidendem Tonfall. „Wir werden dagegen Einspruch einlegen."

„Ungewöhnlich, aber nicht unmöglich", sagte der Staatsanwalt erneut, ohne mit der Wimper zu zucken. „Wir erwarten, dass Sie der Aufforderung folgen."

Dem verdutzten Briggs wurde noch erklärt, dass er ab sofort einer gerichtlich verfügten Meldeauflage unterlag und sich bis 9 Uhr täglich in der Polizeiwache Rudolstädter Straße zu melden hatte. Der Staatsanwalt reichte das abgestempelte Amtspapier über den Tisch, das Briggs ungelesen an seinen Anwalt weiterreichte.

Der Anwalt schüttelte den Kopf. „Können wir gehen?"

„Sie können", sagte der Staatsanwalt. „Wollen Sie das Protokoll noch gegenlesen?" Der Anwalt setzte sich nochmals hin und prüfte sorgfältig die Aussagen. Sollte er sich in seinem Mandanten so geirrt haben? Die Hinweise der Kommissarin auf die Mordfälle waren starker Tobak.

Briggs konnte froh sein, das Justizgebäude noch als freier Mann verlassen zu können. Die beiden Männer stiegen in den Porsche des Anwalts.

„Steven, wir müssen reden", sagte der Anwalt.

„Das müssen wir", sagte Briggs, „ich bin aber kein Mörder."

Der Anwalt schwieg und fädelte den Sportwagen mit seinem trocken-röhrenden Motor auf den Zubringer ein.

„Das hoffe ich auch", sagte er schließlich nachdenklich.

39

Briggs war gewarnt. Die Vernehmung hätte ihn fast aus der Bahn geworfen, doch verfügten die Fahnder tatsächlich über Beweise für seine Morde, würde er jetzt nicht mit seinem Anwalt nach Hause fahren können. Es bestanden also noch gute Chancen, einer Anklage und Verurteilung zu entgehen.

Was konnte ihn belasten?

In seiner Villa in Fuschl am See waren viele Dinge zu finden, die jeden Fahnder interessieren mussten: Tankquittungen, Telefonabrechnungen, Bewirtungsbelege, Reiseabrechnungen, Flugtickets. Das alles musste zügig verschwinden.

Ebenso wie sein zweiter Laptop und das Smartphone mit seinen dienstlichen und beruflichen Kontakten. Briggs überlegte fieberhaft, wie er gleichwohl arbeitsfähig bleiben konnte. Er musste die wichtigsten Daten wohl in ein eigenes Gerät übertragen, dass er nur im Nummern-Safe einer Bank aufbewahren konnte. Das Leben begann kompliziert zu werden.

„Willst du gleich mit hoch kommen?“, fragte ihn sein Anwalt, als sie sich der Straße mit seiner Kanzlei näherten.

„Nein, setz’ mich bitte zu Hause ab. Ich bin in Verzug, meinen Partnern noch bestimmte Informationen zukommen zu lassen.“

„Steven, du solltest dich jetzt auf das Wichtige konzentrieren“, ermahnte ihn der Anwalt. „Du stehst mit einem Bein im Gefängnis.“

„Mach mal halblang“, sagte Briggs.

„Ich kann dir nur raten, jetzt keinen Fehler zu machen. Sonst kann ich dich da auch nicht mehr herausholen.“

„Okay, ich rufe dich heute Abend an.“

„Aber nicht über deine Telefone, du wirst bestimmt schon überwacht.“

„Kannst du um acht bei mir sein?“

„Das klingt schon besser“, sagte der Anwalt.

Briggs war allein im Haus. „Bin mit Hubert im Club“, war auf einem Zettel in der Porzellanschale auf der Ablage unter dem Spiegel im Flur zu lesen. Steven Briggs schaute sich darin an.

Er sah gar nicht gut aus, fand er selbst. Nach dem Besuch bei der Staatsanwaltschaft fühlte er sich um Jahre gealtert. Zum ersten Mal nahm er die tiefen Falten um die Nase und in den Augenwinkeln wahr. Briggs dachte mit Grauen daran, sich jeden Morgen zu dieser Polizeiwache begeben zu müssen. Er hasste es, wenn andere über seine Zeit verfügten. Aber er musste zugeben, auf ganz andere Weise auch über die Lebenszeit von drei Menschen verfügt zu haben. Sein Lebenstraum eines ewigen Mozarts, zu dem er die passende Frau gesucht hatte, war erst einmal zerstoben.

Doch Briggs war schon immer ein Kämpfer. Schon als ganz kleiner Junge, damals in dem großen Haus seines Vaters. Seine Mutter hatte die Familie für einen anderen Mann verlassen, als er drei Jahre alt gewesen war. Bereits nach der Geburt war seine Mutter in eine tiefe Depression gerutscht und konnte sich kaum mit ihrem Kind beschäftigen. Ihre Welt war der Champagner und die Künstlerszene der Berliner Galerien. Diese immer wiederkehrenden frühkindlichen Verlustängste hatten sein Leben geprägt.

Immer, wenn er das von Mozart 1781 in zwölf Variationen bearbeitete französische Volkslied „Ah! vous dirai-je,

Maman / Ce qui cause mon tourment?" „Ach! soll ich Dir sagen, Mama / Was die Ursache meiner Qual ist?", KV 265, spielte, musste er an seine eigene Mutter denken, die ihn so allein gelassen hatte. In den verschiedenen Textversionen ist von der Qual wegen eines liebenden Mädchens oder der Strenge des Vaters gegenüber seinem Kind die Rede. Er fühlte sich nie richtig geliebt und konnte deshalb auch selbst nicht lieben. Nur bei seiner Jenny war das anders. Deshalb konnte er es nicht zulassen, verlassen zu werden. Deshalb musste er töten.

Er würde morgen nach Salzburg fliegen, um in seiner Villa die Beweismaterialien zu sichern. Er könnte am Abend wieder zurück sein, um sich am nächsten Tag pünktlich zu melden. Wollen wir doch mal sehen, was ihr aufzufahren habt, dachte er. Er hatte einen der besten Strafverteidiger und Wirtschaftsanwälte an seiner Seite. Und er hatte die finanziellen Mittel, einen langen Prozess durchzustehen.

Briggs schaute erneut in den Spiegel.

Er schöpfte neuen Mut.

Gleich würde er die „Zauberflöte" auflegen. Ganz laut.

Es war wie im Leben seines Helden, der nicht nur in Königshäusern, sondern auch in englischen Gasthäusern und Spelunken musizieren musste, um seine Kasse zu füllen. Auch ein angeblich wachsendes Desinteresse des Wiener Publikums an dem inzwischen siebenjährigen Wunderkind führte zu neuen Reisen. Erst hatten sich die Adelshäuser abgewendet, jetzt war es das Bürgertum. Bei auswärtigen Konzertreisen nach Ulm, Mannheim und Frankfurt am Main im Jahr 1763 musste der verglühende Kinderstar auch in halbleeren Konzerthallen spielen. Und in seinen letzten Lebensjahren erfuhr er erneut eine Ausgrenzung von dem gesellschaftlichen Leben in der Hauptstadt. Haydn war zwar nicht mehr „neu" und Gluck nicht mehr aktiv, beide genossen aber große Aufmerksamkeit. Die Zahl der Bezieher der

Subskriptionen auf Mozarts Werke war auf eine einzige Person geschrumpft, Freiherr van Swieten, der dem Komponisten bis zuletzt verbunden war. Den Triumph des Erfolges seiner „Zauberflöte“ sollte Mozart nicht mehr erleben. Er besaß die einzigartige Kunst, als „Märchenopernkomponist“, so hatte es der Philosoph Ernst Bloch beschrieben, als Spieluhr des Rokoko sein Publikum zu entzücken. Der Komponist hatte sich die spielerische Kreativität eines Kindes bewahrt, das er immer geblieben war.

Briggs ging in sein Arbeitszimmer, um den Flug nach Salzburg vorzubereiten. Er tänzelte zum Motiv des Flötenspielers von der Musikanlage zu seinem Schreibtisch. Wie weit sollte er nachher seinem eigenen Anwalt reinen Wein einschenken?

Drei Morde waren kein Kavaliersdelikt. Konnte ihm ein Geständnis die Haft verkürzen? Oder die Expertise einer medizinischen Koryphäe wegen einer gespaltenen Persönlichkeit? Oder sollte er mithilfe seiner Freunde an der Botschaft seine Flucht nach Nordkorea in Angriff nehmen?

40

Der sanfte Klang der Hausglocke hallte durch das Erdgeschoss. Der Anwalt war wie immer pünktlich.

„Komm rein."

„Sauwetter."

Der Anwalt schüttelte ein paar Regentropfen von seinem Trenchcoat.

„Häng dich auf", sagte Briggs. Der Anwalt legte seinen Mantel über einen stoffbezogenen großen Bügel an der Garderobe, die in einem offenen Raum zum Flur untergebracht war.

„Ich würde vorschlagen, wir setzen uns ins Gartenzimmer", sagte Briggs und hielt die Glastür offen. „Was trinkst du? Bier, Wein, Wasser?"

„Wasser, wir müssen arbeiten."

Der Hausherr holte die Getränke und Gläser aus der Küche. Er genehmigte sich ein Glas des noch vorhandenen Rieslings und legte gleich eine neue Flasche aus dem Vorrat in den Kühlschrank.

„Zum Wohl erst mal."

„Zum Wohl", sagte der Anwalt.

Die beiden Männer setzten die Gläser ab. Der Anwalt drehte das Glas zwischen Zeigefinder und Daumen auf der Tischplatte hin und her und schaute nach unten, als wollte er gleich etwas Wichtiges sagen.

„Steven, bevor wir anfangen, muss ich dir etwas sagen."

Briggs schaute den befreundeten Anwalt an.

„Nun?"

„Ich kann dich nicht vertreten."

„Warum denn nicht?", entfuhr es Briggs.

„Ich sage dir die Wahrheit. Ich habe aus der Kanzlei noch einmal den Staatsanwalt angerufen, um in Sachen des Protokolls etwas zu klären. Ich fragte ihn am Schluss, was denn an dem Verdacht von deiner Beteiligung an den Mordfällen dran sei. Er gab mir indirekt und vertraulich zu verstehen, dass die Kollegen in Wien kurz vor einer Anklageerhebung stünden. Die Indizien gegen dich seien erdrückend."

„Und wieso kannst du mich dann nicht vertreten?", fragte Briggs.

„Als dein Anwalt muss ich alles wissen, du musst hier und heute Abend die Hosen runterlassen. Wenn du wirklich drei Menschen getötet hast, kannst du dich schon mal von diesem schönen Haus verabschieden. Lebenslänglich."

„Bis zu einer vorzeitigen Entlassung wegen guter Führung."

„Aha, du hast dich schon schlaugemacht. Dann weißt du auch, dass das mindestens 15 Jahre dauert. Und bei besonderer Schwere der Schuld, die hier bestimmt festgestellt wird, wird es eine weitere Ewigkeit dauern, bis du rauskommst. Da hast du jede Gelegenheit, das Köchelverzeichnis deines Helden vorwärts und rückwärts durchzuhören."

„Ist ja nicht das Schlechteste im Leben", sagte Briggs lakonisch.

„Also bitte. Erzähle mir die ganze Geschichte, wie du da reingerutscht bist. Ich kann dir nichts versprechen, aber vielleicht fällt uns etwas ein, um deinen Arsch zu retten."

Die beiden Männer tranken schweigend einen Schluck.

Briggs konzentrierte sich, dann begann er zu erzählen. Er erinnerte sich an einen Besuch des Anwalts und von dessen Frau in seinem Haus in Fuschl am See. Damals fuhr Jenny noch gern mit ins Salzburger Land. Die beiden Ehepaare hatten die Festspiele im nahen Salzburg besucht. Così fan tutte.

Nach der Aufführung hatten sie einen Tisch in einem sehr schönen Restaurant reserviert. Das Gespräch war um die beschwingte Oper mit anzüglichen Textpassagen gekreist, die auch unter dem Titel „So machen es alle" oder „Schule der Liebenden" berühmt geworden war.

„Ich erinnere mich gut", sagte der Anwalt, „du warst damals gar nicht zu bremsen. Wie ein Besessener hast du immer wieder wissen wollen, wer denn außer Mozart heute in der Lage wäre, so etwas zu schaffen. Du bist uns allen ganz schön auf die Nerven gegangen."

Nach der Rückkehr ins Haus am See hatten die Männer noch einen Schnaps getrunken, während sich die Damen schon zurückzogen. Es war nicht bei einem Glas geblieben, auch nicht bei einer Flasche. Spät in der Nacht hatte Briggs erklärt, dass er schon Wege finden würde, diesen Mozart wieder zum Leben zu erwecken. Der Anwalt hatte sich schließlich gegen drei Uhr morgens verabschiedet. „Ich geh jetzt schlafen, du kannst ja noch ein wenig komponieren, aber nicht zu laut."

Am nächsten Morgen hatte Jenny nur mit den Augen gerollt, als der Anwaltsfreund sie vorsichtig auf Briggs' Musikleidenschaft ansprach. „Da hat er eine Meise, aber besser, als wenn er anderen Röcken hinterherschaut."

Jetzt erinnerte sich der Anwalt an den Abend. Und auch die zahlreichen Bilder, Gemälde und Noten-Faksimiles von Mozart-Partituren in dem Haus bekamen jetzt einen Sinn. Damals hatte er dem keine Bedeutung zugemessen, außer dass er einen recht vermögenden Musikfreund als Mandanten vertrat. Das war ja nicht das Übelste.

Briggs schilderte nun sachlich, wie er die Musikerinnen jeweils kennengelernt hatte. Genauso sachlich schilderte er, warum er zu dem Entschluss gekommen war, sie zu töten.

Der Anwalt hörte regungslos zu. Es war einer der Momente, in denen er ganz tief in die Abgründe schauen konnte, die sich ihm immer wieder bei seinen Mandaten auftaten.

Stahlseilschlinge.

7,65 Millimeter.

Stahlmesser.

„Aber zum Teufel", entfuhr es dem Anwalt, „warum hast du die armen Frauen nicht einfach laufen lassen?"

Briggs wusste keine Antwort. „Ich konnte es nicht, ich will diesen Mozart für mich allein haben, ich will sein Schöpfer sein. Sie haben mich gezwungen zu töten."

„Ach, jetzt bist du auch noch das Opfer. Steven, du irrst, du bist ein Mörder und dafür wirst für den Rest deines Lebens bezahlen müssen."

Briggs sackte in sich zusammen. Sein Lebensmut entwich. „Kein Ausweg?"

Der Anwalt schwieg nochmals lange. Dann erzählte er von dem Fall eines Täters, der angab, die Kontrolle über sein eigenes Handeln verloren zu haben. Ein umfangreiches psychiatrisches Gutachten behauptete in diesem Fall eine „dissoziative Identitätsstörung", die in der Medizin bekannt ist. Wie bei einer Schizophrenie kann es dabei in extremen Fällen zu unkontrollierten Handlungen kommen. Schon länger bekannt ist das Phänomen der „multiplen Persönlichkeit", die durchaus positive, aber auch zerstörerische Schöpfungs- oder Vernichtungskräfte freisetzen kann.

Berühmt wurde die literarische Figur eines gut beleumdeten Goldschmieds in Paris, der auch für den königlichen Hof arbeitete. In der Novelle „Das Fräulein von Scuderi" entwickelte E.T.A. Hoffmann das Porträt dieser multiplen Persönlichkeit, die zu einem mehrfachen Raubmörder wurde. Der tötete immer Adlige, die mit wertvollen Schmuckstücken aus seiner Werkstatt auf dem Weg zu ihren Geliebten waren.

„Mir geht's doch nicht um Schmuckstücke", sagte Briggs, wieder etwas gefasster.

„Der Mann wurde damals freigesprochen, eine außerordentliche Leistung der Kollegen."

Der Anwalt sah einen Hoffnungsschimmer für Briggs. Vielleicht ein paar Jahre in psychiatrischer Verwahrung. Als bislang unbescholtener Ersttäter hatte er Chancen, nicht die Maximalstrafe zu bekommen. Er wollte aber seinem Mandanten jetzt keine Hoffnung machen. Und doch überlegte er schon, wie er den damaligen Gutachter, dessen Votum die Wende im Verfahren gebracht hatte, kontaktieren konnte. Er würde ihn vorsichtshalber schon einmal vorbereiten, dass seine Dienste gebraucht werden würden. Geld spielte keine Rolle.

„Was denkst du?"

Schweigen.

„Bereust du eigentlich die Morde?", fragte der Anwalt.

Briggs begann, nervös mit zwei Fingern an seiner Unterlippe zu zupfen. „Bereuen? Es musste sein, diese Frauen haben mich nicht wirklich geliebt. Ich bereue eher, dass ich meinem Ziel nicht näher gekommen bin."

Schweigen.

„Hast du denn kein Mitleid mit den Opfern oder ihren Angehörigen?"

„Schon, aber hier geht es doch um Größeres, um etwas für die ganze Menschheit."

Die Antwort bestärkte den Anwalt darin, dass ein Gutachten eine sehr schwere Persönlichkeitsstörung bei Briggs bestätigen würde.

„Gut, gibt es noch irgendetwas, das für mich wichtig wäre? In der Rüstungssache sehe ich keine große Gefahr für dich. Geldstrafe oder Einstellung, es sei denn, da kommt noch etwas hinterher."

Briggs lächelte zum ersten Mal seit Beginn des Gesprächs.

Von draußen war die Eingangstür zu hören. Jenny war zurück.

„Jenny, Schatz, wir sind hier gleich fertig.“

Jenny schaute durch die Tür und erblickte den Anwalt. Sie umarmte ihn kurz, nachdem er aufgestanden war. „Ich will euch nicht stören. Geht’s wieder mal um zu schnelles Fahren und den lieben Führerschein?“

Der Anwalt lachte. „Genau, Bagatelle.“

„Ich erzähle dir das später“, sagte Briggs zu seiner Frau.

„So ihr Lieben, ich muss los“, sagte der Anwalt. „Wir sollten mal wieder zusammen zu den Festspielen nach Salzburg.“

„Gute Idee“, sagte Jenny, „ich bin dann oben.“

„Übrigens wollte ich morgen nach Fuschl am See, einige Sachen aus dem Haus holen“, sagte Briggs leise zu dem Anwalt.

„Bei mir in der Kanzlei ist noch Platz, dann kannst du auch gleich die Vollmacht unterschreiben. Aber lass dich nicht erwischen und sei rechtzeitig zurück, sonst nehmen die hier dein Haus auseinander.“

„Okay.“

„Und wegen des Termins der Gegenüberstellung werde ich aus formalen Gründen Aussetzung beantragen. Ich melde mich dazu.“

„Okay.“

„Ab jetzt wird jeder Schritt bitte mit mir abgestimmt.“

Der Anwalt zog seinen Trenchcoat enger um sich, während ihn Briggs zur Haustür brachte.

„Ich bin froh, dich als Anwalt zu haben“, sagte der Hausherr.

„Das wird sich noch zeigen. Gute Nacht, Alter.“

41

Stöckelschuh war heute besonders gut gelaunt.

„Blumen? Für mich?"

„*Wer* hat heute Geburtstag?"

Die Sekretärin fasste es nicht. Ihr Chef hatte tatsächlich an ihren Geburtstag gedacht. Sensationell.

„Und auch noch lachsfarbene Rosen, meine liebsten."

„Weiß ich doch", sagte der Detektiv, als hätte er die letzten Jahre nicht regelmäßig den Geburtstag seiner Sekretärin vergessen. Seitdem er in seinem Smartphone eine Alarmfunktion für die eingespeicherten Ehrentage hatte, passierte das nicht mehr. Die Farbe der Rosen standen für die Botschaft: Ich bewundere Sie.

„Vielen Dank." Stöckelschuh ging mit wiegendem Schritt zum Kaffeeautomaten, um ihrem Chef auch etwas Gutes zu tun.

„Herr Brahm hat sich für heute angemeldet. 13 Uhr."

„Pünktlich?"

„Pünktlich."

„Er wollte Sie zum Essen abholen für eine Abschlussbesprechung. Seine Tochter bringt er mit."

„Fein, hat er gesagt, wohin es geht?"

„Restaurant Tagesgericht, so hat es mir die Kollegin in seinem Vorzimmer mitgeteilt."

„Und dann hat noch Ihre Wiener Polizeibekanntschaft um Rückruf gebeten."

„Die Bekanntschaft hat auch einen Namen“, sagte der Detektiv sachlich, „Kommissarin Bost.“

„Das ist mir nicht entgangen. Soll ich gleich verbinden?“

„Sie haben heute Geburtstag, ich mache das selbst.“

Stöckelschuh drehte sich gekonnt auf den zwei filigranen Säulenabsätzen ihrer High Heels um und zog etwas beleidigt ab.

„Wie Sie wollen.“

Ihren Geburtstag würde sie sich nicht verderben lassen. Die Rosen mussten in eine Vase.

Koch rief in Wien an. Larissa Bost berichtete von der Vernehmung in Berlin.

„Ein harter Knochen.“

„Das kannst du sagen. Aber in seiner Situation hätte ich auch geschwiegen.“

„Was glaubst du, ist er unser Mann?“

Schweigen. „Wirklich schwer zu sagen. Vieles spricht dafür“, sagte Larissa.

Erneutes Schweigen.

„Wie hat sein Anwalt reagiert?“

„Das war das Interessanteste für mich. Bei dem Wirtschaftskram schien er ganz gelassen. Als es zu den Mordfällen kam, wurde er sichtbar unruhig.“

„Du meinst, er weiß auch nicht alles über seinen Mandanten?“

„Sieht so aus.“

„Was habt ihr jetzt vor?“

„Deswegen rufe ich an. Wir wollen eine Gegenüberstellung mit allen, die Briggs unter dem Namen Stefan Sand kennengelernt haben“, sagte Larissa.

„Wozu soll das gut sein?“

„Absicherung der Aktenlage.“

„Und Druck auf den Verdächtigen?“, sagte der Detektiv.

„Du hast es erfasst. Könntest du Nina Brahm vorbereiten, dass auch sie eine Vorladung erhält und es in ihrem Interesse ist, daran teilzunehmen?"

„Okay, ich sehe sie heute Mittag."

„Perfekt."

„Wen hast du noch einbestellt?"

„Die Salzburger Flötistin Maria, die Schwester und Mutter der ermordeten Oboistin Mona und den Barkeeper aus dem Mozarteum."

„Was hat der damit zu tun?"

„Er hat sich bei uns nach dem Verschwinden von Mona gemeldet. Er konnte sich an einen Fremden erinnern, der die Nähe von Maria nach einem Konzert suchte und ihn zuvor regelrecht ausgefragt hatte."

„Kann ja nicht schaden."

Schweigen.

„Setzt du denn auf ein Geständnis?"

„Nur, falls er keinen Ausweg mehr sieht."

„Habt ihr denn sein Smartphone gespiegelt?"

„Haben wir."

„Da könnte auch unsere elektronische Supernase helfen", empfahl der Detektiv. „Also kein Geständnis?"

„Wenn sein Anwalt in dieser ausweglosen Situation etwas herausholen will, wird er sich das überlegen. Wenn das Smartphone auch noch die Koordinaten der Donauauen zum fraglichen Zeitpunkt ausspuckt, ist er wohl geliefert."

„Zu viele Zufälle."

„Bist du denn zufällig demnächst auch in München?"

Pit Koch spürte sofort ein Kribbeln. „Ich könnte Nina anbieten, sie zu begleiten."

„Das wäre doch sehr hilfreich und ritterlich."

„Willst du, dass ich bei der Gegenüberstellung dabei bin?"

„Wir können ja nach dem Termin noch eine private Gegenüberstellung einplanen", sagte Larissa.

„Von mir kriegst du kein Geständnis", sagte der Detektiv.

„Aber vielleicht eine Einladung zu einem ordentlichen Schweinebraten im Paulaner Bräuhaus."

Stöckelschuh klopfte an die Tür, als das Gespräch beendet war. „Will nicht stören."

„Sie stören nie", sagte der Detektiv charmant.

„Ich wollte mal anfragen, ob heute Nachmittag ..."

„Schon verstanden. Sie können los, wenn ich mit Brahm zum Essen gehe. Feiern Sie Ihren Geburtstag anständig."

Stöckelschuh hatte einige Freundinnen zum Tee eingeladen. Am Abend wollte die Damenrunde noch auf den Kiez, Musik im Academy am Hans-Albers-Platz oder zu Angies neben dem St. Pauli Theater. Irgendwas zum Tanzen und Spaß haben. Heute war Donnerstag, und die Partyfreunde aus dem Hamburger Umland würden erst am nächsten Tag einfallen und alles in Beschlag nehmen.

Der Detektiv, der noch den Abschlussbericht für Brahm vorbereiten musste, lächelte Stöckelschuh an. „Jetzt sind Sie schon 29", sagte er charmierend zu der Mittvierzigerin. Sie errötete auf ihre Art.

„Sehr nett, aber leider unwahr", sagte die Sekretärin.

„Wollten Sie wirklich noch mal 29 sein?"

„Eigentlich nicht, zu viel Liebeskummer."

Der Chef fragte sich, warum er als Detektiv so wenig über das frühere Leben seiner Mitarbeiterin wusste. Sie hatte irgendein Geheimnis, das er noch nicht kannte. Und er fragte sich, ob ihre Freundinnen eigentlich auch alle Stöckelschuhe trugen.

Er machte sich an die Arbeit. Seine Sekretärin schloss mit viel Gefühl ganz leise die Tür, als hätte sie ein schlafendes Kind zu behüten.

42

„Ich will gleich zur Sache kommen", sagte Ivo Brahm etwas polternd im Restaurant.

„Bitte."

„Sie haben Nina das Leben gerettet", sagte er schon leiser.

Nina nickte zustimmend.

„Woher wussten Sie überhaupt, dass dieser Briggs in der Stadt war?"

„Unterliegt leider dem Dienstgeheimnis. Wir wussten jedenfalls, dass sein Fahrzeug hier parkte."

„Warum hat ihn die Polizei nicht einkassiert?"

„Dienstgeheimnis."

„Das ist doch Wahnsinn, so einen Verrückten frei herumlaufen zu lassen."

„Da kann ich Ihnen nur recht geben. Aber wir führen nicht das Ermittlungsverfahren."

„Jedenfalls will ich Ihnen für Ihren Einsatz einfach mal Danke sagen."

Brahm griff in die Innenseite seines englischen Jacketts und holte einen seiner berühmten schlichten Briefumschläge heraus. Wortlos schob er ihn über den Tisch in Richtung Pit Koch.

„Das kann ich nicht annehmen."

„Doch, können Sie. Bin ich sicher."

„Dann danke dafür." Der Detektiv steckte den Umschlag ungeöffnet in seine Innentasche.

„Wenn Sie wollen, schreiben Sie mir noch eine Rechnung über den Gesamtbetrag für die Sicherheitsberatung“, sagte Brahm.

„Privat oder Firma?“

„Mir egal, ich bin die Firma. Unser Finanzminister soll auch was zu kauen haben.“

In diesem Moment kam das Essen. Brahm schaute mit Wohlgefallen auf das saftige Steak mit selbst gemachten braun-goldenen Fritten, das der Ober ihm servierte.

Nina bekam Salat, der Detektiv Tatar.

„Und bringen Sie nochmals eine Runde Getränke“, orderte Brahm mit einer kreisenden Bewegung seines rechten Zeigefingers.

Nina trank Wasser, der Detektiv Cidre.

Brahm trank ein Bier.

Der Bauunternehmer säbelte mit dem Steakmesser eine dicke Scheibe des rosafarbenen Fleischs ab und schob es mit geschlossenen Augen in seinen Mund.

„Vorzüglich, die können das hier einfach.“

„Das Tatar sieht auch sehr gut aus.“ Pit Koch war dabei, noch etwas Pfeffer und Worcester Sauce vorsichtig auf dem wenig ansehnlichen Klumpen zu verteilen. Von den Pommes Frites hatte er schon mit der Hand gekostet. „Spitze, die Fritten.“

„Und du, Nina, schmeckt es dir?“

Nina lächelte. Sie wusste, dass ihr Vater damit eigentlich sagen wollte: Du weißt gar nicht, was du alles verpasst; immer dieses Grünzeug; das ist doch nicht gesund.

Nina nickte zustimmend.

Schweigend speiste das Trio.

„Ich habe noch einen Anschlag auf Nina vor“, sagte der Detektiv, während er sich mit der Stoffserviette den Mund abtupfte.

„Keine weiteren Experimente“, sagte der Vater.

„Um was geht es?“, fragte Nina.

„Unsere Kollegen haben nächste Woche in München eine Gegenüberstellung mit dem Hauptverdächtigen arrangiert.“

„Briggs?“, sagte Brahm und ließ das Steakmesser auf den Teller sinken.

„Genau.“

„Da fährt Nina auf gar keinen Fall hin.“

Der Detektiv erklärte, dass das wichtig sein könnte, um die Ermittlungen erfolgreich abzuschließen. Und außerdem handle es sich um eine polizeiliche Vorladung, der Folge zu leisten sei.

Nina schaute etwas unsicher ihren Vater an.

„Wenn es wichtig ist?“

„Kommt nicht infrage, es belastet dich zu sehr, diesen Burschen wiederzusehen.“

„Ich werde das schon schaffen“, sagte Nina trotzig.

„Sie haben doch die Fotos von Nina mit ihm in Chicago, was soll da noch eine Gegenüberstellung?“

„Guter Einwand. Die Wiener Kollegen versprechen sich aber einiges davon. Ihre Tochter wird nicht die einzige Befragte sein.“

Der Detektiv legte nun ebenfalls sein Besteck zur Seite und erklärte den Ablauf einer solchen Gegenüberstellung und wer daran teilnahm.

Brahm war nicht überzeugt. „Ich lasse mein Ninchen nicht allein hinfahren.“

„Das musst du schon mich entscheiden lassen“, sagte Nina trotzig.

„Ich kann Ihre Tochter begleiten, wenn es das einfacher macht.“

Ninas Vater dachte nach. „Das ist eine hervorragende Idee“, sagte er schließlich und verputzte die letzten Fritten auf seinem Teller.

Der Detektiv berichtete noch einige Details aus den Ermittlungen gegen Briggs.

Nina wurde immer stiller, da sie sich fragte, ob sie vielleicht mit einem ganz anderen Mann durch die Mozart-Welt gezogen war. Sie musste zugeben, diesen Mann unterschätzt und nicht die Warnsignale gehört zu haben. Liebe machte eben blind, und vielleicht auch taub.

Wie hatte er sie mit der Sinfonia concertante umworben und nach Chicago gelockt. Sollte sie sich so in ihm getäuscht haben? Sie mochte es immer noch nicht glauben, auch um den Glauben an sich selbst nicht ganz zu verlieren.

„Jemand was Süßes?“, fragte Brahm knapp, der überlegte, sich eine Crème brûlée zu bestellen. Da knisterte es immer so schön, wenn der Löffel die karamellisierte harte Oberfläche aus braunem Zucker durchbohrte. Dennoch strich er sich diskret über seinen Bauch und verzichtete.

Zum Nachtisch gab es einen Espresso.

Auch wenn der Detektiv einen hilflosen Versuch startete, die Rechnung zu übernehmen, spielte der Bauunternehmer seinen Heimvorteil als Stammgast aus. Der Ober nahm mit bedauerndem Lächeln gegenüber Koch die Kreditkarte von Brahm entgegen. Er wusste aus Erfahrung, dass hier das Trinkgeld stimmte.

Resigniert steckte der Detektiv seine Karte wieder ein.

„Das nächste Mal bin ich aber dran.“

„Ja, ja, jetzt bringen Sie erst mal mein Ninchen wieder heil aus München zurück.“

Nina hasste es, wenn ihr Vater sie in der Öffentlichkeit so nannte.

„Wie kommen Sie in Ihr Büro?“, wollte Brahm noch wissen.

„Die paar Schritte laufe ich.“

„Gut, dann tschüss“, sagte Brahm und steuerte auf den Firmenwagen zu, der neuerdings im Einsatz war, ein Kleinwagen mit Elektroantrieb. Plötzlich gab es wieder Parkplätze in der Innenstadt.

Vielleicht sollte ich häufiger zu Fuß gehen, dachte er. Dann war auch wieder eine Crème brûlée drin.

„Nina, fahr du." Er reichte den Schlüssel weiter.

Gut, dass einer in der Familie immer Wasser trank.

43

„Abteilung K IV, 3/2?"

„Zeigen Sie mal die Vorladung."

„Ach so, Vernehmung. Gebäude 3, 2. Stock."

„Ausweis."

„Man kann ja auch bitte sagen."

Der Pförtner schaute den Detektiv verächtlich an. Erst kriminell werden und dann auch noch frech. Er kannte diese Typen.

„Und die Dame?"

Nina kramte in ihrer Tasche.

„Ausweis."

Der Pförtner gab die Daten ein und ordnete die Ausweise in eine Registraturmappe aus der Kaiserzeit ein. „Können's später abholen, wenn's wieder rauskommen. Wenn überhaupt", bemerkte der Pförtner lakonisch. „Über den Hof, hinten links, Gebäude 3, 2. Stockwerk."

„Danke", sagte Nina.

„Bitt' schön", sagte der Pförtner.

„Geht doch", sagte der Detektiv.

Im Münchner Polizeipräsidium war in einem Nebentrakt im Erdgeschoss alles für die Gegenüberstellung vorbereitet. Es gab einen eigenen Verhörraum, der genau wie im Film mit einem Spiegel an der Frontwand ausgestattet war. Alle Zeugen zogen es vor, nicht erkannt zu werden.

Bis zuletzt musste über den Antrag des Anwalts beraten werden, die Sache wegen einer formalen Spitzfindigkeit neu anzusetzen. Der Antrag kam aber nicht durch.

Drei Männer im gleichen Alter von Briggs mit einer ähnlichen Statur und Gesichtsform waren über eine Personalagentur gebucht worden. Die große Polizeizentrale vis-à-vis der Frauenkirche hatte zwar gut siebentausend Mitarbeiter, aber Polizisten galten als zu professionell für diesen Job.

Erst im Geschäftszimmer lernten sich die Zeugen kennen. Befangen standen sie herum. Das war so gewollt, damit sich die Zeugen zuvor nicht gegenseitig beeinflussten.

„Guten Tag zusammen", eröffnete Larissa Bost den offiziellen Teil, „einige von Ihnen kenne ich ja schon. Ich bin aus der Leitung der Ermittlergruppe in Wien, Kommissarin Bost." Sie erklärte, warum eine aufwendige Gegenüberstellung angesetzt worden war. Normalerweise würde man sich zur Täteridentifizierung mit Bilddateien auf dem Rechner begnügen. Doch dieser Fall war schwerwiegend, es ging um dreifachen Mord. Daher galt es, alle Unsicherheiten bei der Identifizierung auszuräumen. Dazu würden vier Männer vorgeführt werden, und der Zeuge hätte jeweils auf Fragen der Kommissarin zu antworten.

„So weit verstanden?"

Ein schwaches Murmeln ging durch die Reihen.

„Sehen uns denn die Männer auch?", wollte die Mutter der Oboistin Mona Müller wissen.

„Nein, die sehen nur ihr eigenes Spiegelbild."

„Sicher?", fragte Nina.

„Sicher."

„Werden wir einzeln befragt?", wollte Monas Mutter wissen.

„Sie beide zusammen, die anderen bitte einzeln."

„Bitte Frau Müller und ihre Tochter zuerst."

Die beiden betraten den abgedunkelten Raum hinter dem Einwegspiegel. Es gab nur einen kleinen Tisch, keine Stühle. Hinter dem Spiegel öffnete sich ein größerer Raum, an dessen hinterer Wand vier Männer standen, frontal dem Spiegel zugewandt. Anders als in amerikanischen Detektivfilmen hielten sie keine Nummern in der Hand. Über ihnen war eine digitale Lichtleiste angebracht mit den Ziffern 1 bis 4.

Alle Männer trugen Jacketts und dunkle Hosen. Steven Briggs mit der Nummer 3 war etwas eleganter und in einen besseren Stoff gekleidet als die anderen Darsteller. Er fühlte sich unwohl in seiner Haut, da er noch nie wie ein Stück Vieh auf einer Auktion ausgestellt worden war. Ungeduldig schaute er auf seine teure Armbanduhr.

„Drei", sagte Monas Schwester nach wenigen Sekunden, „ganz sicher."

„Schauen Sie sich alle noch mal in Ruhe an."

„Könnte auch Zwei sein", sagte die Zeugin wenig später. „Nee, ich bleibe bei Drei. Genauso arrogant hat der auch geguckt, als er nach frisch gepresstem Orangensaft fragte."

„Ich weiß nicht", sagte die Mutter, „ich sehe ja so viele Leute übers Jahr."

Pause.

„Ja, ich denke auch, Drei war schon mal bei uns, sicher bin ich aber nicht."

Die Kommissarin machte sich auf einem Schreibbrett mit großer Klemme Notizen. „Das war's?"

Wortlos verließen sie den Raum.

Der Barkeeper hatte ein exzellentes Gedächtnis für Gesichter. Kaum hatte er den Spiegelraum betreten und die Viererreihe erblickt, sagte er: „Drei."

„Ganz sicher?"

„Hundert Pro, fragen Sie ihn doch mal, ob er gern Aperol Spritz trinkt." Wie jeder gute Barkeeper konnte er sich auch die Drinks zu den Gesichtern merken. „Wenn Sie ganz sicher sind, dann danke."

Als Nächstes war Maria an der Reihe. „Ich bin ganz schön aufgeregt", sagte sie zu Nina, bevor sie den Spiegelsaal betrat. Zunächst blickte sie von Gesicht zu Gesicht, genauso wie sie bei einer unbekannten Notenpartitur die Stimme für Oboe überflogen hätte. Maria war sorgfältig. Dennoch legte sie sich nach wenigen Sekunden fest. Nummer Drei sammelte erneut Punkte. Vor allem das geschmeidige Drehen seines Oberkörpers, als ein Beamter die Tür zu dem Verhörraum versehentlich öffnete und sich mit einem „Oh, Entschuldigung" wieder zurückzog, konnte sie dem Mann zuordnen, den sie kannte. An diese Bewegung erinnerte sie sich von dem Aufenthalt in Kuba. „Drei", sagte sie schließlich.

„Kein anderer?"

„Kein anderer."

Als Letzte wurde Nina in den Raum gebeten. Sie war jetzt doch froh, ihrem ehemaligen Geliebten nicht direkt in die Augen schauen zu müssen. Sie erschrak jedoch, als Sie in sein Gesicht in der grellen Verhörbeleuchtung blickte. Er sah angeschlagen aus, alt, verbraucht. Nina hatte ihn noch mit seinem feinen Lächeln als einen immer zu jedem Spaß bereiten Mann in den besten Jahren in Erinnerung. Das lag noch keinen Monat zurück. Morden verkürzt das Leben.

Dieser Mann war ein anderer Mann geworden. Sie sagte leise und etwas traurig: „Drei."

Die Kommissarin bat auch Nina nochmals, sich alle Männer anzuschauen, ob sie ganz sicher sei.

„Sicher", sagte Nina. Sie blickte beim Rausgehen nochmals zu ihrem Stefan Sand. Es würde wohl das letzte Mal sein, dass sie diesen Mann zu Gesicht bekam. In diesem Augenblick traute sie ihm die Morde zu. Es sollte keine Gnade für ihn geben. Nina musste ihrem Vater recht geben.

Es war eine schlechte Idee gewesen, hierherzukommen. Sie wollte nur noch, dass dieser Mann aus ihrem Leben verschwand.

Pit Koch nahm Nina im Besprechungsraum in Empfang. „Na, wie ist es gelaufen?"

„Ich will nur noch weg." Nina war mit einer früheren Kommilitonin in Schwabing verabredet. Bei ihr konnte sie auch übernachten. Sie zog sich ihre Jacke über. „Ich möchte ihm jetzt beim Rausgehen nicht begegnen."

Der Detektiv nickte. Er fragte die Kommissarin, ob es einen gesonderten Ausgang für die Zeugen gäbe. Den gab es nicht, aber die vier Männer seien schon hinausgeführt worden.

„Und Briggs?"

„Er ist ein freier Mann. Noch."

„Ist er mit seinem Anwalt hier?"

„Natürlich, er hat hier einen ziemlichen Aufstand veranstaltet."

„Dann könnten sie noch unten stehen", vermutete der Detektiv.

Larissa bat ihren deutschen Kollegen um Hilfe, Nina und den Detektiv über einen separaten Ausgang hinauszuschleusen.

„Unsere Ausweise liegen noch an der Hauptpforte", sagte Pit Koch.

„Kommen Sie mit, ich bringe Sie raus", sagte der Polizist.

Briggs und sein Anwalt warteten tatsächlich im Eingangsbereich. Der hilfsbereite Beamte schaffte es, den Pförtner davon zu überzeugen, die Ausweispapiere herauszurücken, und führte sie über einen Seitenausgang des riesigen Gebäudekomplexes ins Freie. Gleich gegenüber war ein Taxistand. Pit Koch verabschiedete sich dort von Nina, nachdem er sich versichert hatte, dass der Taxifahrer die Adresse kannte.

„Danke für Ihre Begleitung“, sagte Nina.

„Wir sehen uns morgen, zehn Uhr, am Flughafen.“

„Lassen Sie Ihr Handy an, falls etwas dazwischenkommt“, sagte Pit Koch. Er hatte so eine Ahnung.

Als Nina abgefahren war, rief er bald darauf Larissa an. Er stand vor dem Hauptportal der Frauenkirche. Ein Schild auf dem Trottoir annoncierte eine Orgelstunde ab 17.30 Uhr, Muse und Musik.

„Wenn du fertig bist, komm einfach rüber.“

„Was heißt rüber?“, fragte Larissa und dachte an ein Hotel.

„Du wolltest doch zum Paulaner Bräuhaus, Schweinebraten.“

„Sind da nicht viele Chinesen?“

„Jede Menge.“

„Was schlägst du vor?“

„Suchen wir was anderes.“

„Und wo treffen wir uns?“

„Frauenkirche, Seitenschiff links, erste Reihe, direkt hinter dem Polizeipräsidium. Orgelstunde, Bach, kein Mozart.“

Noch so ein Verrückter, dachte Larissa.

44

Der Anwalt und sein Mandant saßen schweigend in der Abflughalle Terminal 2, Gate G 26, Franz-Josef-Strauss-Flughafen.

Der Advokat las den Wirtschaftsteil der *Süddeutschen*, Briggs surfte ziellos auf seinem Smartphone. Nordkorea kündigte neue Raketentests an. Die USA schickten einen Flugzeugträger. Der UN-Chef rief alle Parteien zur Mäßigung auf. Der Papst tourte in Südamerika und betete für den Frieden. Weltpolitik wie gehabt.

Briggs dachte an seine Zukunft. Er ahnte nicht, dass dies einer der letzten Abende in Freiheit sein sollte.

„Was meinst du, wie ist es gelaufen?“ fragte der Anwalt.

„Keine Ahnung, wir haben ja nichts mitbekommen.“

Der Anwalt nickte.

„Was haben die denn als Nächstes vor?“ Briggs war es gewohnt, die weiteren Schritte seiner Geschäftspartner abzuschätzen.

Der Anwalt legte seine Zeitung weg und wendete sich Briggs zu.

„Hast du eigentlich telefoniert, als du in den Donauauen unterwegs warst?“

Briggs überlegte. Er erinnerte sich nur noch an die Anspannung, als es vorbei war, diese Mischung aus Erleichterung und Trauer, als die Sopranistin nicht mehr atmete.

Der kalte Schweiß.

Die zitternden Hände.

Das kalte Stahlseil.

Und die aufsteigende Panik: Mein Gott, was habe ich getan. Briggs war nicht gläubig, aber er hatte schon damals geahnt, dass er für diesen Mord eines Tages bezahlen würde. Du sollst nicht töten, das fünfte Gebot galt auch für Nicht-Gläubige.

Kein Weg zurück.

Endgültig.

Für immer.

Die Anmaßung.

„Nein, ich glaube nicht. Ich bin danach gleich an den See gefahren."

„Du glaubst? Denk mal genau nach, es wäre verdammt wichtig."

„Nein, kein Anruf."

Der Anwalt kannte natürlich die Beweiskraft mobiler Verbindungsdaten für eine Anklage.

„Hoffen wir mal, dass du dich richtig erinnerst."

„Warum fragst du?"

Der Anwalt erklärte, welche Methoden zum Repertoire der Fahnder gehörten.

„Wo ist eigentlich die Tatwaffe, das Stahlseil, geblieben?", fragte er.

Briggs zuckte zusammen. Er erinnerte sich daran, wie unschlüssig er nach dem Mord darüber war, wo er das sperrige Stück am besten entsorgen sollte. Er hatte es von einem ausgetauschten längeren Bautenzug für die Handbremse seines Fahrrads mit einer Kombizange abgeknipst. Schließlich hatte er auf der Rückfahrt an einer Tankstelle angehalten. Während des Tankens hatte er das Seil in einen Abfallcontainer vor der Werkstatt geworfen.

Der Anwalt nickte zu dieser Erklärung, als habe sein Freund, der Mörder, alles richtig gemacht.

In diesem Moment klingelte Briggs' Handy. Die Anzeige der Nummer war das Hotel in Fuschl.

„Frau Huber?", fragte er. „Ja, hier Stefan Sand, schönen guten Abend, was gibt es?"

Der Anwalt widmete sich wieder seiner Zeitung, bekam aber die Unterhaltung mit.

„Die Wäsche ist fertig, ja wunderbar. Kann ich nächste Woche abholen."

Pause.

„Und die sagten, sie seien von der Polizei?"

Pause. Der Anwalt spitzte die Ohren.

„Sie haben denen hoffentlich nicht den Schlüssel gegeben."

Pause.

„Aufgebrochen? Na, das wird meinen Anwalt freuen."

„Hausdurchsuchung?"

„Verstehe."

„Da muss ein Missverständnis vorliegen."

„Haben Sie den Namen der Beamten?"

„Gut."

Der Anwalt signalisierte, dass er etwas fragen wollte.

„Moment, mein Anwalt ist nämlich gerade bei mir."

„Wann genau sind die gekommen, wie lange hat es gedauert und haben sie etwas aus dem Haus getragen?"

„Haben Sie es gehört?"

„Ach so, Sie waren nicht dabei. So von acht Uhr vormittags bis zwölf Uhr mittags."

„Gut, vielen Dank für den Anruf. Haben Sie noch etwas zu berichten?", Briggs schaute den Anwalt fragend an, „... dann noch einen schönen Abend."

„Wenn man vom Teufel spricht", sagte der Advokat.

„Und nun?"

„Du kannst sicher sein, dass sie dein Berliner Haus auch schon durchsucht haben. Ruf mal Jenny an." Die beiden

Männer gingen ein paar Schritte zu einem weniger belebten Abfertigungsgate.

Jenny war gleich am Telefon. Briggs stellte auf laut.

„Ich wollte dich gerade anrufen, hier ist der Teufel los. Als ich vor fünf Minuten nach Hause kam, standen in unserem Flur ein Dutzend Polizisten. Sie haben die Haustür gewaltsam geöffnet. Der Einsatzleiter hat mir gerade den Durchsuchungsbefehl ausgehändigt. Sag mal, was ist denn da los?

„Erzähl' ich dir später, aber gib mir mal den Einsatzleiter."

„Wann kommst du?"

„Gegen 21 Uhr, wenn alles klappt."

„Okay, hier ist der Beamte", sagte Jenny. Zu dem Polizisten sagte sie: „Mein Mann würde Sie gern sprechen."

Briggs meldete sich und teilte dem Beamten mit, dass er das Telefon an seinen Anwalt weiterreichen würde.

„Guten Abend, ich vertrete Herrn Briggs. Sie wissen, dass Sie gegen die Strafprozessordnung verstoßen. Hausdurchsuchungen sind im Beisein des Wohnungsinhabers oder eines Vertreters durchzuführen. Sie sind ohne Anwesenheit eines Vertreters oder Familienmitglieds in die Wohnung eingedrungen. Welcher Richter hat die Sache abgezeichnet?"

Der Polizist nannte einen Namen.

„Danke, Herr Briggs wird sich gegen 21 Uhr in seinem Haus einfinden. Liegt ein Haftbefehl gegen meinen Mandanten vor?"

Der Anwalt schaute gespannt Briggs an. „Nein", kam es aus Berlin.

„Gut, bis später", sagte der Anwalt.

„Steven, du musst jetzt die Nerven behalten."

„Das sagt sich leicht."

„Ich weiß. Ehrlich gesagt sieht es nicht gut aus."

Briggs bestieg deprimiert die Maschine nach Berlin. Ein Gedanke, wie er aus dem ganzen Schlamassel herauskäme, ergriff von ihm Besitz wie ein bösartiger Virus. Seine Gedanken fingen an, um diese Lösung zu kreisen.

Die Maschine landete pünktlich in Tegel. Der Anwalt hatte sein Auto im Parkhaus stehen. Keine zwanzig Minuten später hielt er vor der Villa. Durch die gesplitterte Eingangstür fiel helles Licht nach draußen.

Sechs Kisten mit schriftlichem Material, Aktenordner, ein Computer, die Festplatte sowie Taschenkalender und Bankauszüge waren in Umzugskisten verpackt bereits in einen Kleinlaster der Polizei verladen worden.

Der Einsatzleiter hörte sich stoisch den erneuten Protest von Briggs' Anwalt an. „Das müssen Sie mit dem Richter besprechen", sagte der Polizist, wohlwissend, dass dieser vor dem Fernseher, beim Fußball oder in der Oper saß. Heute Abend war gar nichts mehr zu erreichen. Selbst für die notdürftige Sicherung der Tür solle der Hausherr doch einen Notdienst anrufen.

Gegen 22.30 Uhr verließen die Polizisten das Haus. Jenny war unmittelbar nach dem Eintreffen von Briggs aus dem Haus geflohen, sie musste, wie sie sagte, unbedingt noch den zweiten Teil eines Benefizabends besuchen. Es hatte ausgesehen, als stünde sie auf glühenden Kohlen.

Briggs' dunkle Gedanken wurden angereichert mit dem drohenden Verlust seiner Frau, die bereits dabei war, sich von ihm abzuwenden. Das gesellschaftliche Aus, der versiegende Geldstrom, das Ende der Leichtigkeit.

Briggs sah das alles kommen.

In dieser Nacht zog er zwischen dem von den Kripoleuten hinterlassenen Chaos in seinem Arbeitszimmer die Bilanz seines Lebens. Ein Trümmerhaufen.

Es war ihm, als müsste er sich wie eine Schlange häuten, ein Leben aufgeben, um das andere vielleicht glücklicher und befreiter weiterführen zu können.

Der Virus drang weiter in ihn ein. Er wusste schon, dass er den Widerstand dagegen aufgeben würde.

Er trank jetzt keinen Alkohol. Diese letzten Stunden wollte er ganz bewusst und klar erleben. Jenny war gegen ein Uhr zurückgekommen und gleich nach oben gegangen, als sie die laute Musik aus dem Gartenzimmer hörte. Missa Solemnis, KV 337, eines der wenigen großen sakralen Stücke von Mozart, geschrieben für den ungeliebten Fürsterzbischof von Salzburg, Hieronymus Graf Colloredo. Dieser Dienstherr hatte den freidenkenden Musiker drangsaliert und ihn genötigt, die Stadt zu verlassen. Noch ein Verstoßener.

Gegen vier Uhr stellte Briggs die Musik ab.

Er zog seine Jacke an und schaute sich ein letztes Mal in seinem Zuhause um.

Ein Abschied.

Dann nahm er ein weißes Blatt Papier und schrieb mit dem selten benutzten Füllfederhalter:

Liebe Jenny,

jetzt zum Schluss will ich ehrlich mit dir sein. Ich habe drei Menschen getötet. Mit dieser Schuld kann ich nicht weiterleben. Für dich ist gesorgt. Werde bitte mit Hubert glücklich. Geliebt habe ich dich als Lebensfreundin, aber es gab auch keine andere, die ich mehr liebte. Es ist mir zuletzt auch nicht mehr gelungen, mich selbst zu lieben. Ich danke dir für die guten Zeiten, die wir hatten. Halte mich als deinen Mann in Erinnerung, der an seinen zwei Leben zerbrach. Wie sagte der Esel der Bremer Stadtmusikanten: „Etwas Besseres als den Tod findest du überall." Ich habe es nicht mehr gefunden. Und du hast leiden müssen unter meiner Musiksucht. Doch der Komponist Gustav Mahler hat auch hier wieder die schönsten Töne für die passende Dichterzeile gefunden: „Ich bin der Welt abhanden gekommen." Lass dieses Lied auf meiner Beerdigung spielen, falls ich gefunden werde. Das Lied wird dir gefallen. Du kannst dann ruhig weinen.

Ich fahre jetzt los.

Pass auf dich auf.

Dein Steven

Das Blatt beschwerte er mit dem kompletten Satz seiner zahlreichen Schlüssel: Berlin, Fuschl am See, Fahrrad, Schließfach. Nur den Wagenschlüssel nahm er mit zur letzten Reise.

Dreieinhalb Stunden später rollte der Range-Rover vor den Elbbrücken in Hamburg an der Abfahrt Veddel in das ehemalige Freihafengelände, Unikai. In der Wiener Polizeizentrale bemerkte erst der Frühdienst den automatischen Alarm der beweglichen Überwachung. Der blaue Punkt war schon in Hamburg angekommen. Sofort alarmierten sie die dortigen Kollegen. Zu spät.

Briggs' Wagen fuhr in der Dunkelheit vorbei an Kolonnen von bunten Altautos, die für den Export nach Afrika im Laufe des anbrechenden Tages auf einen Schiffstransporter verladen werden sollten.

Briggs passierte ein halboffenes Tor, das den Weg zur Kaimauer freigab. Das Wasser der Elbe war von der Nordsee kommend seit einer Stunde aufgelaufen und stand 220 Zentimeter unter der Kante der Kaimauer.

Wie ein großes Tier, das auf frische Beute wartet, lauerte der schwarze Strom zwischen den Halogenleuchten der nächtlichen Verladeeinrichtungen und den Lichtern der HafenCity gegenüber.

Als dunkles Hügelpanorama hob sich das Dach der Elbphilharmonie gegen den erleuchteten Himmel der Stadtlandschaft ab. Einige der Hotelgäste in dem Fünf-Sterne-Haus waren schon wach. Unter dem warmen Wasser der Dusche würden sie das gut riechende Showergel auf ihren Körpern verteilen und dann wegspülen.

Wegspülen wie Briggs.

Auf dem Programm für den heutigen Abend stand ein Gastspiel des Chicago Philharmonic Orchestra. Ausgerechnet.

Briggs dachte an Nina. Auch sie hatte ihn nicht mehr retten können.

Sein Wagen stand jetzt schon länger mit ausgeschalteten Lichtern am Hafenbecken, an dem in wenigen Stunden eine schwimmender Autotransporter anlegen würde.

Zum letzten Mal hörte er seinen geliebten Mozart. Das Requiem, d-Moll. Er sprang gleich in den letzten Satz des Werkes mit dem großen Finale. Noch viereinhalb Minuten bis zum Schlussakkord.

Briggs atmete die verbrauchte Luft. Er drehte den Zündschlüssel, ohne den Motor zu starten, und öffnete alle vier Fenster. Die Türen verriegelte er. Er meinte jetzt, noch einen Hauch Chanel Nr. 5 von Mona riechen zu können. Auch sie hatte ihn nicht geliebt. Genau wie die anderen. Die Sopranistin, die Pianistin, Maria und Nina. Ihre Bilder zogen mit dem vorwärtstreibenden Vierteln des Chors und der Streicher an ihm vorbei. Dann setzte der Beifall ein. Und dann die Stille.

Briggs war ganz klar. Der winterliche Nebel über dem Hafen dämpfte sämtliche Geräusche.

In diese Stille hinein klingelte plötzlich das Mobiltelefon.

Auf dem Bildschirm erschien eine Nummer mit der Vorwahl 001 416 …

Kanada, Toronto. Briggs erinnerte sich an die Vorwahl von den erfolglosen Recherchen nach der Mozart-Frau.

Sollte er jetzt drangehen? Briggs drückte auf Annahme.

„Briggs."

„Oh, this is Liz McDonalds from Toronto. You remember?"

So sollte er doch noch den Namen erfahren, nach dem er so lange gesucht hatte.

Die helle junge Stimme der glasklaren Verbindung versetzte ihn sofort in die Szene auf dem Wiener Friedhof. Die Bank neben Mozarts Grab.

Liz entschuldigte sich für den frühen Anruf. Sie käme gerade aus einem Konzert und habe die lange gesuchte Visitenkarte Sands ganz unten in der Innentasche ihrer Lederjacke gefunden. Sie wollte ihm nur sagen, dass sie nächste Woche wieder nach Europa fliegen werde und auch in Berlin sei. Vielleicht könne man sich treffen. Über Mozart sprechen.

Briggs zuckte zusammen. War das ein Wink des Schicksals? Wollte ihn das Leben doch noch nicht loslassen? Hatte er seine Mozart-Frau gefunden?

„Great, wir sehen uns", sagte Briggs, „ruf mich an, wenn du in Berlin bist. Goodbye."

Er könnte jetzt den Motor starten, den Rückwärtsgang einlegen und wieder durch das offene Gittertor aus dem unwirtlichen Gelände hinausfahren.

Nach Berlin.

Ins Leben.

Doch was für ein Leben?

Er löste die Handbremse und startete den Motor. In diesem Moment hörte Briggs das Sirenengeheul der auf dem weitläufigen Gelände heranrasenden Hamburger Polizeiwagen.

Er legte den ersten Gang ein und gab Vollgas.

Der Range Rover schoss nach gut hundert Metern maximaler Beschleunigung über die Betonkante und landete in einer ballistisch perfekten Kurve nach kurzem Flug im Wasser. Einen Moment sah der kantige, schaukelnde Wagen aus wie eine moderne Version des ausgesetzten Moses in seinem biblischen Papyrus-Korb auf dem Nil. Wer hatte ihm diese Geschichte erzählt, fuhr es ihm absurderweise durch den Kopf, Mona oder Nina? Nina. Dann senkte sich die Motorhaube schnell in die Tiefe.

Vier Sturzbäche des gurgelnden, grauen Elbwassers drückten im breiten Strahl unaufhaltbar durch die Fenster in den Innenraum. Briggs war angeschnallt.

Die Totenmesse war verhallt.

Mozart war am Ende.

Der blaue Punkt verabschiedete sich.

Er öffnete den Mund und versank in das tiefe Wasser der Anlegestelle.

Mit starken Taschenlampen leuchteten die eintreffenden Polizisten hektisch den Fluss ab. Sie konnten nichts entdecken. Die kräuselnden Flusswellen hatten das nasse Grab schon wieder bedeckt.

Als sei nie etwas gewesen.

Einströmen.
Kälte.
Wasser.
Aufbäumen.
Schwindende Luft.
Die Todesangst.
D-Moll.
Der letzte Zug.
Weißes Licht.
Gefüllte Lungen.
Schweben.
Sinken.
Neugierige Fische.
Geschlossene Augen.

Epilog

The Globe and Mail, Toronto, 27. Januar 2029

Kultur/Wissenschaft
„Mozart – reborn?“

In der Roy Thomson Hall findet heute Abend die Uraufführung der neuen Oper „Heroes” des 9-jährigen Ausnahmetalents Bob McDonalds statt. Bereits durch seine beiden vorherigen Werke „Genius“ und „Talent“ hat sich der junge Schüler der Kompositionstechniken einen Namen gemacht. Im Stile der klassischen Werke des österreichischen Komponisten Wolfgang Amadeus Mozart (1756–1791) gelingt es dem „neuen Wunderkind“ (BBC) in kürzester Zeit erstaunliche Werke zu erschaffen.

„Wir haben niemals einen so talentierten Studenten gehabt“, sagt Professor David Huntington vom National Music Centre. „Er kann die gesamten Partituren auch komplizierter Werke in seinem Gehirn speichern, abrufen und fehlerfrei interpretieren.“

Grund für die außergewöhnliche Begabung, so spekulieren Experten, sei die besondere Herkunft des Musikers. Im Wege einer künstlichen Befruchtung der Eizelle der Mutter von Bob, Liz McDonalds, 32, mit Genmaterial aus dem vermutlichen Grab von Wolfgang Amadeus Mozart auf dem Wiener Friedhof Sankt Marx war es den Experten an der

Medical School in Boston, USA, gelungen, ein Kind austragen zu lassen. Die Mutter ist nach Recherchen des *Globe* selbst eine Naturwissenschaftlerin im Bereich der Genetik und von Kanada aus für die auf humane Klone spezialisierte Firma „Mirror and Me Inc." mit Sitz in Hongkong tätig. Verheiratet mit einem Mitglied des Toronto Philharmonic Orchestra, war eine entsprechende frühe Förderung des Jungen auf musikalischem Gebiet gegeben.

Gegenüber unserer Zeitung bestätigte die Mutter Liz aus Toronto, dass ihr Junge nach einem Langzeit-Beobachtungsprogramm der Bostoner Forscher über eine ausreichende gesundheitliche Konstitution verfügt. Selbst Konzertreisen stünden in nächster Zeit an. Auch Vertreter der in Salzburg, Österreich, ansässigen Internationalen Stiftung Mozarteum haben schon mit der Mutter Kontakt aufgenommen. Geplant sei eine Konzertreihe mit den mehr als 35 erfassten Werken von Bob, die inzwischen in ein McDonalds-Verzeichnis (McD-Register) aufgenommen seien. Die Sprecherin der Internationalen Stiftung Mozarteum, Franziska Fabel, bestätigte vertrauliche Gespräche, dass das Kind aus Toronto demnächst als weltweiter Mozart-Botschafter der Institution ernannt werden soll. „Wir freuen uns, dass die Nachfolge für Werk und Persönlichkeit gesichert sind", sagt Fabel.

Die Oper „Heroes" ist für unsere Abonnenten online abrufbar. Der Komponist hat heute Abend ebenfalls das Dirigat übernommen. *(Text: sk, Foto: cvt)*

Als Liz den Artikel beim Frühstück zu Ende gelesen hatte, stand Bob auf.

„Bleib sitzen, wir sind noch nicht fertig."

„Du hast mir gar nichts zu sagen, du bist nicht mein Vater."

„Setz dich hin, sonst setzt es was."

Der Junge fügte sich. „Mama?", fragte er vorsichtig. „Ich bin doch aus deinem Bauch herausgekommen?"

„Sicher, mein Liebling, du bist mein Sohn."

„Und wer ist mein Vater?"

„Der sitzt hier am Tisch."

„Nein, der andere."

„Dein leiblicher Vater ist eine sehr kleine Kette von Molekülen, deine DNA, die von Mozart stammt."

„Lebt er noch?"

„Nein, mein Schatz, schon ganz lange nicht mehr. Du spielst doch so gern seine Stücke."

„Die sind ja auch kinderleicht. Warum ist er eigentlich auf deinem Bein eingeritzt?"

„Das Tattoo, ach das war so eine Dummheit damals, da ich ihn schon immer sehr verehrte."

„Hast du eigentlich noch deine Fotos von damals?", mischte sich der Vater ein. „Würde mich auch mal interessieren."

„Zeig ich euch später. Da ist auch dieser deutsche oder österreichische Mozart-Fan drauf."

„Hattest du eigentlich nochmals Kontakt mit ihm?"

„Leider nein, ich erinnere mich, dass sein Mobiltelefon in Berlin nicht mehr antwortete."

„Gott sei Dank, sonst hätten wir uns vielleicht gar nicht kennengelernt", sagte ihr Mann.

„Möglich."

„Ich gehe jetzt noch ein wenig spielen", sagte Bob, den die Erwachsenengespräche langweilten. Mit „spielen" meinte er, dass er sich an sein kompaktes Klavier mit einer elektronischen Festplatte setzen und einige Akkorde ausprobieren würde. Das passende Ergebnis konnte er elektronisch auf dem Bildschirm abrufen, der für ihn etwas tiefer gelegt war. Er konnte die Noten auch ausdrucken lassen, was er selten tat, er hatte sie im Kopf. Heute war es der Auftakt zu einem Klavierkonzert, dessen drei Sätze er schon vor sich sah. McD No. 36.

Dieser Mozart muss damals genauso groß gewesen sein wie ich heute, dachte der Junge, nachdem ihm seine Mutter einige Gemälde von ihm gezeigt hatte.

So eine bunte Jacke hätte er auch mal gern, dachte Bob.

Aber er hatte sein ganzes Leben ja noch vor sich.

Die Personen

Steven Briggs/Stefan Sand ist Unternehmer/Stifter mit doppelter Identität in Berlin-Grunewald und Fuschl am See bei Salzburg. Er liebt die Klassische Musik, besonders Mozart.

Jenny Briggs ist Steven Briggs ahnungslose, literatur- und reitbegeisterte Ehefrau, die ihren erlernten Beruf als Flugbegleiterin aufgab und vom Vermögen ihres Mannes lebt.

Pit Koch ist Privatdetektiv mit Sitz in der Hamburger HafenCity. Unterstützt durch seine Sekretärin „Stöckelschuh“, wie er sie aufgrund ihrer Vorliebe zu High-Heels liebevoll nennt, hilft er das Verbrechen rund um Steven Briggs/Sefan Sand aufzuklären.

Prof. Dr. Natascha ist die Lebensgefährtin von Pit Koch, stammt aus der Ukraine und arbeitet als Informatikerin am Forschungscampus Desy in Hamburg.

Larissa Bost, Kommissarin und stellvertretende Leiterin in der Sonderkommission „Klangkörper“ in Wien, ist neu im Team und gilt als vielversprechendstes Talent der Ermittlergruppe. Sie spielt als Ausgleich zu ihrer Arbeit in einer Rockband E-Bass. Mit ihren liberalen politischen Ansichten gilt sie unter Kollegen als bunter Vogel. Während der Ermittlungen geht sie eine Affäre mit Pit Koch ein.

Mona Müller, eine hochbegabte Oboistin und Mozart-Interpretin wurde tot an der polnischen Küste aufgefunden.

Maria Sanders stammt aus Berlin, wo sie als begnadete Flötistin an der Hochschule studierte. Sie lebt in Salzburg und ist Stipendiatin am dortigen Mozarteum.

Nina Brahm ist Absolventin einer Meisterklasse an der Hamburger Hochschule für Musik und Theater. Sie steht am Beginn einer Karriere als Violin-Solistin. Sie ist das einzige Kind des wohlhabenden Hamburger Wohnungsbauunternehmers und Stifters Ivo Brahm und wohnt in Hamburg.

Ivo Brahm ist der Vater von Nina Brahm. Er bedauert die Entscheidung seiner Tochter, Musikerin zu werden, ist dennoch stolz, hat vollstes Vertrauen und unterstützt sie, wo er kann.

Lars ist leidenschaftlicher Kapuzenpulli-Träger und Programmierer beim Chaos Computer Club Hamburg und unterstützt Pit Koch regelmäßig bei seinen Ermittlungen.

Franz Kühler ist Vorsitzender der traditionsreichen Mozart-Gesellschaft in Wien.

Der Anwalt ist ein langjähriger Freund und Lebensberater der Familie Briggs.

Liz McDonalds, auch bekannt als Mozart-Punk, stammt aus Toronto, Kanada, und ist genau wie Steven Briggs in Mozart vernarrt. Sie lernt ihn bei einer Tour über den Wiener Friedhof Sankt Marx, kennen.

Danksagung

Der wissenschaftliche Leiter der Internationalen Stiftung Mozarteum in Salzburg, Dr. Ulrich Leisinger, hat akribisch und engagiert dafür gesorgt, dass Wolfgang Amadeus Mozart keine Gegendarstellung zu seinem Krimi schicken muss. Franziska Wizany, zuständig für Presse und internationale Kooperation des Mozarteums, hat meine Recherchen auf den Spuren des Komponisten während der letzten Jahre immer hilfreich begleitet. Die Lübecker Publizistin und Wissenschaftsjournalistin Charlotte Kerner hat mir als Laien geholfen, die komplizierte Welt der Klone, Genies, Roboter und Künstlichen Intelligenz etwas besser zu verstehen. Nur eines ist gesichert: Meine Mutter Ilse, die mir in meiner Geburtsstadt und zeitweiligen Mozartstadt Mannheim die Liebe zur Musik mitgab, hatte am 27. Januar Geburtstag – so wie Amadeus. Professor Dr. Kristoph Ullrich, Anfang dreißig, heute für Big Data eines internationalen Assekuranzkonzerns verantwortlich und mit den Tiefen von Computern und Smartphones vertraut, hat die Darstellung der elektronischen Hilfsmittel bei der Suche nach einem Serienmörder überprüft. Der Direktor des Instituts für Rechtsmedizin am Universitätskrankenhaus Eppendorf (UKE) in Hamburg, Professor Dr. Klaus Püschel, selbst Autor spannender Spurensuchen, hat mich davor bewahrt, raffinierte Mordarten falsch darzustellen. Als Experte für den Störtebeker-Schädel war er auch bereit, sich der Debatte um den Mozart-

Schädel und seiner Echtheit anzunehmen. Für Künstliche Intelligenz und deren Heilversprechungen schaute der Lead-Scientist Professor Dr. Christian Bauckhage vom Fraunhofer Institut für intelligente Analyse und Informationssysteme in Bonn auf das Manuskript. Bei einem Wissenschaftssymposium zum Thema „ZukunftsWerte" anlässlich eines Geburtstags von Unternehmer und Umweltvordenker Dr. Michael Otto in der Hamburger Elbphilharmonie machte er mir als staunendem Zuhörer Mut: Nein, die kommenden Künstliche Intelligenz-Wesen haben es nicht auf uns Menschen abgesehen, warum auch. Aufmerksame Wegbegleiter der mörderischen Mozart-Kinder waren eine umsichtige, herzliche und fachkundige Bad Homburger Musikliebhaberin mit tiefen Kenntnissen über die Macht der Musik und des Geldes. Geduld zeigte meine Tochter Julie und ihr Freund Kristoph mit den nächtlichen Mozart-Beats aus der robusten und ziemlich analogen Stereoanlage „Fisher-Studio Standard" aus Studententagen von meiner Frau Christiane von Korff. Zum Lyceum Mozartiano in Kuba begleitete mich mein Freund, der Kinderarzt Ulrich Neumann, und in vielen Konzerten zwischen Bratislava, Chicago, Hamburg, Tokio und Wien saß die japanische Klassikherzensfreundin Naoko Miyoshi an meiner Seite, wenn ich wieder einmal zweifelte, ob ich das richtige Thema gewählt hatte. Zu danken ist meinen Verlegern Marita Ellert-Richter und Gerhard Richter in Hamburg, die für Qualität und Beharrlichkeit stehen, und meinen kompetenten Lektoren Dr. Werner Irro und Sophie Niemann sowie Birthe Imsel, die mich vor schiefen Bildern und schrägen Tönen bewahrten. Und last but not least Eva Prüssner, die literaturbewanderte Buchhändlerin bei Heymann am Eppendorfer Baum. Sie hat schon den Bach-Musikkrimi wohlwollend begleitet. Und schließlich kommt es am Ende wie im Journalismus auf den Leser an – auf seine Zeit und sein Vertrauen und ein wenig Spaß an der Lektüre.

Der Autor

Sebastian Knauer, Jahrgang 1949, studierte Volkswirtschaftslehre und Stadtplanung in München, Mannheim und Montreal. Sowohl im Politik-Ressort des Hamburger Magazins *stern* als auch beim Nachrichtenmagazin DER SPIEGEL bewegte er sich in der Welt der harten und geprüften Fakten. Als Autor verschiedener Sachbücher über Umweltschutz, Politik und Wirtschaft traute er sich 1994 mit seinem ersten Krimi über den rätselhaften Tod eines Politikers in der Badewanne eines Luxushotels („Bitte nicht stören") in das fiktionale Genre der literarischen fake news. Als ehrenamtlicher Unterstützer der Stiftung Johann Sebastian (SJS) an der Hamburger Hauptkirche St. Katharinen legte er 2011 einen ersten Musikkrimi „Tödliche Kantaten" über verschwundenen Notenwerke von Johann Sebastian Bach im Ellert & Richter Verlag vor. Mit dem Musikkrimi „Mörderisches Mozart-Kind" bleibt Knauer seiner Leidenschaft treu, frei nach dem hebräischen Sprichwort: „Musik öffnet die Türen zum Himmel." Knauer lebt in Hamburg.

Sebastian Knauer
Tödliche Kantaten
Ein Musikkrimi
192 Seiten
ISBN 978-3-8319-0429-7

Ein geheimnisvoller Fund unter Johann Sebastian Bachs Grabplatte in der Leipziger Thomaskirche und der Besuch eines fast schon vergessenen Bekannten bringen den Hamburger Detektiv Pit Koch auf die Spur verschollener Originalwerke des großen Barock-Komponisten. Sie führt ihn ins heutige London und an die Westküste der Vereinigten Staaten – nach Los Angeles – sowie ins Hamburg des frühen 18. Jahrhunderts, wo sich das Orgelgenie aus Thüringen seinerzeit so auffällig oft blicken ließ …
Korrupte Kunsthändler, manische Sammler, Musiker in Lebensgefahr: Dieser Krimi über die Macht der Musik schlägt den Leser ab der ersten Seite in den Bann. Sebastian Knauer bietet ein actionreiches Abenteuer, das bis hin zum Superschurken alles bietet, was ein kriminelles Lesevergnügen braucht. Am Schluss stehen die Buchstaben B.A.C.H. und geben ein neues Rätsel auf.

Impressum

Bibliografische Information der Deutschen Nationalbibliothek
Die Deutsche Nationalbibliothek verzeichnet diese Publikation in der Deutschen Nationalbibliografie; detaillierte bibliografische Daten sind im Internet über http://dnb.d-nb.de abrufbar.

ISBN 978-3-8319-0731-1

Titelabbildungen: Eigenhändige Partitur von W. A. Mozart, 2. Blatt: La Bataille, Kontretanz in C-Dur, 1788, KV 535 (picture alliance); Gemälde Mozarts (1819) von Barbara Krafft, Öl auf Leinwand, 54 x 42 cm, Gesellschaft der Musikfreunde, Wien (picture alliance/PictureLux)
Lektorat: Dr. Werner Irro und Sophie Niemann, Hamburg
Redaktion: Sophie Niemann und Birthe Imsel, Hamburg
Gestaltung: BrücknerAping Büro für Gestaltung GbR, Bremen
Gesamtherstellung: CPI books GmbH, Leck

www.ellert-richter.de
www.facebook.com/EllertRichterVerlag